アルクマン 他

ギリシア合唱抒情詩集

西洋古典叢書

凡例

一、本書は、アルクマン、ステシコロス、イビュコス、シモニデス、バッキュリデスの残存詩篇のうち、日本語に訳しうると判断した断片を訳出したものである。

二、訳出の底本としたのは、アルクマン、ステシコロス、イビュコスの場合は M. Davies 校訂による *Poetarum Melicorum Graecorum Fragmenta*, Vol. I, Oxford, 1992 (1991)、またシモニデスは D.L. Page, *Poetae Melici Graeci*, Oxford, 1962, id. *Further Greek Epigrams*, Cambridge UP, 1981、バッキュリデスは B. Snell & H. Maehler, *Bacchylides*, Leipzig, 1992 である。加えて D.A. Campbell によるロウブ版、*Greek Lyric*, Ⅱ, Ⅲ, Ⅳ, Harvard UP, 1988, 1991 を随時参照した。

三、各断片は、(1) 詩の題名、(2) 断片番号、(3) 断片本文、(4) 当該断片の典拠の順に配列される。

(1) 詩の題名について

判別できるものに限り記した。

(2) 断片番号について

断片番号は底本に拠る。また、「補遺」とあるのは、D.L. Page 校訂の増補版 *Supplementum Lyricis Graecis*, Oxford, 1974 に収録されているものの番号である。Davies のテクストは Page 校訂の両テクストの断片番号をそのまま踏襲している。

(3) 断片本文について

(a) パピルス断片の場合、] または [の外側、あるいは [ ] に括られた空白部分は、パピルスの破片そのものの輪郭をほぼなぞっている。底本はパピルス刊本の約束に従って、原パピルスから読み取れる文字の状態をそのまま写し取っているが、本書にあっては、翻訳という性質上、文字どおりになぞることはできなかった。ギリシア語と日本語の言語構造の違いから、空白部分と文字部分の先後が底本と一致しない場合もまま生じている。また、［　］に包まれた語句は、底本その他が原文に欠損ありと判断し、補ったものである。

(b)（　）に包まれた語句は、大意を理解しやすくするために翻訳者が付した説明である。また、底本で触れられていないロウブ版の読みを採用する場合も（……?）を用いて示した。

(c) シモニデス、バッキュリデスの〈　〉内の語句は、底本が原文に欠損ありと判断し、補ったものである。

(4) 当該断片の典拠

引用典拠中の引用断片前後の文脈の紹介は、原則として底本に従っている。典拠の中にはいまだ邦訳されていないものも多々あるので、巻末に原題（ラテン語の通称）を添えた一覧表を掲げた。

四、バッキュリデス他では、底本に従い詩節の呼称〔ストロペ〕〔アンティストロペ〕〔エポドス〕を右下に印字して示した。バッキュリデスの詩節の下方に印した数字（Ⅰ）（Ⅱ）（Ⅲ）……は詩を構成する基本単位（ストロペ、アンティストロペ、エポドス）の数を示す。

五、固有名詞は、原則として音引きを省いた。帯気音（ph, th, ch）は、若干の例外を除いて、無声音（p, t, k）と同様にプ、トゥ、クと表記した。地名は慣用に従って表示した場合がある。

六、訳文欄外下部の漢数字は原典の行数を示す。

目次

ギリシア合唱抒情詩集

丹下和彦 訳

アルクマン

アルクマン●目次

パピルス断片

断片一（『乙女歌(1)㈠』）

］ポリュデウケス(2)。
わたしはリュカイトス(3)を死者の仲間に算《かぞ》え［ない。
だがしかしエナルスポロスと脚速きセブロス(4)

---

(1) 通例「乙女歌」と呼ばれているのは、若い娘から成る合唱隊による行列用讃歌である。このアルクマンの「乙女歌」の断片には導入部（プロオイミオン）と帰結部（エピロゴス）が欠けている。残存部は大きく二分される。前半部はスパルタの伝説的王ヒッポコオンとその息子たち（二十人とされる）をヘラクレスが殺し、テュンダレオスのために王位を取り戻してやった故事が歌われている。後半部は祭礼と歌舞の競技の描写で、歌い手は自分たちの合唱隊およびそのリーダーのハゲシコラを讃美し、またライバルの合唱隊およびそのリーダーのアギドをも讃美する内容となっている。

(2) ゼウスとレダの子。双生の兄弟カストルとあわせてディオスクロイ（ゼウスの子たち）と呼ばれる。

(3) スパルタ王テュンダレオスの兄弟ヒッポコオンの縁者。

(4) エナルスポロス、セブロスともにヒッポコオンの息子。

」また勢い激しい
」兜を被った
エウテイケスを、またアレイオス王[1]
」半神の中でも抜きん出た。

」戦士たちの長、
」偉大なるエウリュトス、[2]
（盲目のアレスの？）[3]」戦乱の中の。
それにアルコンと[4]」また卓《すぐ》れた戦士たちを
見落とすわけには［（いかない？）］。
ポロスと[5]」アイサ、[6]あの年古りた輩どもは
（抑え従えた？）、」すべての者たちを。そして
打ち砕かれてしまった、」その根無しの勇気は。
誰ひとり人の身で、天上へ飛び行かぬように、
またアプロディテ[7]との結婚を策したりせぬように、
あのキュプロス島の」女神との。あるいはまたなにか

] あるいはまた（海神？）ポルコス[8]の娘とも。
（足繁く？）] ゼウスの館を訪れるのは
カリスたち[9]、愛しさ籠る眼差しの。

〈判読不能〉
] 神
] 友らに
] 贈物をした
〈判読不能〉
] 失われた若さ
] 玉座[10]

（1）エウテイケス、アレイオスとともにヒッポコオンの息子。
（2）ヒッポコオンの息子。
（3）軍神。ゼウスとヘラの子。
（4）ヒッポコオンの息子。
（5）考案、工夫を擬人化した神。
（6）運命の女神。
（7）愛、美、豊穣の女神。キュプロス島が崇拝の中心地。
（8）スパルタの海神か。
（9）美と優雅の三女神。
（10）あるいは「時間」という読み方もある。

］無益な
］行った。彼らのうちの別の一人は矢に当たって（斃れ？）
］大理石の里程標に
］冥界で
〈判読不能〉
］忘れられることなく
悪事を企てた報いを蒙ったのだ。

神からの仕返しは必ずあるもの。
心楽しく日ごとの経緯《いと》を織り進み
涙なく過ごす人こそ
幸せ。わたしが歌うのは
アギド(1)の輝かしい姿。彼女はまるで
太陽のようにみえる、わたしたちの証人となってくれるよう
アギドが呼び求めた
あの太陽さながらに。ところがその名も高いわが合唱隊の長(2)は

彼女を褒めることも咎めることも、わたしにどうしても
許さない。なぜなら彼女自身こそ
衆に卓れし者とみられているから。それはあたかも
家畜の群れの中へ馬を立たせたかのよう、
勁《つよ》い、蹄の音も高らかな、たくさんの賞を獲《と》った馬、
翼ある夢で見た中のあの一頭の馬を。

あなたには見えないとでも？
あの競走馬はヴェネティス[3]の産。そしてわたしの従姉妹の
ハゲシコラの長い髪は
混りけのない黄金さながら
花と輝いている。
またその 銀《しろがね》の 顔《かんばせ》は――

（1）合唱隊の長の美少女。
（2）後出のハゲシコラ。ハゲシコラとは「合唱隊を指揮する者」の意。
（3）現ヴェネチア地方。駿馬の産地。競走馬はハゲシコラを指す。

いえ、いちいち言挙げする必要がどこにあろう、
ハゲシコラがここにいるのだから。
そして美しさでこの人に次ぐアギドは
コラクサイア(1)の馬のごと、イベニア(2)の馬に張り合って走る。
というのは、プレイアデス(3)は
夜の引き明けに、犂を運ぶわたしたちに
聖なる夜の闇の中からシリウスの星のごと立ち昇り、
わたしたちに闘いを挑むから。

夥しい量の紫紅色も
金無垢の斑《まだら》の蛇(4)も
リュディアのミトラ(5)も
やわらかな眼をした
乙女子らの装飾《かざり》も
ナンノ(6)の髪の毛も
身を護るのに充分ではない。

また神のごときアレタも
シュラキスもクレエシセラもそう。
またあなたもアイネシンブロタの家へ行って言ったりはしないだろう、
アスタピスがわたしのものになってくれたら
ピリュラがこちらを見てくれたら
ダマレタと愛しいウィアンテミスもそうしてくれたら、などとは。
いえ、この身を苛むのはハゲシコラ、

それも踝美しいその姿が
ここにいまいないがゆえ。

(1) スキュティアと同義。

(2) リュディアと同義。この地の馬のほうがスキュティア産より卓れるとされる。

(3) この語の解釈には諸説ある。一は、ライバルの合唱隊の名前とする説。二は、夜明けもしくは畑を犂く季節の到来に歌い手たちを急がせる、文字どおりの星群を表わすとする説。三は、古注に従ってハゲシコラとアギドを指すとする説。

(4) 蛇形のブレスレット。

(5) 女性用のヘアーバンドあるいは帽子。

(6) このナンノおよび以下のアレタ、シュラキス、クレエシセラ、アイネシンブロタ、アスタピス、ピリュラ、ダマレタ、ウィアンテミスは、すべて女性の名前。

あの人はアギドの［近くに］侍して
われらが祭礼を寿ぎ称えている。
さあ、彼女らの［祈りを、］神々よ、
受け入れたまえ、成就と完成は
神の領分に属するもの。［合］唱隊の長よ
言わせていただけるなら、わたしのこの身は
梁の梟のように空しく歌う平凡な乙女子
それでもアオティス[1]を喜ばすことを
ひたすら願うもの。あのお方こそ
わたしたちの数々の苦悩の癒し手だから。
でも乙女子らが愛しい平和の途に達しえたのは
ハゲシコラのおかげ。

というのも引き馬のように
　〈一行判読不能〉
船にあってはなにがなんでも

舵取りの言うことに従うべきなのだから。
もちろん彼女の歌の響きは
セイレン[2]のそれよりも妙なることはない。
なんといってもセイレンは神さまなのだから。でもわれら十人の乙女子は
十一人の乙女子に充分対抗して歌う。
その歌声はさながらクサントス川[3]の水に浮かぶ
白鳥のよう。彼女はその愛らしい黄金の髪で
〈以下四行欠損〉

パピルス（P. Louvr. E 3320）

（1）おそらくは暁の女神。
（2）上半身は人間の女、下半身は鳥の形をした海の怪物。その歌声で人を魅惑し死に至らしめる。
（3）トロイアの川。スカマンドロスに同じ。

断片二（四）[1]

〈二行判読不能〉

］すべての神々［および人間にとって
この上なく尊敬に値する方たちは［地の下にいつも］住居している、
神の造りし館の内に、カストル[2]――脚速き
馬の馴らし手にして卓れた乗り手たち――
と輝かしきポリュデウケスは

〈以下判読不能〉

パピルス（P. Oxy. 2389 fr. 3a）

断片三（『乙女歌（二）』）

オリュンポス[3]なるムーサ[4]たちよ、］わが心を
新しい］歌への［憧れで
満たしてください、］わたしは聞き［たいのです、

乙女らの］声を、
空に向かい］美しい調べを歌いあげる乙女子らの声を。
〈一行判読不能〉
（歌は）わが眼から甘き眠りを振り払いましょう。
］そしてわたしを集会へと誘うのです。
そこでわたしは黄金の髪を激しく揺するでしょう。
］……［……柔らかな足は
〈以下五〇行判読不能および欠損〉
……と四肢を解きほどく憧れ心で、そして彼女は
眠りよりも死よりもさらにいっそう心とろかす眼差しで（わたしを？）見る。

（1）断片二の（一）―（三）には、この（四）の一部が引用断片やパピルスによってそれぞれ示されている（伝ヘロディアノス『文体について』、『真正語源辞典』、パピルス P. Oxy. 2393）。重複を避けてこの二の（四）のみを訳出する。
（2）ゼウスとレダの子。双生の兄弟ポリュデウケスとあわせてディオスクロイ（ゼウスの子たち）と呼ばれる。
（3）神々の住居する山。ムーサにかかる枕詞に使用される。
（4）詩女神ミューズのこと。複数形はムーサイ（この女神は九人いるとされる）。

彼女のすばらしさは生半可なものではない。
しかしアステュメロイサ(1)はわたしに応えてくれない。
いいえ、花環を手にしながら
光り輝く空をゆく
煌めく星のごとくに
あるいは黄金の若枝、また柔らかな羽毛のごと、
〈二行判読不能〉
」彼女は長い脚で通り過ぎていった。
髪を美しく整える」しっとりとしたキニュラスの香油(2)が
あの子の髪によく馴染んでいる。
アステュメロイサは人混みのあいだを
通り抜けてくる」人々の関心の的(3)のあの子は。
」……を摑んで
」わたしは言う

］もしも銀の杯を
〈判読不能〉
］もしもわたしに見えるなら……あの子がわたしを愛してくれている
かどうか、
そして真近に寄ってきてわたしの柔らかい手を取るかどうか、
それが見えたらただちにわたしはあの子の嘆願者となろう。
だけどいま［　　］賢い乙女子を
乙女子に［　　］わたしを連れて
］……［　　］乙女子は
］歓びを
〈以下五行欠損〉

（1）合唱隊の長の乙女。
（2）キュプロス島産の香水。キュプロス島は香水で有名。キニュラスは伝説上キュプロス島初代の王。アプロディテ女神の司祭。娘ミュラによってアドニスをもうけた。ホメロス『イリアス』第十一歌二〇を参照。
（3）「人々の関心の的（メレーマ・ダモー）」と、乙女の名前アステュメロイサ（アステュ＝町の、メロイサ＝関心の的）をかけた地口。

パピルス (P. Oxy. 2387 fr. 1, 3 col. ii)

断片五(1)

カストル

……………………………………………………

姉妹たち(2)

……………………………………………………

誇り高き者よ

……………………………………………………

プレイストディケ(3)(?)

……………………………………………………

なぜならカライソス(4)は数ある人のなかで有害な男でもなければ、野蛮な人間
でもないのだから。

【本断片】。逆は逆のことを表現するのに用いられる。すなわちカライソスは有害な人間ではなくて幸福なる人間であり、野蛮ではなくて教養ある人間である。

さあ、神の力を信じて、（彼の）娘たちのうち最良の乙女子に（到達できるように）してみよう。

【本断片】。レオテュキダスとはスパルタの王である。だがティマシンブロタが［（誰の？）］娘であり、［（息子は誰であり？）、］それが誰の息子であるかははっきりしない。

その姿形からすると、（彼女は）［（エウリュクラテスの？）］子、金髪のポリュドロスのようにみえる。

【本断片】。［ヒッポクラティダス］は［スパルタの］王レオテュキダスの息子である。しかしエウリュクラテスの［息子は］ポリュドロスであり、ティマシンブロタは彼エウリュクラテスの娘である。

ムーサよ、わたしは皆のなか、とりわけあなたにお願いします。

（1）断片五および一〇は、アルクマンの詩および生涯に関するパピルス断片である。その中から詩人自身の言葉として読めるものを訳出する。

（2）おそらくはレウキッポスの娘たち、ポイベとヒラエイラを指す。それぞれカストルとポリュデウケスの妻となった。

（3）人名。不詳。

（4）人名。不詳。

【本断片】。彼は［（ピタナティダイ部族の？）］娘たちに代わってムーサの女神に［（願をかける？）］。合唱隊は（スパルタの少女たち？）であり、［（その？）出］自はデュマネス(1)である。この歌の中のアルクマンは宇宙進化論者である。わたしたちの見解は他の人々の試みのあとに提示することにする。彼アルクマンはムーサたちを大地の娘としている。ミムネルモスがそうしたように。

そのあと古きポロス(2)とテクモル(3)が

【本断片】。［（ポロスに続いて？）］テクモルが誕生した。……そのあと……［これを］ポロスと［（呼んだ？）。］［（万物の始源を準備するもの？）］だからである。というのは質料が整えられ始めたとき、まずポロスなるものが誕生したのである。アルクマンは万物の質料を無秩序で不定形のものとして提示する。それから万物に秩序を与えるものが生まれ、そのあとポロスが誕生し、そしてポロスが去ったあとにテクモルが到来するのだと言う。ポロスは始源に等しいものでありテクモルは終末のようなものなのである。テティス(4)が生まれたとき万物の始源と終末も同時に生まれた。その万物は青銅の質料に似た性質をもつ。テティスのほうは職人のそれに似た性質をもつ。ポロスとテクモルは始源と終末に似ている。アルクマンは presbytēs（古い）に代えて presgys（古い）なる語を使用している。

そして三番目は闇

【本断片】。なぜならまだ太陽も月も誕生しておらず、質料は未分化状態であったからである。かくしてポロス、テクモルそして闇が［（同時期に）］生まれてきたことになる。

日と月と、そして三番目に闇

【本断片】。閃光がきらめく［までは。］日は単に日だけを示すのではなく、太陽の意も含む。以前あるのはただ闇だけであった。そののちそれが分化して（光が生まれた）。

パピルス（P. Oxy. 2390 fr. 1a, b, fr. 2 col. ii, iii）

断片一〇

わたしは小夜鳴鳥《さよなきどり》の声を聞いた……エウロタス[5]の流れのほとり……アミュクライ[6]の……統治よろしき……

（1）ドリス人の主要三部族の一つ。
（2）考案、工夫の意。その擬人化による神。七頁註（5）参照。
（3）配置、規則の意。その擬人化による神。
（4）アッティカの方言で言うテシス（thesis）で、創造を意味する。
（5）スパルタの川。
（6）スパルタの南にある町。

……プリオスの……アイスキュロス[1]……彼はアルクマンをスパルタ人としている。なぜなら『ヒュアキンティア[2]』の中で【本断片】と［言っている］からである。

徳を……

【本断片】……彼の歌のどこかで……

他の……を……アタルネウス[3]の女……

【本断片】。というのはこれらの……の中で……書く……アルクマン……〈以下判読不能〉

汝、スパルタの乙女らの歌舞を指揮せよ、……テュンダレオスの子ら[4]……
槍……神に愛されし合唱隊の長、汝ハゲシダモスよ、ダモティモスの栄光
に満ちた息子の。

……髪の生えていない……ハゲシダモスはその若さを……ディオスクロイの……言及している……色に……象牙……と呼ぶ。【本断片】。そして少しあとでも彼はその若さについてこう言っている。

堂々としてかつ愛らしい合唱隊の長たちを。というのは、ここにいるわれらが仲間の若者たちは愛らしく、まだ頬にも口にも髭がないのだから。

【本断片】。これは、彼にもハゲシダモスにも髭がないことを示しているのである。……彼に

……髭……

パピルス（P. Oxy. 2506 fr. 1 col. ii, 5 col. ii）

補遺一

黄金の髪した歌好きのお方よ、

【本断片】。（このアリストパネスのスタンザ（節）の）[5]冒頭は、アルクマンに拠っている。

パピルス（P. Oxy. 2737 fr. 1 col. ii 18s. アリストパネスへの古注）

（1）プリオスのアイスキュロスなる学者（クセノポン『饗宴』第四巻六三参照）か、前五世紀の詩人プリオスのプラティナスと悲劇詩人アイスキュロスとを想定するか。

（2）スパルタの南アミュクライにおけるアポロンとヒュアキントス信仰を歌った讃歌。

（3）小アジアのミュシアの町。レスボス島の対岸。

（4）カストルとポリュデウケス。

（5）アリストパネス「断片」五九〇。

補遺二

白鳥はその羽ばたきにあわせてこんなふうに（歌をうたう）

【本断片】。アリスタルコス[1]の見解では、（アリストパネスのスタンザの）この冒頭はテルパンドロス[2]に拠っている。エウプロニオス[3]はイオン[4]の詩からの借用とする。『パラプロケ[5]』の著者はアルクマンの詩に拠るものと考える。だがこれはホメロス風讃歌からきているものなのである[6]。

パピルス（P. Oxy. 2737 fr. 1 col. i 19-27. アリストパネスへの古注）

補遺五（b）

〈五行判読不能〉

］ヴェール［

〈二行判読不能〉

］……誰も……なし……［

］わたしは企てる……ただ一人［

〕ポセイドンの……〔
〈一行判読不能〉
そしてレウコテア(7)らの愛しい神域へと
トゥリュゲアイ(8)から（わたしは）やって来た、
二個の甘い石榴《ざくろ》の実をたずさえて。
そして彼らが、流れ美しき川に
愛に満ちた夫婦生活を添い遂げられるよう、
そして夫婦ともに〔この上なく喜ばしきことを（?）〕経験するよう、
正式な婚姻の床を手に入れることができるよう、祈りを捧げたとき、……

パピルス（P. Oxy. 2443 fr. 1＋3213）

（1）アレクサンドリア時代の文献学者（前二一七―一四五年）。
（2）前七世紀半ばの詩人。音楽家。
（3）アレクサンドリア時代の文献学者（前三世紀）。
（4）悲劇詩人。また抒情詩人（前四九〇頃―四二一年以前）。
（5）不詳。
（6）『ホメロス風讃歌』第二十一番参照。
（7）イノが海に身を投じて海の女神となってのちの名前。
（8）地名。不詳。

引用断片

断片一四（『第一歌集』[1] より）

来ませムーサ、とりどりの歌をたしかな声でうたうムーサ、
　いつもながらの歌い手よ、
乙女子らのためにうたう新しき歌を始めたまえ。（a）

シュリアノス『ヘルモゲネスへの注解』一‐六一‐一四

乙女子らのためにうたう新しき歌を始めたまえ。（a）
そして塔もよろしきテラプナイ[2]の聖なる社。（b）
浜辺の海草の上に音もなく（波が）砕け落ちる。（c）

プリスキアノス『テレンティウスの韻律について』二四

断片一五（『第一歌集』より）

上機嫌で坐っている祝福されしかの男。(3)

ヘパイスティオン『韻律要綱』一-三

断片一六（『第二歌集』？より）

かれは野鄙でもなく不恰好でもなく、
さりとて器用な徒輩に属するでもなく、(4)
テッサリアの出でもなく、

---

(1) アルクマンは六巻の詩集を遺したとされる。その第一巻（以下同じ）。なお解説のアルクマンの項を参照。
(2) スパルタ南東の聖地。メネラオス、ヘレネ、ディオスクロイの崇拝が盛ん。
(3) ヘラクレスを指すか。
(4) テクスト不確定。

エリュシケ[1]の羊飼でもなかった、
サルディスの高地から来た男だった。[2]

ビュザンティオンのステパノス『地名辞典』

断片一七（『第三歌集』より）

そしていつかわたしは君に三脚の鍋をあげよう、
その中に（食材を一杯？）入れられるように。[3]
まだ火にかけたことのない新品だ。でもすぐにそれは
えんどう豆のスープで一杯になるだろう。大喰らいのアルクマンが
冬至が過ぎる頃に欲しがる熱あつのやつだ。
彼は手の込んだ料理は好まないが、
ありふれた食べ物には、庶民と同じだ、
目がない。

詩人アルクマンもその第三歌集で自分の大食漢ぶりを披瀝している。【本断片】。

アテナイオス『食卓の賢人たち』第十巻四一六c―d

断片一九（『第五歌集』より）

寝椅子が七つと食卓も同じく七つ
その上は罌粟《けし》の実や亜麻の実、
それに胡麻の実をまぶしたパンで掩《おお》われ、
さらにクリュソコラが木鉢にいっぱい。

罌粟《けし》の実入りパンはアルクマンの第五歌集で次のように言及されている。【本断片】。クリュソコラとは蜂蜜と亜麻の実でできた食物（菓子？）である。

アテナイオス『食卓の賢人たち』第三巻一一〇f―一一一a

断片二〇（『第五歌集』より）

彼は三つの季節を作り成した、夏と、
冬と、三つ目は収穫の秋。そして

（1）アカルナニアの町。のちのオイニアダイ。

（2）真偽は別としてアルクマンをリュディア出身とみなす証とする一行。サルディスは小アジア内陸中部リュディアの町。

（3）テクスト不確定。

四番目には春。この時節は
花は咲き誇れども、食を養うには
足らない。

また第五歌集でもアルクマンはその大食漢ぶりを以下のように示している。【本断片】。

アテナイオス『食卓の賢人たち』第十巻四一六d

断片二三(1)

アサナイ人《びと》(2)の町、すなわちアピドナイ(3)。

ヘシュキオス『辞典』

断片二六

蜜のように甘くまた聖なる声の乙女子らよ、わたしはもう脚が上がらない。
ああ、もしわたしが雄のカワセミであったなら、
波の花の上を雌のカワセミたちと一緒に心勇ましく飛ぶ

海の青に染む聖なる鳥、あのカワセミであったなら。

雄のカワセミたちは老齢のために弱まってもはや飛べなくなってくると、雌たちがその翼に乗せて雄を運んでいく。アルクマンが言っているのはこれと関係している。老齢で身体が弱り、合唱隊や乙女らの踊りについて旋回できなくなった彼はかく言うのである。【本断片】。

カリュストスのアンティゴノス『異象論』二三（二七）

断片二七

ゼウスの娘御、詩神カリオペよ、来ませ、
愛の言の葉を開き、われらが歌を魅力あらしめ、
その舞いを喜ばしきものになされませ。

ヘパイスティオン『韻律要綱』七-四

（1）以下一五七までは、出典不明の引用断片である。
（2）アテナイ人《びと》のこと。アルクマンはこう表記する。
（3）アッティカ地方北東の町。

断片二八

ゼウスの娘御ムーサよ、わたしははっきりとした声でうたおう。天上に住まうお方よ、

ホメロス『イリアス』一三-五八八への古注

断片二九

そしてわたしはゼウスの神から
うたいはじめよう。

アキレウス・タティオス『アラトス「天象譜」注解』

断片三〇

ムーサが叫ぶ、あのはっきりとした声のセイレンが。

アリステイデス『弁論』二八-五一

断片三一

汝はムーサの女神を殺すであろう……

エウスタティオス『ホメロス「オデュッセイア」注解』一五四七―六〇

断片三二

端にいることを好む（ピロプシロス）

プシレウス（psileus）。「合唱隊の端の処に立つ」。ここからアルクマンの【本断片】も出ている。すなわち「合唱隊の端に立つことを好む彼女」ということである。

ポティオス『辞書』

断片三三

一列に並んだ者（ホモストイコス）たちを

かくして四つの領域が存在する（地、水、大気、アイテール）。先人はこれをストイケイア（元素）と呼んだが、それはこれらのもののそれぞれが一列（ストイコス）もしくは一線となって横たわっているからである。アルクマンもどこかで一列に並んで踊る少女たちを【本断片】と呼んでいた。

作者不詳『アラトス「天象譜」追加注』

断片三四

愛しき乙女（アイティス）[1]らを

この牧歌はアイテスという題がつけられていて、イオニア方言で書かれている。話の内容は詩人からその恋する少年に語りかけるものである。アイテスという題は、ある人たち、たとえばテッサリア人が寵童のことをアイテスと呼ぶことに由来している。アルクマンは愛する少女らに宛ててアイティスなる語を使っている。【本断片】。

テオクリトス『牧歌』一二への古注

断片三五

（彼女らは）美しい声でうたいつつ

『大語源辞典』四三六-三八

断片三六

ちょうどわたしたちが美しい歌をうたうように。

アポロニオス・デュスコロス『代名詞について』一一八c

断片三七

ただ、もしこれらのことがわたしたちの興味をそそるとするならば、（a）

そして彼はわたしたちの歌に合わせて笛を吹いてくれよう。（b）

アポロニオス・デュスコロス『代名詞について』一二三b

（1）アイテスの女性形。

断片三八

そしてわたしたちのところの乙女らはみな
そのキタラ弾きの男を(1)
誉めそやす。

アポロニオス・デュスコロス『代名詞について』一二一b

断片三九

この言葉づかい、この韻律はアルクマンが
見つけ出したもの、鷓鴣《しゃこ》の調子のよい声と
つけ合わせ調えて。

【本断片】。アルクマンは自分が鷓鴣から歌を作ることを学んだことを明らかにしている。これはポントスのカマイレオン(2)が、音楽の発明は昔の人が静かな場所で鳥の鳴き声を聞いて工夫したものだと言ったことの証拠となるものである。

アテナイオス『食卓の賢人たち』第九巻三八九f―三九〇a

断片四〇

わたしはあらゆる鳥の声調《しらべ》を
知っている。

アテナイオス『食卓の賢人たち』第九巻三七四d

断片四一

なぜなら鉄の刃に匹敵してキタラを巧みに弾くのだから、

彼ら（テルパンドロスとピンダロス）はスパルタ人が音楽に秀でていると同時に、戦闘において勇ましいことも明らかにしているのである。【本断片】とスパルタの詩人（アルクマン）が言ったとおりである。

（1）アルクマンその人を指すか。
（2）逍遥派の哲学者。また文法学者。前三五〇頃―二八一年以後。

プルタルコス「対比列伝」『リュクルゴス』二一‐六

断片四二

（神々が）ネクタルを召し上がる、

アナクサンドリデス[1]がネクタルというのは神々の飲み物ではなくて召し上がり物であると言っていることは、わたしも知っている……そしてアルクマンも【本断片】と言っている。

アテナイオス『食卓の賢人たち』第二巻三九a

断片四三

というのもわたくしは、姫君よ、ゼウスの娘御よ、……ではないのですから、

アポロニオス・デュスコロス『代名詞について』六四b

断片四五

われらが合唱隊がゼウスの館と、そして主よ、あなた(2)とを喜ばせますように。

アポロニオス・デュスコロス『代名詞について』一〇五a

断片四六

サフラン色の長衣《うちかけ》を身にまとったムーサたちは、遠矢射るゼウスの子(3)にこれらのことを（教えたもうた？）

ヘパイスティオン『韻律要綱』一二-二

（1）前四世紀の人。古代ギリシア中期喜劇作家。
（2）アポロン神を指すか。
（3）アポロン。

断片四七

ではわたくしはポイボス(1)を夢の中でみたのでしょうか。

アポロニオス・デュスコロス『接続詞について』四九〇

断片四八

レトの御子(2)よ、あなたから始めてわたしは合唱隊を……(3)

アポロニオス・デュスコロス『代名詞について』九六b

断片四九

リュケイオス(4)・アポロンの御前に

アポロニオス・デュスコロス『副詞について』五六三

断片五三

野獣の皮に身を包んだ彼女に

……というのは彼女（アルテミス）はその身に仔鹿の毛皮をぴったりと纏っているからである。アルクマンの次の句を参照。【本断片】。

ホメロス『イリアス』二一-四八五への古注

断片五四

アルテミスの従者を

そしてヘロディアノスが引用したアルクマンの詩句の中ではArtemidos（アルテミスの）が次のようにArtemitosという形になっている。【本断片】。

エウスタティオス『ホメロス「オデュッセイア」注解』一六一八-二八

（1）アポロンの異称。

（2）アポロン。

（3）テクスト不確定。さまざまな読み方が想定されているが、キャンベルに拠った。

（4）狼神もしくはリュキア生まれを意味するエピセット（形容詞）。アポロンにつく。

断片五五

波に洗われる美わしのキュプロスの島とパポス[1]の町をあとにして[2]。

ホメロスは一つの詩的装飾句を使って全体を表わすものと部分を表わすものをつけ合わせる形で描いたとされる。……アルクマンも同じである。【本断片】。

ストラボン『地誌』第八巻三-八

断片五六

しばしば山の頂で
祭礼の夥しい炬《たいまつ》の明《あかり》が神々を喜ばすとき、そなた[3]は黄金の水差しと、
また羊飼が使うような大杯《スキュポス》をもち、
その中へ手で雌獅子の乳を注ぎ入れ、
アルゴス[4]の殺し手のために大きくてこわれにくいチーズを作った。

ミュルレアのアスクレピアデス[5]はその著『ネストルの杯について』の中で次のように言っている、スキュポスやキッシュビオン（いずれも杯の型名）は都市の住人や裕福な人々には使用

されず、エウマイオス(6)のような豚飼、羊飼など田舎の住人に使用されたものであると。アルクマンもまた言っている。【本断片】。

アテナイオス『食卓の賢人たち』第十一巻四九八f－四九九a

断片五七

そういったものを養い育てるのは
大気《ゼウス》と月《セレネ》の娘の露《エルサ》。

大気は、とくに満月の夜、溶解して露を滴らす。ちょうど抒情詩人アルクマンが謎めかした言い方で、露は大気と月の娘であると言っているように。【本断片】。

プルタルコス『食卓歓談集』第三巻一〇－三

---

(1) キュプロス島の町。
(2) アプロディテへの呼びかけ。
(3) バッコスの信女を指す。
(4) ヘルメスを指す。アルゴスは全身に目をもつ巨人。ヘラの意を受けて牝牛に変えられたイオを看視している彼を、ゼウスの命令でヘルメスが殺した。
(5) 前一世紀の文法家。
(6) ホメロス『オデュッセイア』に登場するオデュッセウス家の豚飼。第十四歌一一二以下参照。

断片五八

それはアプロディテではない、子供のように遊び戯れる荒々しいエロスだ、
カヤツリ草の花の先に――ああ、お願いだから触れないでくれ――降りてとまるのは。

ヘパイスティオン『韻律要綱』一三-六

断片五九

キュプリスのお指図で、またもや甘きエロスが滴り落ち、
わが心をとろけさす。(a)
これは甘きムーサらからの贈物、
くれたのは乙女子らのうちでも幸せいっぱいの一人、
あの金髪のメガロストラタ。(b)

カマイレオン[1]によれば和声学の達人アルキュタス[2]はこう言っている。すなわちアルクマンは

エロティックな詩歌に途を開き、初めて放恣な歌を作り成した人である、それは彼が実生活において、女性に関しても、またそのような詩歌の点でも放恣であったからである、彼の詩の中の一つに以下のように歌われているのもそれがゆえであると。【本断片（a）】。そして彼アルクマンは、女流詩人で一度つき合うと誰でも魅きつけられてしまうメガロストラタと恋に落ちたと言っている。彼女のことを以下のように述べているのである。【本断片（b）】。

アテナイオス『食卓の賢人たち』第十三巻六〇〇f

断片六〇

そしてわたしはあなた(3)に祈ります、
この金の玉と愛らしいカヤツリ草の
花環を捧げて。

またこの本の第九巻（『植物誌』第九巻一九-二）でテオプラストス(4)は言う、もし金の玉の花を冠にして、それに香油をふりかけると名声が得られると。この花のことはアルクマンも次の

(1) 三七頁註（2）参照。
(2) タレントゥムの人。数学者。前四世紀前半。
(3) ヘラ女神。
(4) 哲学者。前三七〇頃—二八八／五年。

ように言っている。【本断片】。

アテナイオス『食卓の賢人たち』第十五巻六八〇f―六八一a

断片六三

ナイアス[1]たちとランパスたちにテュイアたち

いろいろな種類のニンフがいると言う人もいる。アルクマンの告げているのもそれである。【本断片】。テュイアスたちというのはディオニュソス神とともに酒を飲んで乱暴狼藉をはたらく、すなわち乱心発狂するものたち、またランパスたちというのはヘカテとともに松明を掲げて照らすものたちのことである。

ホメロス『イリアス』六-二一への古注

断片六四

それ（テュケ）は法秩序と説得の姉妹、
また先見の娘。

というのはテュケ（運勢を司る女神）は、ピンダロスでは頑固一徹でもなく、また左右どちらにも舵取りできるようなものでもないということになっているが、むしろ【本断片】とアルクマンが系譜づけているとおりのものである。

プルタルコス『ローマ人の幸運について』四

断片六五

彼は一人で骰子《さいころ》を放り、運《ダイモン》を振り分けた。

ホメロス『イリアス』一-二二二への古注

断片六八

アイアス(2)は磨ぎすました槍で猛り狂い、メムノン(3)は血に飢えている。

---

(1) 河川、泉のニンフ。

(2) サラミス王テラモンの子。トロイア遠征軍の勇将。のちアキレウスの武具争いから狂気に陥って自裁。

(3) 曙の女神エオスとティトノスの子でエチオピア王。トロイア援軍の一人。アイアスと闘って決着がつかず、のちアキレウスに討たれた。

コイロボスコス『テオドシオス「文法範典」注解』一-一二三-四

断片七三

あのとき、以前には抵抗しなかったヒッポロコスとドリュクレス(1)とによって押し返されたのは誰らか(2)。

『未刊行ギリシア文献集（An. Ox.）』一-四一八-三

断片七四

ケペウス(3)という王がいた……。

『未刊行ギリシア文献集（An. Ox.）』一-一五九-三〇

断片七七

禍々しきパリス(4)、恐ろしきパリス、勇士を養うヘラスの地に禍いとなるもの。

ホメロス『イリアス』三-三九への古注

断片七九

一人の罪深い男が(5)心地よきものに囲まれて(6)、岩塊の下の席に坐っていた、
何を見ているわけでもない、ただ(自分のしたことを)心に思い返している。(7)

アルカイオスとアルクマンは、岩塊がタンタロスの頭上に吊り下がっていると言う。アルカイオスの例は「おお、アイシミダス(8)よ、巨大な岩が頭上にある」(「断片」三六五)。アルクマンは以下のとおり。【本断片】。

ピンダロス『オリュンピア祝勝歌』一-九一aへの古注

---

(1) いずれも戦士の名か。
(2) テクスト不確定。
(3) アルカディアのテゲア(ペロポンネソス半島中東部)の王。アルゴ遠征隊に参加。またヘラクレスに乞われてスパルタのヒッポコオン討伐に加わったが、戦死した。
(4) トロイア王プリアモスとヘカベの子。スパルタよりヘレネを拉致し、トロイア戦争の因をつくった。
(5) タンタロスを指す。神に対して犯した罪(諸説あり)のため、神から罰を受けた。罰にも諸説あり、この詩のように大岩が頭上に吊り下がり、圧し潰される恐怖におののいているというのもその一つ。
(6) 別解「死者のあいだで」。
(7) テクスト不確定。
(8) アルカイオスの友人。

断片八〇

そして、かつてキルケ[1]は豪胆なオデュッセウスの部下たちの耳に
(蜂蜜臘を)塗りこめておいて、

アルクマンのいわく、【本断片】と。しかし彼女自らが塗ったのではない。そうするようにオデュッセウスに忠告しただけなのである。

ホメロス『イリアス』一六-二三六への古注

断片八一

父なるゼウスよ、もしかのお方がわたくしの夫となってくださるなら、

アリスタルコス[2]はこの二行(『オデュッセイア』第六歌二四四―二四五。「もしもこのような殿方がわたくしの夫と呼ばれるようになれば、/ここに住みついて」)を削除する。だが最初の行のほうは削除を躊躇している。というのもアルクマンがこれを改変して、少女たちの言に使用しているからである。【本断片】と。

ホメロス『オデュッセイア』六-二四四への古注

断片八二

乙女子らは歌をうたい終わらぬうちに散り去った、
鷹が飛来したときの小鳥たちのように。

アテナイオス『食卓の賢人たち』第九巻三七二d―e

断片八三

家政婦は彼にその場所を譲った。

『未刊行ギリシア文献集（An. Par.）』四-一八一-二五

（1）アイアイエ島に棲む魔法に長けた女神。この断片は、同棲していたオデュッセウスが帰国の途につく際、セイレン対策を忠告するくだり（ホメロス『オデュッセイア』第十二歌四七参照）。

（2）二一五頁註（1）参照。

断片八四

左手に（大熊座を？）見つつ

エウスタティオス『ホメロス「イリアス」注解』一一〇-三五

断片八六

舵（プレートリオン）

プレートロン（plētron）とは「舵（pēdalion）」を意味する語である。アルクマンはその縮小形 plēthrion を使っている。【本断片】。

『未刊行ギリシア文献集（An. Ox.）』一-三四三

断片八八

彼[1]の甥たちに破滅と死を

アポロニオス・デュスコロス『代名詞について』一四三b

断片八九

眠っている、山々の峯も溪谷も
岬も溪流も
黒い大地が養う地を這うすべての種族も
山棲みの 獣《テーレス》 たちも蜜蜂の 族《やから》 も
藍色の海底に棲む 怪物《クノーダラ》(2) たちも。
眠っている、長い翼もつ鳥の族も。

ホメロスはすべてを一括してテーリオン（thērion）「野獣」と言う（『オデュッセイア』第十七歌三一七）。他の人たちはテーレス（thēres）とかテーリア（thēria）なる語（いずれも野獣の意）を用いてライオン、豹、狼、その他これらと同類の獣を表わし、herpeta（這うもの）を用いて蛇の種族一般を表わし、クノーダラ（knōdala）「海獣」を用いて鯨とその一族を表わしている。これはアルクマンが次のように言って分類しているのと同様である。【本断片】。

アポロニオス（ソフィストの）『ホメロス語句辞典』

(1) ダナオス、あるいはアトレウスか。

(2) 鯨を指す。

断片九〇

リパイ[1]、森に花咲く山、
夜の闇の胸。

彼はリパイと呼ばれる山に言及している。そしてリパイ山という呼び方を実際にしている人がいる。彼はそれが西方[2]に位置しているがゆえに夜の闇に包まれていると言っている。アルクマンも次のように言及している。【本断片】。

ソポクレス『コロノスのオイディプス』一二四八への古注

断片九一

華奢な菊《カルカイ》の花の花弁に似た黄金の鎖をつけて、

ダマスカスのニコラオス[3]はその『歴史』の第一〇八巻でこう言っている、アルプスの近くに何スタディオンにも及ぶ湖があり、その周囲には四季を通じてこの上なく愛らしくまた好ましい色の花が咲いているが、それは菊（カルカイ）と呼ばれる花に似ていると。この菊（カルカイ）のことはアルクマンも以下のように言及している。【本断片】。

アテナイオス『食卓の賢人たち』第十五巻六八二a

断片九二

火にかざさぬ酒　（a）

花の香（のたちこめる酒）　（b）

五つが丘（の酒）　（c）

それにオイヌスの酒またはデンティスの酒またはカリュストスの酒
またはオノグロイの酒またはスタトゥモイの酒を　（d）

アルクマンはどこかで【本断片（a）（b）（c）】に触れている。五つが丘とはスパルタから七スタディオン[4]離れた場所である。さらにまた要塞があるデンティアデス[5]の酒、オイヌスの

(1) 極北の国の架空の山。

(2) ソポクレスでは北方。

(3) 前一世紀の人。歴史家。哲学者。『歴史』は古代からヘロデ王の死までを扱った一四四巻の大作。

(4) 約一・二キロメートル。

(5) メッセニア国境のデンテリアデスのことではないかと推測されている。これ以外の地名はいずれも不詳。なおデンティスはデンティアデスに同じ。

酒、オノグロイの酒、スタトゥモイの酒にも触れている。これらの土地はピタネ（スパルタ近郊）に近い。そこで彼は歌う。【本断片（d）】。カリュストスの酒とは、アルカディアにほど近いカリュストス産の酒のことである。「火にかざさぬ」とは煮ないということである。スパルタ人は煮た葡萄酒を飲む習慣だったからである。

アテナイオス『食卓の賢人たち』第一巻三一c－d

断片九四

トリダキスカイ[1]とクリバナ[2]を

アルクマンに出てくるトリダキスカイというのは、アッティカでトリダキナイと呼んでいるのと同じものである。アルクマンいわく【本断片】と。ソシビオス[3]はその『アルクマン注解』第三巻で、クリバナというのは乳房の形をしたパンの名称だと言っている。

アテナイオス『食卓の賢人たち』第三巻一一四f－一一五a

断片九五

粉碾き場でも皆して食事（アイクロン）をしているときでも、奴は悲嘆にくれ

ている。（a）

アルクマンは己の主餐（アイクロン）の用意をした。（b）

さらにポレモン[4]はスパルタ人は主餐のことをアイクロンと呼んでいるし、すべてのドリス人も同様にこの呼び方をしていると言っているのである。アルクマンもじっさい次のように言っているのである。【本断片（a）】。つまり会食のことを「アイクロンを共にする」と言っているわけである。さらにまた、【本断片（b）】と。

アテナイオス『食卓の賢人たち』第四巻一四〇c

断片九六

すぐにも彼は豆粥と白い碾き割り小麦の粥、
それに蠟のような光沢の収穫物を供してくださろう。

粥（ポルトス）のことをアルクマンは次のように言っている。【本断片】。「豆粥（ピュアニオ

（1）罌粟（けし）で風味をつけたパン。
（2）乳房の形に作ったパン。
（3）前三世紀のスパルタの歴史家。
（4）前二世紀初頭のイリオン出身の好古家。

ン)」とは、ソシビオスの言うところでは、種子類を葡萄のシロップで煮たものという。「碾き割り小麦の粥(キドロン)」は小麦を湯掻いたもの。蠟のような光沢の収穫物とは蜂蜜を指している。

アテナイオス『食卓の賢人たち』第十四巻六四八b

断片九七

顎《あぎと》(マスタカス)(1)

アルクマンは顎(gnathos)のことをmastaxという。masaomai(噛《か》む)に由来している。【本断片】。

ホメロス『オデュッセイア』二三-七六への古注

断片九八

宴席《アンドレイア》でいざ食事となると、
会食者たちはパイアン(2)唱和で始めるのが常道。

（エポロス[3]の言うには）クレタでは宴会のことは今でもアンドレイア[4]と呼ばれている、一方スパルタでは昔と同じ名称を今に残すことはしていない、アルクマンの頃には次のように言われていたのではあるが、と。【本断片】。

ストラボン『地誌』第十巻四-一八

断片一〇〇

コデュマロンよりも小さい。

ヘルモン[5]は『クレタ語彙』の中で、コデュマロンとはマルメロのことだと言う。またポレモンはその『ティマイオスに答う』第五巻の中で、ある人たちの言うところによればコデュマロンとは花の品種のことだと言っている。アルクマンが以下のように言うとき、コデュマロンとはストルティオン林檎[6]のことである。【本断片】。

アテナイオス『食卓の賢人たち』第三巻八一f

（1）複数形。単数はマスタクス（mastax）。
（2）アポロン讃歌。
（3）前四世紀の歴史家。
（4）「男たちの食堂」の意。
（5）不詳。
（6）林檎の一種。アテナイオスによると、「汁が少なく収斂性が弱く、消化によい」品種であるという（『食卓の賢人たち』第三巻八一c）。

断片一〇一

そしてマガディス[1]を取り除ける。

アポロドロスは『アリストクレスの書簡に答う』の中でこう言っている、われわれが現在プサルテリオンと呼んでいるのがマガディスであるが、クレプシアンボス[2]と呼ばれるもの、さらにトリゴノス[3]、エリュモス[4]、エンネアコルドン[5]などは、むしろ使用が廃れてきていると。そしてアルクマンも言っている。【本断片】。

アテナイオス『食卓の賢人たち』第十四巻六三六f－六三七a

断片一〇二

そして（人生の）途は細く、必然[6]は容赦ない。

『未刊行ギリシア文献集（An. Ox.）』一-六〇-二〇

断片一〇四

誰が、いったい誰が、よく他人の心を操ってあらぬ方向に向けえようか。(7)

アポロニオス・デュスコロス『副詞について』五六六

断片一〇五

そしてより卓れた者が勝利するように！

アポロニオス・デュスコロス『構文法について』三-三一

---

(1) 弦楽器の一種。二十弦のハープ。
(2) 楽器の一種。不詳。
(3) 三角形をした撥絃楽器。
(4) フルートの一種。
(5) 九弦琴。
(6) すなわち死。
(7) テクスト不確定。

断片一〇六

それをわれに告げるがよい、死すべき者の族《やから》よ。

アリステイデス『弁論』二八-五四

断片一〇七

多言を弄するとは男の、何事にも喜ぶとは女の異称。

少女たちの讃美者であり相談相手でもあるあのスパルタの詩人（アルクマン）は何と言っているのか。【本断片】。この意味は、男には多くのことを言わしめよ、女にはその聞くものすべてに喜びを感じせしめよということである。

アリステイデス『弁論』二-一二八－一二九

断片一〇八

隣りは塩辛い。

抒情詩人アルクマンは次のように言っている。【本断片】。これの意味するところは、海を隣人としてもつことは歓迎されざること、ということである。

アリステイデス『弁論』三―二九四

断片一〇九

サンバスとアドンとテロス

そのような（プリュギア風の）調律を最初に発見し使用したのはプリュギア人である。それゆえに（――彼テオプラストス[1]は言う――）ギリシア人のあいだでは、笛吹きはプリュギア人風の、また奴隷じみた名前をもっている。ちょうどアルクマンが言う【本断片】がそれである。

アテナイオス『食卓の賢人たち』第十四巻六二四b

断片一一〇

あなたは熟れた亜麻のようだ。

（1）四五頁註（4）参照。

断片一一二

わたしはあちこちと無駄に旅してまわる。

『真正語源辞典』

コイロボスコス『テオドシオス「文法範典」注解』二-三四三-三三

断片一一六

苦痛がわたしを捉える、おお汝、破壊の神よ。

『真正語源辞典』

断片一一七

（彼女は）美しき衣《ラードス》を身にまとい、

【本断片】。これは優美に羽織られた薄物である。

エウスタティオス『ホメロス「イリアス」注解』一一四七-一

断片一一八

その場にいた者たちのことは、われらの記憶に留めていられる。

エウスタティオス『ホメロス「オデュッセイア」注解』一七八七-四〇

断片一二〇

女神[1]は彼の頭髪《かみ》を摑んで下へ引っ張った。

ヘロディアノス『特殊措辞論』二-四四-三

（1）アテナ女神か。とすれば対巨人族との戦いの折の一光景か。一九七）を髣髴とさせる。いずれにせよテクスト不確定。あるいはアキレウスとの故事（ホメロス『イリアス』第一歌

断片一二二

嵐も猛烈な火の手も、[1]

プリスキアノス『文法学提要』一-二一

断片一二三

隣人の存在はまたその隣人にとって大きい。

ホメロス『イリアス』二二-三〇五への古注

断片一二四

プシュラへ、あの聖なる岩礁へ
(彼らは)ディオニュソスを連れ導いて、

プシュラとはキオス島沖八十スタディオン[2]のところにある小島で、船二十艘を収容できる港をもつ。アルクマンにこうある。【本断片】。つまりディオニュソスの身の上を一切配慮することなく。かの島は荒蕪の地なるがゆえに。

ホメロス『オデュッセイア』三‐一七一への古注

断片一二五

経験こそ学の始まり。

苦労を重ねた人間は先見性に富む心をもっている。クリュシッポス[3]のいわく、これは危険な目に遭わぬよう前もって慎重に避ける者も、また零落してのちにわが身の安全を図る者をも表わしていると。ここから次のように言えるのである、苦労した人間は先が見えるようになると。アルクマンも言っている。【本断片】。

ピンダロス『イストミア祝勝歌』一‐五六への古注

(1) 冬も、厳しい暑熱も、の意か。
(2) 約十六キロメートル。
(3) 前二八〇頃‐二〇七年頃。ギリシアのストア派の哲学者。

断片一二六

彼はプリュギア調の節《ふし》、ケルベシオン[1]を笛で吹いた。

ストラボン『地誌』第十二巻八-二一

断片一二七

耳輪（アアンタ）

【本断片】。耳輪の一種。アルクマンあるいは[2]アリストパネスに出てくる。

ヘシュキオス『辞典』

断片一三〇

地下放水路（ゲルギュラ）

ゲルギュラ（gergyra）。gorgyra（地下排水渠）を見よ。アルクマンはeを伴う形のgergyraを使っている。【本断片】。

『大語源辞典』

断片一三一

矢（ゲロン）

【本断片】。スキュティア人が戦闘の際に身をおおうべく楯の代わりに用いた硬質の獣皮でできた四角形の被い。古い時代には他の事物を意味する場合にも使われた。アルクマンは「矢」を表わすのにこの語を充てている。

ルキアノス『アナカルシス』三二への古注

断片一三三

大きな眼をした

mnēmā（記憶）= menēmā（室）。すなわちわれらが内に彼女（記憶）が留まるところから。ア

（1）哀悼歌、挽歌の類か。

（2）ここを「および」とする読み方、また「アリストパネスによれば」とする読み方もある。アリストパネスは喜劇詩人のそれである。

ルクマンは彼女（記憶）のことを【本断片】と呼んだと言われる。それはわたしたちは思考によって過去を〝見る〟からであると。

『グディアヌム大辞典』

断片一三七

そして（カイ）もう一度……

接続詞（カイ＝そして）で始めるのは詩的工夫である。アルクマンも以下のとおり。【本断片】。

カリマコス「断片」三八四への古注

断片一三八

するどい（カルカライシ）[1]声で

トリュポン[2]は以下のように書いている、三性別形で語末から二、三番目の音節にaをもち語尾がosに終わる形容詞は、最後尾の音節に鋭アルセントをもつ、madarós, pladarós, aganós などがそうであると。……カルカロス（kárkharos 鋭い）という形容詞は例外とされる。……女性形はアルクマンに見えている。【本断片】。

『未刊行ギリシア文献集（An. Ox.）』一-五五-一六

断片一四〇

鳴り響くリュラ（ケルコリュラ）

【本断片】と、アルクマンはクレコリュラ（krekolyra）の代わりに使っている。

『真正語源辞典』

断片一四二

小夜鳴鳥（ホルカス）

ホルカス（holkas）。「小舟」。アルクマンでは【本断片】のごとく小夜鳴鳥のこと。また「平和」の意、「船の形」の意もある。

キュリロス『辞典』

（1）女性単数カルカラ（karkhara）の複数与格形。

（2）アウグストゥス帝時代の文法家。

断片一四三

野雁（ウーティス）

語尾がtisに終わる二音節の女性名詞で、最後から二番目の音節に母音oのみ、あるいはoと他の母音との連合した複母音をもつ語は、最後の音節に鋭アクセントがくる。koitís, Prontís, phrontís および【本断片】。これは「生き物」を意味し、アルクマンに出てくるものである(1)。

ホメロス『イリアス』一七-四〇への古注

断片一四四

末端（ペーラタ）

ペラタ（perata）。「末端」。アルクマンではペーラタ（pērata）で現われる――（ヘロディアノス(2)）『語形変化論』。

『真正語源辞典』

断片一四六

冥界に棲む（クトニオン）化生

クトニア（khthonia）。「冥界の」。……アルクマンは争いの女神をさして、【本断片】と使う。これを「忌まわしい」との意味にとる人もいるし、また「大いなる」の意味に使う人もいる。戦闘を指して言う場合である。

『スーダ辞典』一〇-二二六

断片一四八

蔭足族

半人半犬や長頭族や小人族（ピュグマイオイ）(3)に言及しているヘシオドス(4)を認識不足だと非難することは誰にもできないだろう。また小人族も含めて同様なことを言っているホメロス(5)そ

(1) ōtis に同じとして、野雁と訳した。
(2) 文法家。後二世紀。
(3) 今日のピグミー族を指すか。
(4) ヘシオドス「断片」一五三。
(5) ホメロス『イリアス』第三歌二以下。

の人だって、また【本断片】について語るアルクマンも、さらには犬の頭をもつ人間、胸に目をもつ人間、また一つ目族について語るアイスキュロスにしたってそうである。

ストラボン『地誌』第一巻二-三五

断片一四九

アイギアロス[1]の女（アイギアリス）

アイギアロス。……部族名はアイギアレウス。……女性形はアイギアレイアであるがアルクマンではアイギアリスの形で現われる。【本断片】。

ビュザンティオンのステパノス『地名辞典』

断片一五〇

アンニコロン[2]

【本断片】。アルクマンに現われる。そこの住民はアンニコロイあるいはアンニコレスといい、ペルシア人の隣人である。

ビュザンティオンのステパノス『地名辞典』

断片一五一

アラクサイあるいはアラクソイ

【本断片】。コルネリウス・アレクサンドロス[3]『アルクマンに見る地名』によれば、イリュリアの部族名。

ビュザンティオンのステパノス『地名辞典』

断片一五二

アリュッバス

アリュッバ[4]。部族名はアリュッバス。【本断片】とアルクマンに出てくるとおりである。

ビュザンティオンのステパノス『地名辞典』

---

(1) アカイアの古名。ペロポンネソス半島北岸地方。
(2) 地名か。
(3) 前一世紀のローマの学者。
(4) エピルス地方の一地域か。

断片一五三

アッソス[1]

【本断片】。……コルネリウス・アレクサンドロスはその『アルクマンに見る地名』の中で、石灰岩を産するアッソスはミュシア[2]におけるミュティレネ[3]の植民都市であったと言っている。

ビュザンティオンのステパノス『地名辞典』

断片一五四

ガルガロス

ガルガラ。イダの山地に位置するトロイアの町でパライガルガロス（古ガルガラ）と呼ばれる。ストラボン[4]とヘカタイオス[5]はこれをアイオリス人の町としている。アルクマンは女性形【本断片】を使っている。レレゲス[6]はここに住んだ。

ビュザンティオンのステパノス『地名辞典』

断片一五五

グライケス

グライコス。最後の音節にアクセントがあるとギリシア人の意。テッサロスの息子で、その名にちなんでギリシア人はグライコイと呼ばれるようになった。【本断片】という形は、アルクマンではギリシア人の母たちとされており、ソポクレスの『牧人たち』(「断片」五一八)でもそうなっている。これは語形変異(メタプラスモス)によるか、あるいは単数主格形グライクスから形成された形である。

ビュザンティオンのステパノス『地名辞典』

断片一五六

エッセドネス

---

(1) イリオン南方の、レスボス島に対面する海岸の町。

(2) トロイア内陸部。

(3) レスボス島の主邑。

(4) 地理学者。前六四/三―後二一年。

(5) 年代記作者。また地理学者。ミレトスの人。前五〇〇年頃活躍。

(6) ギリシアの先住民族。

イッセドネス。スキュティアの部族。ヘカタイオスもその『世界周遊記・アジア編』でそうしている。アルクマンだけは彼らのことを【本断片】と呼んでいる。

ビュザンティオンのステパノス『地名辞典』

断片一五七

ピテュオデイス(1)

ピテュウッサイ。「群島」。アルクマンでは【本断片】となっている。

ビュザンティオンのステパノス『地名辞典』

真偽不明断片

断片一六六

ヒメウミツバメ

【本断片】。海鳥。アカイオス[2]およびアルクマンに。

ヘシュキオス『辞典』

断片一六七

餌（ブレル）

【本断片】。delear、また aithma（いずれも「餌」の意）に同じ。この語はアルクマンに見える。

（1）スペイン沖のバレアレス諸島を指す。

（2）エレトリア出身の悲劇詩人。前四八四／一頃－四〇五年頃。

ヘシュキオス『辞典』

断片一六八

そして彼は汝を馬好きにした。

アポロニオス・デュスコロス『構文法について』二-七七

断片一六九

そして汝、ゼウスの力強き娘御よ

アポロニオス・デュスコロス『代名詞について』六八b

断片一七〇

弓の絞り手、アルテミスよ

『真正語源辞典』

断片一七一

わたしが歌うのを邪魔しないでくれ。

『シュメオン語源辞典』

断片一七二

花冠を戴くヴェネティス産の仔馬たちを(1)

【本断片】。アドリア海沿岸のヴェネティス産。そこの産出馬は優秀であるから。

ヘシュキオス『辞典』

断片一七三

クナカロス(2)からでもなくニュルシュラス(3)からでもない。

---

(1) ベルクで読む。ヴェネティスは現ヴェネチア近辺。

(2) アルカディアのカピュアイにある山。

(3) 不詳。

コイロボスコス『パイオニック律について』

断片一七四

もう一度わたしをクレエシッポス[1]の家へ連れて行ってくれ。

ヘパイスティオン『韻律要綱』四-三

断片一七七

黒っぽい頭飾りをつけた　(a)

黒っぽい糸で織られた　(b)

ヘシュキオス『辞典』

(1) 人名。不詳。

ステシコロス

ステシコロス●目次

『ペリアスの葬送競技』 85

『ゲリュオン譚』 87

『ヘレネ』 103

『歌い直しの歌(パリノディア)』 104

『エリピュレ』 106

『イリオン攻略』 108

『帰国譚』 115

『オレステス物語』 118

『猪狩人』 122

『ペリアスの葬送競技』[1]

断片一七八

ポダルゲ[2]の脚速き仔ら、プロゲオスとハルパゴスを

ステシコロスは『ペリアスの葬送競技』でヘルメスが（ディオスクロイに）【本断片】与えたと言っている。

『大語源辞典』

---

(1) ペリアスはテュロとポセイドンの子。ネレウスと双生の兄弟。異父弟アイソンからイオルコスの王位を簒奪するが、のちイアソンとメデイアに殺される。その子アカストスは父ペリアスを葬り、盛大な葬送競技を行なった。この詩はそれを題材としたもの。

(2) 疾風の精ハルピュイアの一人。西風ゼピュロスと交わってアキレウスの戦車を引いた神馬バリオスとクサントスを生んだ。またディオメデスの馬プロゲオスとハルパゴスの母も彼女であるという。

断片一七九（一）

胡麻菓子に碾き割り小麦、油と蜜の菓子、
ほかにまだ菓子と蜂蜜

セレウコス[1]の言うところによると、菓子についての最初の記述はパニュアッシス[2]がエジプトの人身御供について述べた中にあるということである。彼はそこで、エジプト人はたくさんの菓子とまたたくさんの鳥を供えると言っている。しかしそれ以前にステシコロスかイビュコスかが『（葬送）競技』と題された詩の中で乙女[3]に贈物をすると言っていて、【本断片】と歌っている。

アテナイオス『食卓の賢人たち』第四巻一七二d－e

断片一七九（二）

アンピアラオス[4]は跳躍で勝ち、メレアグロス[5]は槍投げで勝った。

この詩（『（葬送）競技』）がステシコロスのものであることを示す最も強力な証人は、詩人のシモニデスである。彼はメレアグロスのことを語ってこう言っている、「メレアグロスはその槍によって多くの若者たちを打ち破った、葡萄のたわわに実るイオルコスから渦巻くアナウロス川越しに槍を投げて。このようにホメロスもステシコロスも人々に歌ったのだ」と。そしてステシコロスはくだんの詩『（葬送）競技』の中でまさにそのように歌っているのである、【本断片】。

アテナイオス『食卓の賢人たち』第四巻一七二e－f（前に続く）

『ゲリュオン譚[6]』

断片一八四（補遺七）

音に聞くエリュテイアとほぼ向かい合った

（1）アレクサンドリア期の学者。前一世紀頃。

（2）前五世紀の叙事詩人。

（3）ペリアスの娘アルケスティス。

（4）アルゴスの英雄。

（5）アイトリアのカリュドンの王。オイネウスとアルタイアの子。

（6）ゲリュオンはクリュサオルとカリロエの子で、オケアノス（大洋）に近いエリュテイア島に住む三頭三身の怪物。その所有する牛を盗みに来たヘラクレスを追撃し戦いを交えるが、逆に殺される。詩篇はこの両者の戦闘を主題としている。

タルテッソス、
その無尽の銀の床なす
流れのかたわら、
岩の洞の中で

昔の人はバエティス(1)のことをタルテッソスと、またガデイラ(2)とその付近の島のことをエリュテイア(3)と呼んだようである。ステシコロスがゲリュオンの牛飼（エウリュティオン）について以下のようにその誕生の模様を語っているのもこのためのようである、【本断片】。

ストラボン『地誌』第三巻二-一一

補遺八

深海の波濤を［越えて］彼ら(4)は
神々の美しき島へとやって来た、
ヘスペリデス(5)が黄金の館
をもつところへと。

〈以下三行判読不能〉

パピルス（P. Oxy. 2617 fr. 6）

補遺九（b）

］頭を。［
矢］筒
〈判読不能〉
］男……［
］心［　］［

パピルス（P. Oxy. 2617 fr. 42b）

（1）スペイン南部の川。付近一帯は地下資源に富む。
（2）現カディス。ジブラルタル海峡北西に位置する。
（3）ガディラ付近のガディラ島を指す。
（4）エウリュティオンとその母エウリュティアを指すか。
（5）ヘスペリスの複数形。「夕べの娘たち」の意。ガイアからもらった黄金の林檎が植わっている園の番人。

補遺一〇

［ ］［ ］［
痛ましい……
いや、わが友よ、母君カリロエと
　軍神《いくさがみ》アレス(1)に愛でられし父上
クリュサオルを　［

パピルス (P. Oxy. 2617 fr. 25)

補遺一一

その手で　［
彼に、不死なるクリュサオルと
カリロエの強き息子が
　答えて言うのに、

〔エポドス〕

冷たい死の話をもち出して
　勇猛なるわが心を怯ませないでもらいたい。
また「（わたしに頼まないでほしい?）
　というのは、もしわたしがオリュンポスの神々の
生活に与るがごとく、」不死で老齢を知らぬ
　そういう生まれつきであったなら
結構なこと「
　非難を「（耐え忍ぶのも?）

〔ストロペ〕

そして「
牛たちがわたしの小屋から外へ
　駆り出されて行くのを見ること……

（1）エリュテイアでハデスの牛を預かる牛飼メノイテスがゲリュオンに向かって告げた言葉。

だが、友よ、もしもわたしが［忌まわしい］老年に
　到達せねばならぬとすれば、
そして至福の神々のもとを［遠く離れ、
はかない生命《いのち》の者らに混じって生きねばならぬとすれば、
そのときは定められたものを［耐え忍ぶほうが
　ずっとましなこと、［死を逃れようとし

〔アンティストロペ〕

愛しき子ら］や一族の上にこの先［降りかかってくる
禍を避けようとあがくよりは、
　クリュサオルの息子たるこの身には。
どうかこれが至福の神々の
　好むところとなりませぬように、
　　］わたしの牛たちについて
　　　〈二行欠損〉
　　］（ヘラクレス[1]？）

パピルス（P. Oxy. 2617 frr. 13-15）

補遺一二

〈判読不能〉

……［護］られた……［
やってくる彼の姿を目にとめて彼女は声をかけた。(2)

〔アンティストロペ〕

強さこそ勝利の（もと？）
憎むべき［　］
……白い［
言うことをお聞きなさい、わが子よ［

〈以下二行判読不能〉

（1）欠落箇所の読みはおおむねキャンベル（ロウブ版）による。　（2）息子のゲリュオンに母カリロエが。

アイギスもつ（?）［
大いなる［
　立てるだろう……

〔エポドス〕

……ない［
死［
だが……［
　〈以下二行判読不能〉
手……［

パピルス (P. Oxy. 2617 fr. 19)

補遺一三

〈判読不能〉

〔エポドス〕

」わたくし、不幸な女、子供の点
でも恵まれず、惨めな日に遭うばかり。
ねえ、」ゲリュオンよ、お願いです、
もしもかつてわたしがおまえに乳房を与え
〈判読不能〉
〈欠損〉
愛しい［母のかたわらで］おまえは喜んで
……楽しい］食事の折に。

〔ストロペ〕

（こう言って彼女は？）香りの］よい長衣《うちかけ》を……
〈以下三行判読不能〉

パピルス（P. Oxy. 2617 fr. 11）

補遺一四

というのは誰ひとりとして」もの皆の王ゼウスのかたわらに
　残ってはいなかったからだ。

〔ストロペ〕

そこで輝く眼のアテナが
馬を駆る強き心の叔父御[1]に向かい
　意を尽くしてこう説いた、
さあ、以前に約束なされたことを
　思い出して
望まれぬがよい、」ゲリュオンを死から（救い出そうなどとは）……

パピルス（P. Oxy. 2617 fr. 3）

〔ストロペ〕

〈二行判読不能〉

］二つ［

〈欠損〉

］心の内に彼(2)は決めた［

〈判読不能〉

はるかに有利だと［彼には思われた

］密かに戦いを仕掛けることが［

〔アンティストロペ〕

］強力な者に対して。

（1）ポセイドンのこと。ゼウスの子アテナにとって、ゼウスの弟ポセイドンは叔父に当たる。そのポセイドンはクリュサオルには父、ゲリュオンには祖父に当たる。

（2）ヘラクレス。

脇にかがんで］ 工夫を凝らした、
　］辛い破滅を。
そして彼[1]は］ 楯を ［胸の］ 前に構えた。
　こちら[2]は石で］
こめかみを打った。］ するとと頭から
　たちまち大きな］
音をたてて］ 馬の毛の前立てのついた兜が ［落ちた。
それはそこの］ 地上に ［ある。
　〈以下一三行欠損〉

パピルス (P. Oxy. 2617 fr. 4+5, col. i)

　］忌[3]まわしい
死という ［終わりをもたらし、
頭上より ［非運を］ 引きめぐらし、
血と ［　　　］と胆汁……

〔アンティストロペ〕

すなわち光る頸をもつ水蛇《ヒュドラ》、人間の殺し手の
苦悶で汚された（矢で？）。無言のまま彼は
　狡猾にも額に打ち込んだ。
それは肉と骨とを切り裂いた、
神の摂理にしたがって。
矢は頭の天辺に
　まっすぐに止まり
真赤な鮮血で胸甲と
　血まみれの四肢を汚した。

〔エポドス〕

ゲリュオンの首はがくりと折れ曲がった。

（1）ゲリュオン。
（2）ヘラクレス。
（3）以下はヘラクレスの矢の描写。

さながら罌粟《けし》の花が
そのたおやかな姿を害《そこ》のうて
とつぜん花弁を打ち落とし［

パピルス (P. Oxy. 2617 fr. 4＋5, col. ii)

補遺一六

］そして……［
二番目の［（頭部[1]は？）
棍棒［

パピルス (P. Oxy. 2617 fr. 31)

補遺一七（断片一八五）

かくてヒュペリオンの強き息子[2]が
大洋を渡って

聖なる暗き夜の底へ、
母のもと、契りおうた妻や
愛しい子らのもとへ
行き着かんものと
黄金の酒杯に身を乗り入れたとき、
ゼウスの子(3)のほうは
月桂樹が影を落とす杜の中へと歩みを進めた。

ヘリオスも西に没するときは杯に乗って運ばれていくと、ステシコロスが以下のように言っている、【本断片】。

アテナイオス『食卓の賢人たち』第十一巻四六九e

(1) ゲリュオンは三頭三身の怪物。ヘラクレスは二番目の頭部めがけて棍棒をふるったものか。

(2) 太陽神ヘリオス。

(3) ヘラクレス。ヘラクレスは、太陽神ヘリオスが夜間それに乗って大洋を渡る黄金の酒杯を借りて大陸からエリュテイア島へ渡った。仕事を終えて大陸に帰り着き、それをヘリオスに返したのである。ペレキュデス（前五世紀アテナイの年代記作者）の『歴史』（断片）第三巻にこのくだりがある。アテナイオス『食卓の賢人たち』第十一巻四七〇c参照。

補遺一九（断片一八一）

酒瓶三個分はたっぷり入る
酒杯《スキュピオン》を取り上げ、
口にあてがい呑み干した、彼のためにとポロスが
水と和えて手渡した、その酒杯を。

ステシコロスはケンタウロスのポロスの家の酒杯のことをスキュピオン・デパスと呼んでいる。スキュピオンにスキュポエイデス（鉢の形をした）の意味をこめてのことである。彼はヘラクレスのことを次のように描写している、【本断片】。

アテナイオス『食卓の賢人たち』第十一巻四九九a—b

『ヘレネ』[1]

断片一八七

夥しい数のキュドニア林檎[2]を、彼らは王の馬車めがけて投げかけた。
さらに無数の天人花の花、
そして薔薇の花冠、菫で編んだ花環をも。

　ステシコロスはキュドニアの林檎のことを『ヘレネ』の中で次のように言っている、【本断片】。

アテナイオス『食卓の賢人たち』第三巻八一d

---

(1) トロイア戦争の因となった美女ヘレネをめぐる物語。この詩行はメネラオスとヘレネの結婚式の模様を描写したものであろう。

(2) マルメロのこと。キュドニアとはクレタ島北西部の地名。

断片一八八

密陀僧《みつだそう》(1)の足洗い桶

アテナイオス『食卓の賢人たち』第十巻四五一d

『歌い直しの歌（パリノディア(2)）』

断片一九二

この物語は事実を告げたものではない。
あなた(3)は漕座もよい船に乗り込みはしなかったし、
またトロイアの城砦へは行くこともしなかった。

物語をするにあたって誤ちを犯した人には、それを浄める法が昔からある。ホメロスはそれを知らなかったが、ステシコロスはわきまえていた。つまり彼がヘレネのことを悪く言ったために両眼の視力を奪われたとき、ホメロスのようにそのわけを不問のままにおかずに、そこはムーサの徒であるだけに原因を突きとめ、ただちに次のような詩を作った、【本断片】。そしてこの『歌い直しの歌（パリノディア）』と呼ばれる詩をすっかり作り終えるや、たちまちにしてその視力を取り戻したのであった。

プラトン『パイドロス』二四三A

断片一九三

歌と踊りを好む女神(4)よ、いま一度ここへ
黄金の翼もつ乙女(5)よ、

（一方の『歌い直しの歌』の中で）彼はホメロスを非難して言う、その幻影ではなくヘレネ本という。これが『歌い直しの歌』と呼ばれているものである。

(1) 一酸化鉛。
(2) ステシコロスは、はじめヘレネの行状を非難する内容の詩を作ったところ（さいぜんの『ヘレネ』であろうか）、神罰を蒙って両眼の視力を失った。そこで再度詩を作ってヘレネの名誉回復を図ったところ、たちどころに視力を取り戻した
(3) ヘレネ。
(4) 詩神ムーサを指す。
(5) 前註に同じ。

人をトロイアへ行かせたと。またいま一つの詩ではヘシオドスも非難の対象にしている。というのは二種類のたがいに異なる『歌い直しの歌』が存在するからである。その一方の冒頭はこうである、【本断片（先）】。いま一つのそれは【本断片（後）】である。ステシコロス自身の言うところでは、トロイアへ行ったのは幻影のほうで、ヘレネ本体は（エジプト王）プロテウスのもとに残っていたという。

パピルス（P. Oxy. 2506 fr. 26 col. i）

『エリピュレ[1]』

補遺一四八

〈一行判読不能〉

］このように英雄アドラストスは［

声をかけて言った、アルクメオンよ、

立ち上がってどこへ［行こうというのだ、
会食者や卓れた歌人を置き去りにして。

こう彼が言うとアンピアラオスの息子
アレスに愛でられし者は答えて言った、
友よ、君は飲んで、宴の席で
心楽しませていてくれ、だがわたしには行かねばならぬ
用事があるのだ……

パピルス（P. Oxy. 2618 fr. 1, col. i）

〈四行欠損および判読不能〉

どのようにして母上[2]は［獣を車駕《くるま》に繋ぎ
わたしの花嫁探しに

（1）エリピュレはアルゴス王タラオスの娘。アンピアラオスの妻でアルクマイオン（アルクメオンに同じ）の母。テバイ攻めをめぐる夫、息子との確執から、息子アルクマイオンに殺された。詩篇はこれを主題とする。

（2）エリピュレを指すか。

シキュオン］へと出かけたのか
傲慢なアナクサンドロス[1]の娘を求めて
結婚させるために[2]……子供……

パピルス（P. Oxy. 2618 fr. 1 col. ii）

『イリオン攻略』[3]

補遺八八

〈五行判読不能および欠損〉
アクロポリスの神殿へ急いで行くのだ、
トロイアの者ら、それに多くの援軍の人たちも、
われらが言い負かされてここにいるこの［浄められし（?）馬、
女神への］聖なる捧げ物を

無様にも辱めるような
ことのないように。
いや、女神の［怒り］をば畏れ敬うように［
　〈二行判読不能〉
こう彼（4）は言った……［
彼らは考えた［
巨大な］馬を［
そしてさながら葉の繁った……（から？）［
羽の密なる翼で……
長い翼もつ鷹を（見て？）
椋鳥たちは叫びたてた［
　〈七行判読不能および欠損〉

（1）不詳。
（2）キャンベル（ロウブ版）で読む。
（3）イリオン（トロイア）攻城戦を歌う。
（4）木馬を受け入れるようにと説くテュモイテス（トロイア王ラオメドンの子。プリアモスの兄弟）か。ウェルギリウス『アエネイス』第二歌三二参照。

補遺八九

パピルス (P. Oxy. 2619 fr. 1 col. ii)

〈二行判読不能〉
処女のような［
請い求める［

だがいま美しく流れるシモエイス[1]の川渦のほとりで
一人の男[2]が手酷くわれらを欺いた［
畏れ多い女神アテナのご意志のもと
計測と技術《わざ》を学び取った……その彼の［
］……戦いと
そして戦闘の雄叫びの代わりに名声を［
場所広きトロイアを攻略する日を
］もたらした

」……労苦の数かず［
〈四行判読不能〉

パピルス（P. Oxy. 2619 fr. 15b＋30＋31）

補遺一〇五

〔アンティストロペ　一〕

」……援軍の者ら［
」ダルダノス……［
」……を去って［
」……（カッサンドラ？）
」　［
大地を」支える者の(3)［
火の手を拡げ……

(1) トロイアの川。
(2) エペイオス。木馬の発案者。
(3) ポセイドン。

］　　　　［

〔エポドス　一〕

ダナオイ人《びと》は逸る気にまかせて馬から跳んだ
大地を揺すり大地を支える神聖なるお方［
というのは、アポロンは……［
神聖なる［　　］をアルテミスもアプロディテも……ない［
］　　　　［
］トロイア人の町をゼウスは［
〈判読不能〉
］……トロイア人らを
］……奪われて［

パピルス（P. Oxy. 2619 fr. 18＋ 2803 fr. 11）

補遺一一五、一一六

（彼は）] 町を [毀《こぼ》]ち……

子] 供、アイアコスの裔(1)の [

] [

] 町のまわり…… [

〈二行判読不能〉

スカ] マンドロス(2)の [花咲く牧場

パピルス (P. Oxy. 2619 fr. 27 + 2619 fr. 28)

補遺一一八

] [

〈判読不能〉

(1) アキレウスか。

(2) トロイアの川。

］……容易に［
］　［
］……重苦しい［呻き声をあげながら
］
ト］ロイアの、音に聞こえた［
しつらえも］見事な（城砦を）打ち毀《こぼ》ち［
］
人］びとのうちでも名のある［
〈判読不能〉

パピルス（P. Oxy. 2619 fr. 32）

断片二〇〇

というのは、王侯たちのために彼(1)がいつも水運びをしているのを
ゼウスの娘御(2)は可哀そうに思っていたからである。

彼ら（シモニデス、およびシモニデスがケオス島のカルタイアで訓練していた合唱団）のとこ

ろにはロバが水を運んできていたが、このロバを彼らはエペイオスと呼んでいた。これはエペイオスが水運びをしたという故事、およびカルタイアのアポロンの神殿に記録して残されているトロイア伝説に拠っている。それには以下ステシコロスも言うとおり、エペイオスはアトレウスの子らに水を運んだとある。【本断片】。

アテナイオス『食卓の賢人たち』第十巻四五六f－四五七a

『帰国譚[3]』

断片二〇九

若い婦人[4]はとつぜん神からの啓示を目に（して喜んだ？）
そして彼女はオデュッセウスの息子に次のように声をかけた。

（1）エペイオス。一一一頁註（2）参照。
（2）アテナ。
（3）トロイア戦後のギリシアの武将たちの諸相を描く。
（4）ヘレネ。

テレマコスよ、きっとこれは天からのわたしたちへの報せの者[1]です、
不毛の空を突き抜け降りてきて、……へと飛び去った、
］血まみれの（喉？）で叫びながら。
］……［オデュッセ］ウスは汝が館に姿を見せ、
］……（予言を業とする？）男……
］アテナの計画に従って。
］……（どうか言い給うな？）、この女はうるさく鳴き叫ぶ鴉《からす》だと。
］……わたしはそなたを引き止めはしない。
ペネロペイアは愛しい夫の息子であるそなたを見て
］……［ ］この上なく喜ばしい（成り行き）
］［ ］（神々しい？）……［
〈以下八行欠損および判読不能〉

パピルス（P. Oxy. 2360 col. i）

銀の……［
上部は黄金で［

ダルダノスの裔の（プリアモス?）から［
プレイステネスの子(2)［
そしてこれらのこと……［
〈判読不能〉
黄金［

パピルス (P. Oxy. 2360 col. ii)

(1) ホメロス『オデュッセイア』第十五歌一六〇以下参照。鵞鳥をさらって飛び去った鷲を指す。ヘレネはこれを、帰国したオデュッセウスが悪辣な求婚者たちを退治する前兆と読み解く。

(2) メネラオス。メネラオスの父親はアトレウスではなく、その兄弟のプレイステネスとする異伝がある。

『オレステス物語[1]』

第一巻（？）

断片二一〇

ムーサよ、汝戦を退《しりぞ》け、われとともに
神々の華燭の宴、また人の子らの饗宴
それに至福の者らの祝祭を嘉《よみ》し頌《たた》えつ……

「ムーサよ、汝戦を退け友なるわれと舞いたまえ／神々の華燭の宴、また人の子らの饗宴、／至福の者らの祝祭を嘉し頌えつ」（『平和』七七五—七七七）。右のものは捩《もじ》り歌であるが、等閑に付されてきた。だが歌いぶりはしごく洗練されたものとなっている。ステシコロスの本歌は以下のとおり、【本断片】。

アリストパネス『平和』七七五以下への古注

断片二一一

……春の季節がめぐりくれば
燕がさえずる。

「春、燕がとまって[2]声あげて歌うとき」（『平和』八〇〇）。これまたステシコロスの捩りである。ステシコロスの本歌は以下のとおりである、【本断片】。

アリストパネス『平和』八〇〇への古注

断片二一二

麗しき髪の優雅の女神《カリテス》らの歌（ダモーマタ）をこそわれら歌うべき、
春くれば
プリュギアの調べを柔らかに汲み出して。

「麗しき髪の優雅の女神らの歌（ダモーマタ）をこそ、技に長ける歌人はうたうべき」（『平

（1）アガメムノン、クリュタイメストラ、エレクトラ、オレステスらの一族の血を血で洗う惨劇を描く。

（2）「喜んで（hēdomenē）」と読み替える説（ベルク）もある。

和』七九七以下）。これはステシコロスの『オレステス物語』の詩句に由来する。【本断片】。ダモーマタとは公衆の面前で歌われる歌のこと。

アリストパネス『平和』七九七以下への古注

第二巻

断片二一四

石くれで（リタコイス）

リタコス（lithakos）。「石」。この語をステシコロスはその『オレステス物語』の第二巻で使っている、【本断片】。

ホメロス『イリアス』七-七六「証人（martyros）」へのハブロン[1]の注

断片二一七

この弓を与えよう、

わが手によって美々しく装われたのを［　］……強く
的を撃つべく。

パピルスによる注釈[2]。ステシコロスは（ホメロス？とヘシオドス？の）物語を使用した。そして他の詩人たちのほとんどはその彼の資料を使用した。というのは、ホメロスやヘシオドス以後、彼ら（の書くもの）はとりわけステシコロスと一致するからである。たとえばアイスキュロスは『オレステス物語』――『アガメムノン』、『供養する女たち』、『慈みの女神たち』――を作る際、髪の房による再認を工夫した。これはステシコロスにあるものである。エウリピデスはオレステスの弓がアポロンから彼に贈られたものだとしている。つまりこう言われているのである。「角筈《つのはず》の弓をおれによこせ。アポロンから拝領したやつだ。それで女神たちからわが身を守るようにとアポロンの神はおっしゃった[3]」。そしてステシコロスには、【本断片】とある。

パピルス（P. Oxy. 2506 fr. 26 col. ii）

（1）アウグストゥス時代のギリシア人文法家。
（2）紀元後二世紀頃のもの。
（3）エウリピデス『オレステス』二六八以下。

断片二一九

彼女には頭の先が血糊に汚れた大蛇が自分の方に寄ってくるかと思われた。
そしてその頭からプレイステネス[1]の裔の王[2]が現われ出た。

　ステシコロスはクリュタイメストラの夢に現われたものが事実や真実と一致するように、以下のように言っているのである、【本断片】。

　　プルタルコス『神罰の遅れについて』一〇（五五五A）

『猪狩人』[3]

断片二二一

そして鼻面の先を土の下に隠した。

　ステシコロスは『猪狩人』の中で言っている、【本断片】。

アテナイオス『食卓の賢人たち』第三巻九五d

断片二二二

テスティオス(4)の息子たち。

五人の子供たち、］ 年齢《とし》がいって生まれた子らで可愛さ一入《ひとしお》なのが
家に残った。だが走ることと
勇気］ にかけて卓《すぐ》れたプロカオン(5)とクリュティ
オス(6)は出かけた。

(1) ペロプスの後裔の一人。アトレウスに代わってアガメムノンとメネラオス兄弟の父親に擬せられることがある。
(2) オレステス。
(3) ギリシア中西部アイトリアのカリュドンで催された野猪狩りに参加した勇士たちにまつわる話を描く。
(4) プレウロンの王。アルタイアの父。メレアグロスの祖父。
(5) テスティオスの息子。
(6) テスティオスの息子。

そしてラリッサ(1)から］エウリュティオン(2)がやって来た、
］流れ落ちる外套
〈判読不能〉
そして強く］賢いエラトスの息子(3)

パピルス（P. Oxy. 2359 fr. 1 col. i）

一方にはロクリス(4)の
勇士たちが席を占めた［
愛しい子供たち［
信頼に足るアカイア(5)の者ら［
また意気盛んな［（ポキス(6)の者、彼らは？）
神聖なるボイオティア(7)が住居とするところ
穀物を養い育てる地が。
他方にはドリュオプス人《びと》(8)とアイトリア人《びと》(9)、

勇猛果敢な

パピルス (P. Oxy. 2359 fr. 1 col. ii)

出典不明断片

断片二二二(b)(『テバイ物語』?)

…………

(1) ギリシア北東部。
(2) カリュドンの猪狩り参加者。一緒に参加したペレウス(アキレウスの父)の槍が誤って当たり、死んだ。
(3) カイネウスのこと。父エラトスはラリサの王。
(4) ギリシア中部地方。
(5) ペロポンネソス半島最北部。
(6) ギリシア中部。デルポイ北方の地域。
(7) ギリシア中東部。テバイ近辺の地。
(8) パルナッソス、アルゴリス、アルカディアに散在していたギリシア先住民。
(9) ギリシア西部アイトリア地方の住民。

いまの悲しみにさらに辛い心配事を加えてくださいますな(1)、
今後のわたくしの身に
　重い希望をいまから教えてくださいますな。

〔エポドス〕

というのも、不死なる神々は
　聖なる地上に、絶えまない争いも、また友愛も
いつも一様に人間の族《やから》にしつらえられたわけでも
また築き上げられたわけでもなかった。
いえ、神々は一日のうちにもたがいに異なる思いを授けられるもの。
そなたの予言も、遠矢射る神アポロンは
そのすべてを成就なさるわけではない。

〔ストロペ〕

もしもわが子らがたがいに殺しあうのをこの目にするのが
わたくしの定めなら、運命の女神《モイラ》らがそう緯《いと》を紡いでいるのなら、

すぐにもこのわたくしにおぞましい死の終わりが来てほしいもの。
いまの悲しみに
　涙に満ちた嘆きが加わるのを目にするまえに、
館の内で子らが命絶え、
　あるいは城砦《まち》が敵の手に落ちるのを見るまえに。

〔アンティストロペ〕

それよりもさあ、吾子らよ、わが言の葉に［従うのです、］愛し［子らよ
そなたらに以下、その行く末を語り聞かせようから。
一人はディルケ(2)の泉の傍《はた》、この館に主として住居し、
いま一人は愛しい父親譲りの
　家畜と多量の黄金とを手に国を出ることになるが、
このあとのほうは賽を振って先に目が出たほうの取り分。

---

(1) 以下、イオカステの、予言者テイレシアスへの言葉。この詩篇はオイディプス亡きあとのテバイの覇権をめぐるエテオクレス、ポリュネイケス兄弟の争いを描くものと推測される。
(2) テバイの泉。

運命の女神らの取り決めはそうなっている。

〔エポドス〕

というのも、そうすることこそそなたたちには
　神のごとき予言者の警告に告げられた
悪しき定めからの救いとなると思われるから。
もしや新たにクロノスの御子[1]が
カドモス王の一族と城市《まち》とを［護り、
（王の）一族に定められている禍を
のちのちまでも取り払うおつもりであるのならば。

〔ストロペ〕

気高き婦人は柔らかな言葉を連ねてこう言い、
館内での子らの争いを止めに入った、
予兆の解読者テイレシアスの力を借りて。子らはこれに従った。

パピルス（P. Lille 76 A ii＋73 i）

]大いなる（苦悩に結着を?）つけて
（アル]ゴス?）
]曲がった角の牛たち、それに馬たちを
運命[のままに

]何が（起こる?）ことになっているか
アドラストス王[2]の[館へ（汝は到達しよう?）
彼はそなたを歓迎し]美しい娘を与えるであろう。
]
]町びとはそなたに与えよう、
（それにアクリシオス[3]の町も?）
（アドラストス?）]王の[（激励で?）
（わたしは話す?）]エテオクレスに何もかも

（1）ゼウス。
（2）アルゴスの王。
（3）伝説上のアルゴス王。

心の内にひどく［（わたしは恐れる？）
ポリュネイケスの［（取り分を？）］取ろう［（と望んで？）
……［　　］
町全体に［（大いなる不幸を及ぼすかもしれない？）
それに母［上にも混乱と
いつも［（新たな？）］悲しみとを

この［（禍をどうか防いでくださるように？）
すべての神々のうち［（どなたでもよい？）
……［（惨めな？）人間の］族にいちばん親身に（心をかけてくださる方が？）
こう、かの高名なテイレシアスは言った。そしてただちに［
家を出て［（勇者は？）
立ち去っていき、［（そのあと？）］敬愛するそのポリュネイケスに
テバイ［の（貴顕の人々も？）従って行った
旅に出た［そのはじめ、］大きな城壁[1]の［かたわらを過ぎ

……［　　　］……彼とともに
多くの［　　　］……人々はやって来た［（アテナイ？）郊外[2]まで
神々の］導きを受けて。［そして（早くも？）
　］イストモス[3]に着いた
海の［神、（大地を揺する神の？）
……［　　　］（祈りとともに？）
だが［（そのあと彼らは？）］美しき町コリントス[4]を指して（そこを発ち？）
たちまちにして［美しいたたずまいの］クレオナイ[5]の町に達した……

パピルス（P. Lille 76 C ii＋B）

（1）ボイオティアのエリュトライのか。
（2）アッティカ地方の西端エレウシス。
（3）ペロポンネソス半島へ入る地峡部。
（4）ペロポンネソス半島の地峡部近くの町。
（5）コリントス南西部の町。

断片二二三

というのは、テュンダレオスは
あるときすべての神々に供犠しながら、気前のよいキュプリスだけには
忘れていた。怒った彼女はテュンダレオスの娘たち(1)を
二度三度と結婚させ、
夫を捨てるように仕向けた。

エウリピデス『オレステス』二四九への古注

断片二二八

わが先祖（パトローア）(2)、神のごときメランプスを。

一方ステシコロスは父方の先祖に patrōs を使い、アンピロコスに次のように言わせている、【本断片】。というのは系譜はメランプスからアンティパテス、オイクレス、アンピアラオス、そしてアンピロコスとなるからである。

エウスタティオス『ホメロス「イリアス」注解』一一-六六二

断片二三二

アポロンは歌と踊りを
ことのほか好まれる。
嘆きと悲しみはハデス(3)の受け持ち。

エウリピデスの言は適切である、「死者に捧げる灌奠の酒／金色の髪のアポロンの／嘉し給わぬ悲しみの歌」（『嘆願する女たち』九七五以下）と。そして彼より以前にステシコロスも言っている、【本断片】。

プルタルコス『デルポイのEについて』二一

断片二三三

パラス(4)、武具をきらめかせ

（1）クリュタイメストラとヘレネを指す。いずれも「二夫にまみえず」の逆をいった。
（2）パトロース（patrōs）の対格形。
（3）冥界を統べる神。
（4）アテナ女神の別称。

広い大地へ跳び降りた。

ステシコロスの（アテナ女神の）誕生を描いたなかに。【本断片】。

パピルス（P. Oxy. 2260 col. ii 18 sqq）

断片二三五

中空の蹄の馬たちの主人

ステシコロスは【本断片】とポセイドンを呼んでいる。

ホメロス『イリアス』六-五〇七への古注

断片二四〇

ここへ来ませ、澄んだ声のカリオペイア。[1]

詩神ムーサへの祈願の言葉で巻を開くのはヘシオドスだけではない。……ステシコロスも以下のように言っている、【本断片】。

エウスタティオス『ホメロス「イリアス」注解』九-四三

断片二四二

城門の傍《はた》で戦う者よ(2)、汝こそ真っ先に

アテナイオス『食卓の賢人たち』第四巻一五四f

断片二四三

彼らは勁《つよ》い(ラディヌース)(3)槍を投げた。

ラディネース(radinēs)。「ほっそりした」。……この語をステシコロスは「強健な(eutonos)」の意味で使っている。【本断片】。

ロドスのアポロニオス『アルゴ船物語』三-一〇六への古注

---

(1) 九柱の詩神の一人。抒情詩の女神。オルペウス、セイレンたち、リノス、レソスは彼女の子とされる。

(2) アレスのことか。

(3) ラディネースの複数対格形。

断片二四四

というのは、死者のために泣くのは無意味で無駄なことだから。

ストバイオス『詞華集』四-五六-一五

断片二四五

人間死んでしまえば、受けた善意もすべて失せる。

ストバイオス『詞華集』四-五八-五

断片二五〇

歌舞の導き手

ステシコロスは詩神ムーサのことを【本断片】と呼んでいる。

アテナイオス『食卓の賢人たち』第五巻一八〇e

〈参考〉ステシコロスも詩神ムーサのことを【本断片】と呼んでいる。

エウスタティオス『ホメロス「オデュッセイア」注解』一四八〇-二三

断片二五五

吠えやまぬ犬の声

ホメロス『イリアス』二一-五七五への古注

ヘロディアノス『ホメロス「イリアス」のアクセントについて』二-一一八

断片二五八

戦乱の中でも動じない（戦闘舞踊の踊り手たち）

ブリュアリクタイ（bryaliktai）。「戦闘舞踊の踊り手たち」。【本断片】と、イビュコス[1]およびステシコロスに出てくる。

ヘシュキオス『辞典』

（1）断片三二五。

断片二五九

真夜中星[1]

【本断片】。七つの惑星のうちの一つでピュタゴラスの命名による。ステシコロスもこれに言及している。

『未刊行ギリシア文献集（An. Gr.）』三-一三九七

断片二六〇

山の銅

【本断片】。銅の一種（黄銅鉱）。ステシコロスおよびバッキュリデス[2]にもこの言い方がある。

ロドスのアポロニオス『アルゴ船物語』四-九七三への古注

断片二六二

ヒドリガモ

【本断片】。アヒルに似ているが大きさは鳩なみの鳥。これにはステシコロスおよびイビュコス[3]も言及している。

アリストパネス『鳥』一三〇二への古注

断片二六五

テルキーネス

諺では嫉妬深い人や他人の粗捜しをする人のことを、上で言われていたとおりにテルキーネスと呼ぶ。ところがステシコロスは、このテルキーネスなる語を死霊および光を失い闇と化す現象を指すのに用いたと言われる。

エウスタティオス『ホメロス「イリアス」注解』七七二-三

---

(1) 火星を指すか。
(2) バッキュリデス「引用断片」五一。
(3) 断片三一七。

断片二六六

衆人の中でももっとも高邁なる精神の持ち主

エウスタティオス『ホメロス「オデュッセイア」注解』一四四一－一六

断片二六七

槍の穂先（カルメーン[1]）

ここのカルマ（charma）はカラ（chara）「喜び」に同じ。ところがホメロスはこれを「戦闘」の意に、またイビュコス[2]とステシコロスは【本断片】の意に用いている。

ピンダロス『オリュンピア祝勝歌』九－八六への古注

断片二七一

真昼間に夜が訪れた。

（もし君が最近起こった日食のことを覚えていないというなら）ここにいるテオン[3]がわれわれ

の前に引用してくれよう、ミムネルモス、[4]キュディアス、[5]アルキロコス、[6]それにステシコロスとピンダロスが日食の間これを嘆き、（ピンダロスは）「この上なく明るい星がその光を奪われた」と言い、（ステシコロスは）【本断片】と言い、（またピンダロスは）太陽の光が「闇路を駆けてゆく」と言っているのを。

プルタルコス『月面の顔について』一九（九三一E）

断片二七四

（i）パラス、都市を毀《こぼ》つもの、戦を好みかつ清らなる、偉大なゼウスの娘御、馬を馴らす乙女子をわれは喚ぶ。

（ii）都市を毀《こぼ》つ恐ろしきパラス、諍いを起こす神を

（1）カルメー（＝カルマ）の対格形。
（2）断片二四〇。
（3）文法家。後一世紀末頃盛時。
（4）エレゲイア詩人。前六七〇頃－六〇〇年頃。
（5）抒情詩人。前五〇〇年頃盛時。
（6）イアンボス、エレゲイアの詩人。前六八〇頃－六四〇年。

【本断片(ii)】は、エラトステネス(1)の言うとおりステシコロス(2)の歌の冒頭部分である。プリュニコス(3)はこの同じ歌をランプロクレス(4)のものであるとしてこう言っている、「パラス、都市の破壊者をわれは呼ぶ、戦を好みかつ清らなる、偉大なゼウスの娘御を」と。

アリストパネス『雲』九六七への古注

「パラス、都市を毀《こぼ》つもの」……これが歌の形であり始まりである。この歌の作者は、ルポス(5)やディオニュシオス(6)がその著『音楽』の中で言っているところによると、プリュニコスとかいう名前の人物である。しかし他の人たちの言うところによると、作者はランプロクレスかステシコロスということである。「恐ろしい」なる語はアリストパネスでの喜劇的な代用である。というのは歌は次のように続くからである、【本断片(i)】。

アリステイデス『弁論』四六-一六二への古注

このステシコロスの歌は以下のように始まる、【本断片(i)】。

ツェツェス『キリアデス』一-六八六

真偽不明断片

断片二七八（『ラディネ』[7]）

澄んだ声のムーサよ、さあ、サモスの子らの世に聞こえたその雅びの風を称
える歌を
お始めください、愛らしいリュラに合わせて声あげながら。

さらに『ラディネ』、これはステシコロスの作品とされているものであるが、こう歌い始めて

(1) アレクサンドリアの地理学者、文芸評論家。前三世紀の人。

(2) van Leeuwen の改訂で読む。写本はステシコロスに代えてプリュニコスとなっている。

(3) アテナイの喜劇詩人。前五世紀末頃。

(4) アテナイのディテュランボスの詩人。前五世紀初。

(5) 年代不詳のギリシアの文学者。

(6) ハリカルナッソスの。ハドリアヌス帝時代（後二世紀前半）のギリシアの文芸評論家。

(7) ペロポンネソス半島北西部トリピュリア地方の町サモスの乙女ラディネの悲恋を歌った詩篇。ラディネは同郷の青年レオンティコスを愛していたが、コリントスの独裁者と結婚することになる。海路嫁入りするラディネをレオンティコスは陸路を通って追った。独裁者は二人を殺したが、のち後悔して丁重に葬った。

いる、【本断片】。ここにいう子供たちはこのサモスの出身である。というわけは、ラディネがコリントスの王に嫁入りさせられたとき、彼女は西風の吹く頃サモスからそこへ船で行ったからである。

ストラボン『地誌』第八巻三-二〇

付　録（M・W・ハスラム校訂による補遺）

断片二二二（a）（『猪狩人』？）

＊

］以前に……［
］だが彼を……［
］エニュアリオス[1]自身と
］トリトゲネス[2]が［
］馬を駆る……町［を

］心根大きい［
……の幸］せなる男が［トリトゲネイア(3)を
〈一行判読不能〉

＊＊

］［　］［
］……へ返し与えた［
〈判読不能〉
］報せを（聞いた？）［
］彼を送った［
矢を雨と注ぐアルテミス［
獣の］狩り手なるゼウスの娘は

五

(1) アレスのこと。
(2) アテナのこと。
(3) トリトゲネスに同じ。アテナのこと。

愛しいカリュドン[1]」を……するよう［に
（大きなすばらしい獣皮？）

＊＊＊

〈三行判読不能〉
］彼（彼女？）は声をかけた［
］立派な父の娘よ
すぐにもそなたは不幸な報せを
家内《いえうち》に聞くことだろう
今日の日にも汝[2]が兄弟たちは定めに
そむいて命を落とす。彼[3]が彼ら[4]を殺した
〈判読不能〉
］［　　非］難されることなく
］心を［

＊＊＊＊（以下『帰国譚』？）

］［　　］［

］……（ネクタルの香のする油を？）［

］ヒッポテスの子アイオロス[5]の従兄弟[6]は、彼[7]の屍を［

〈一行判読不能〉

］大きな衣に包み、清らかな［

］外套の上に横たえ［

］屍を焼く薪の心配りをした［

］長い枝や乾いたトネリコの木を［

］積み上げて［

］（空？）［

（1）ギリシア北西部アイトリア地方の町。

（2）アルタイア。

（3）メレアグロス。

（4）母アルタイアの兄弟。

（5）風神。

（6）不詳。

（7）ミセノス。ヘクトルの従者。ヘクトルの死後、アイネイアスのラッパ手。

＊＊＊＊＊

］（戦い？）［
（なぜなら町は大いに栄えるから？）[1]
神が慈みを垂れるときは（？）
（そして死すべき者どもに徳も名誉も？）
（ない、天の配剤それにラケシス[2]に？）
（そむいては。そしてこの墓？）
（しごくはっきりとした？）［
　戦いの］行く末［
　］　［

パピルス（P. Oxy. 3876 fr. 1, 2, 4, 62, 64b）

（1）キャンベルで読む。
（2）運命の女神たちモイライの一人。配給者すなわち運命を割り当てる女神。

イビュコス

イビュコス●目次

パピルス断片

補遺一五一（断片二八二a）

〔アンティストロペ〕

……〕ダルダノスの子プリアモスの城市《まち》[1]、その巨大で
人の世に知られ、富み栄えた都を、彼らは滅ぼした、
偉大なゼウスの思惑をうけて
アルゴスから到来した者たちは。

〔エポドス〕

黄金《こがね》の髪のヘレネの美をめぐる

（1）トロイア。

世に聞こえた争いに身を置きつつ
涙ながらの戦の中、
さんざ禍を蒙ったのち城砦《しろまち》はついに滅亡に帰した、
黄金なす髪のキュプリス(1)のせいで。

〔ストロペ〕

だがいまわたしが歌おうというのは
主を欺いたパリスでもなく、
足くび細きカッサンドラでもなく、
これ以外のプリアモスの子らのことでもなく、

〔アンティストロペ〕

門扉高きトロイアの恥辱に満ちた陥落の日
のことでもなく、また
勇士たちの驕り昂ぶる勇気でもない、
中の空ろな、確《しか》と鋲で留めた船が

〔エポドス〕

トロイアに禍なすようにと連れてきたあの者たちの。
そしてまたその当の卓《すぐ》れた勇士たちのことでもない。
彼らを統べるのは王アガメムノン、
プレイステネスの血を引く人々の主《あるじ》、
卓れた父アトレウスより生まれた息子。

〔ストロペ〕

ヘリコン山(2)に住居する明智のムーサたちは
このような題材でも上手に物語《はなし》に入っていけよう。
だが死すべき人の身では、たとえ卓れた人でも
一つ一つをすっかり話すことはできはしない。

---

(1) アプロディテのこと。アプロディテ信仰の盛んなキュプロス島にちなんでこう呼ばれる。

(2) ギリシア中部ボイオティア地方にある山。ムーサたちの住まう山。

〔アンティストロペ〕

いったい幾艘の船がアウリスを発ち
アイガイオンの海(1)を渡ってアルゴスの国から
馬を飼うトロイアの地へと
やって来たのか、
青銅の楯で身を装ったアカイア人《びと》の息子らを乗せて。

〔エポドス〕

そのうち、もっとも卓れた槍の使い手
……］脚速きアキレウス
それにテラモンの子、巨軀剛勇のアイアス
……］［　　］［　］火の（?）

〔ストロペ〕

彼らとともにまた］アルゴスからは美丈夫の
キュアニッポス(2)がイリオンへと［やって来た、

アドラストスの裔の男だ。」
それにゼウクシッポス(3)も――ポイボスと契って」

〔アンティストロペ〕

水の精《ナイアス》の」 黄金の帯を締めた
ヒュリス(4)が生み落とした。この彼をトロイロス(5)に、
トロイア人《びと》もダナオイ人《びと》もなぞらえた、
ちょうど真鍮を三度《みたび》精錬した金に

〔エポドス〕

なぞらえるように、その愛しさあふれる肢体を
ひき比べて同等であるとしたのだ。

(1) 現エーゲ海。
(2) アドラストスの子(あるいは孫)でアルゴス王。トロイア戦争に参加した勇士たちのうち二番目の美男子であったという(一番目はプリアモスの子のトロイロス)。
(3) シキュオン王。
(4) ヘラクレスの子ヒュロスの娘。
(5) プリアモスの子。トロイア戦争に参加した勇士たちのうち随一の美男子とされる。

この二人はいつまでも美の分け前に与っているが
あなたにしたって、ポリュクラテス[1]よ、不滅の名声を保ちえよう、
わが歌、わが名声のお蔭をうけて。

パピルス (P. Oxy. 1790 frr. 1-3, 10, 12 + 2081(f))

〔エポドス〕

補遺一六六(断片二八二A)

〈四行判読不能〉

(彼らは)笛吹きの伴奏に合わせて歌った
] 何から何まで豪華な……
憧れ、] 愛の……ような……

〔ストロペ〕

] ……似つかわしく……[
] ……終わり……(確かな?)

］……権能……大いなる［
］……力……［神々は人間たちに
］多くの幸を与え給うた［
得ることを［望む者らに、］だが他の者らには［
モイライ(2)の［思し召しによって

〔アンティストロペ〕

］テュンダレオスの息子たち(3)に、民衆の指導者［
］ラッパの……の内に……のとき［
馬を馴らす［カストル］と［拳闘に卓れたポリュデウケスに
］神のごとき
］従者たち。その彼らに［
呼ばわう、］黄金の楯もつ偉大な［（アテナは？）

(1) パトロンであったサモスの僭主。
(2) 運命の女神モイライの複数形。
(3) カストルとポリュデウケス。この双生の兄弟はじつはゼウスの子で、ディオスクロイ（ゼウスの子ら）と呼ばれている。

］心配りの……

〔エポドス〕

そしてこのことは］語るに語れぬこと
］……子らによって。だが一方、汝をば［
（天上から？）］見そなわし給う、［日輪が、
地上に［住まう者らのうちで］もっとも美しい者を［
不死なる者に］姿形は似たものを［
］他の者はとてもそのようには［
］イオニア人《びと》の中にもまた……にもいない。

〔ストロペ〕

人で］名高い……［
ラケ］ダイモンに住まう（人々？）いつも
］歌舞と馬で［
］水深き［エウロタス[1]の流れ

］近くには見事な［
］繁み濃い（樅の？）木立ち……
果樹］園

〔アンティストロペ〕

そこで格闘技《レスリング》や駆け競べ
速さを］競って（行なわれている？）
］父祖の代からの、美しい［
〈二行判読不能〉
］……神々から、そして……(2)［
］……を纏ったテミス女神［
］　［

パピルス（P. Oxy. 2735 fr. 1）

(1) スパルタを流れる川。

(2) ロウブ版（ウエスト校訂）で読む。

補遺一七六（断片二八二A）

半神たちの……［
競技場での駆け競［べ
すべてを近づき難［い
そしてなにかある厳しい［
そしてそれは鉄でできて［いた
ヘラクレスの……を妻とした［
その彼を戦車につけ［
競走に勝利し［た
］イオラオス[1]が……戦を好む［（ヘラクレス？）が
（戦車に）乗り込んだのを……［
ペレウス[2]はしかし格闘技《レスリング》で……［
大いなる名誉を［
取りひしぐことは（？）できなかった［
打ち勝ちがたい［（乙女）[3]］を

彼]はまた[
]……強い[
クリュサオル(4)[の息子
ゲリュオンを[
殺]した[
〈二行判読不能〉

パピルス (P. Oxy. 2735 fr. 11)

(1) ヘラクレスの戦車の御者。
(2) アイギナ島のアイアコスの子。アキレウスの父。
(3) アタランタを指す。ペリアスの葬送競技でペレウスをレスリングで負かした。アポロドロス『ビブリオテーケー』第三巻九-二参照。
(4) ヘラクレスに退治されたゲリュオンの父。

補遺二三二[1]（断片二八二B）

『カリアス[2]』

この仕事[3]がいつまでもわたしのものでありますように。
そしてもし誰かわたしのことを密かに非難する人がいても。

【本断片】。わたしから離れたところでこっそりと、の意。つまり、もし誰かがわたしのことを非難しようとも、わたしにはすっかりお見通しだ（ということである）。

こういったことについては、わたしはさらにもっと自慢できる。

【本断片】。すなわち、彼らがわたしを非難するなら、わたしの自慢はさらに大きくなる……。

パピルス（P. Oxy. 2637 fr. 1 (a), 32-42）

菫《すみれ》色の、黒い[4]

補遺二三三（断片二八二B）

棍棒

【本断片】。……棍棒から……。

オイディプスの、またイノの暗澹たる禍に身を覆われても
愛しい思いを断ち切ることはできないだろう。

【本断片】。つまり彼が言うのは、オイディプスのような罪を背負わねばならぬとしても、またイノの受難を引き受けねばならなくなったとしても、この愛着を棄て去ることはできぬというのである……。

敵の待ち伏せ　　パピルス（P. Oxy. 2637 fr. 1 (b)）

【本断片】。……敵の待ち伏せ……

（1）補遺二二一―二二四は、イビュコスの詩に関する注釈のパピルス断片である。詩人自身の詩句と覚しきものをまず掲げ、注釈者の文章を付記する。
（2）誉れを与えられた人物（運動選手）名か。
（3）カリアス賞讃の仕事。
（4）キャンベル（ロウブ版）は、「黒い（melana）」を直前の「菫色」を注釈する語と解する。そのほうがわかりやすい。

補遺二二三（a）（断片二八二B）

……大地から［高みへ
高空を切り裂いて。[1]

……イビュコスは他のところで（言っている）、【本断片】。アケサンドロス[2]はその『キュレネ史』の中で、三つの首の怪物[3]の物語を解釈して言うのに、彼ゲリュオンは四頭立ての戦車に二人の同乗者を乗せて走った……。ティマイオス[4]の言うのには……テオドロス[5]……たがいに……大地[6]……。

疾風のごとく脚の速い……

【本断片】。彼の言うのに、ペガソスは馴らされた[7]……ドゥリス[8]はその『アガトクレス伝』第三巻で……と名づけられている。ピンダロスはその『オリュンピア祝勝歌[9]』で言っている……コリントス……アレクサンドロス……ポセイドン……。

パピルス（P. Oxy. 2637 fr. 5）

補遺二二四（断片二八二B）

イリオンの城砦の外側で

神にもまがうその少年を、彼は殺した。

トロイロス(10)……殺戮者……彼を見張っていたあとで……【本断片】。彼(11)は町の外、テュンブライオス(12)・アポロンの神殿でトロイロスを殺した。かくしてイリオンの外側に祭られた神々は、この神にもまがう少年を……予言……姉妹(13)……ヘクトルの……トロイロス……姉妹……。

パピルス (P. Oxy. 2637 fr. 12)

---

(1) 主体はペガソスか、ガニュメデスの鷲か、ゲリュオンか。ステシコロスはゲリュオンに翼を与えたとされる（ヘシオドス『神統記』二八七への古注）。これをイビュコスも踏襲したとすれば、この断片の主語はゲリュオンの可能性もある。

(2) 前四世紀の歴史家。

(3) ゲリュオンのこと。

(4) シケリアの歴史家。前三五六頃—二六〇年。

(5) 前一世紀のガダラ出身の修辞家のことか。

(6) キャンベルはこれを詩人の言とするが、底本（デイヴィース）どおり注釈者の言ととる。

(7) キャンベル（ロウブ版）で読む。

(8) サモスの僭主で歴史家。前三四〇頃—二六〇年頃。

(9) コリントスに由緒あるベレロポンとペガソスが登場する第九歌であろう。

(10) プリアモスとヘカベの子。

(11) アキレウス。

(12) アポロン神の添え名。

(13) ポリュクセネを指すか。

補遺二五七（a）（断片二八二C）[1]

］［
］　　［
］……滴らす［
］
］（酒宴の友の？）歌が汝を（褒める？）
］薔薇の愛しきつぼみのあいだで
おお、カリス[2]よ、汝は彼（の少年？）を養い育てた、
アプロディテの］社のほとりで。
花環は香ぐわしき匂いと、われは［（言わねばならぬ？）
］かの女神が媚びつつかの少年を
その香に染めた……
そして女神らは優しき美をば与え給う。
］だが正義《ディケ》の女神は［（女神らの歌舞から逃れた？）
］そしてわが四肢は重く、

夜もすがら眠りもやらず、
胸うちによしなしごとを巡らせる。

パピルス (P. Oxy. 3538 fr. 1 col. i)

〈二行判読不能〉

笛……［
多彩なうた
ピエリアのムーサらの、［
その中にわたしも少年のことを
歌う［
その眼に
髭の濃い……［
寄りかかり

---

(1) この断片はイビュコスのものか否か疑問視されている。ウェストはイビュコスのものとする。

(2) 美と優雅の女神。

白い頬の[1]（?）
曙の女神が昇るとき［
早起きの［
そして神々に［
〈判読不能〉

パピルス（P. Oxy. 3538 fr. 27）

］……乙［女
もしも彼が[2]乙女の部屋へ降［りて行ったとき、
手練《てだれ》の[3]母のためにその優しき胸の隅ずみまで
母からの贈物、憧れ心で染めつけられていなかったなら。
恵みをもたらす彼は喜びにあふれ
］……姉妹の子供［

パピルス（P. Oxy. 3538 frr. 29, 31）

引用断片

断片二八三（『抒情詩集』第一巻）

長いあいだ彼は驚きに身を固くして、彼の傍らに坐っていた。

ヘロディアノス『特殊措辞論』二-二六

断片二八五（『抒情詩集』第五巻）

そしてわたし[4]は白馬にまたがったふたりの若者

（1）ロウブ版で読む。
（2）エロス神。
（3）アプロディテ。
（4）ヘラクレス。

モリオネの息子たち(1)を殺した、
同じ齢《よわい》、同じ頭部《あたま》、身は一つ
ともに銀の卵から生まれたという
兄弟を。

イビュコスは『抒情詩集』第五巻でモリオニダイについてこう歌っている、【本断片】。

アテナイオス『食卓の賢人たち』第二巻五七f－五八a

出典不明断片

断片二八六

春になるとマルメロの木は
処女《おとめ》ら(2)の浄らな園を流れる
水に潤されて花をつけ、

蔭濃き葡萄樹の枝のもと
葡萄の若芽は生い立つ。だがわたしは
人恋しさに身の休まるときがない。
稲妻光るなか
トラキアの野を吹く北風さながら、
ひりひりするような狂おしさとともに
　キュプリスのもとから送り込まれた、
　　暗く恐れを知らぬ一撃が
力まかせにわが心を、その真底から
揺すぶり動かす。[3]

アテナイオス『食卓の賢人たち』第十三巻六〇一b

（1）モリオニダイ。ポセイドンとモリオネ（モロスの娘）との間に生まれた双生児エウリュトスとクテアトスのこと。二頭一体の双生児と伝えられるが、ホメロスでは二人は別人とされている（『イリアス』第十一歌七〇九、七五〇以下、および第二十三歌六三八以下）。彼らは銀の卵から生まれたとされ、ヘラクレスと戦って殺された。

（2）ヘスペリデス（「夕べの娘たち」の意）。マルメロの園生の番人。

（3）ここの意味不確定。「喰らいつくす」とも。

断片二八七

またもやエロスは黒ずんだ瞼《まぶた》の下から
　柔らかな眼で見つめ、
魅惑の限りを尽くしてキュプリスの
　果てしらぬ網目の中へとわたしを放り込む。
その襲い来るのを、いまわたしは震え待つ。
さながらすでに名遂げた馬が老いてのちも
まだ軛《くびき》に繋がれ、快速の戦車につけられて、いやいや競走の場へ出ていく
よう。

「しかしわたし（パルメニデス）には自分がイビュコスの（詩にある）馬と同じ状況に置かれたと思われる。イビュコスは自分を、これから競走に出ていくために戦車に繋がれ、その経験からこれから何が始まるか身を震わせながら待っている老競走馬になぞらえ、自分もまたそのように身老いて恋に身を灼くことを余儀なくさせられた身であると言った」（『パルメニデス』一三七A）。抒情詩人イビュコスの言うところは次のとおり。【本断片】。

　プラトン『パルメニデス』一三七Aへの古注

……イビュコスも同じ目に遭った。彼は年取ってから色恋沙汰にその身を投ずることを避けようとしてどうにもならず、出来したそのどうにもならぬ状態を、歴戦の老競走馬がその経験から目前に迫った事態を身を震わせながら待っている姿になぞらえている。この抒情詩人の述べるところ、以下のとおり、【本断片】。

プロクロス『プラトン「パルメニデス」注解』五-三一六

断片二八八

エウリュアロス(1)、碧い眼のカリスら(2)の裔《こ》、
髪うるわしきホライ(3)の慈しみの的よ、
汝をばキュプリスと柔らかな眼差しのペイト(4)とが
薔薇の臥床《ふしど》で育てあげた。

アテナイオス『食卓の賢人たち』第十三巻五六四f

(1) 若者の名。
(2) 美と優雅の女神。
(3) 季節を擬人化した女神。その複数形。キャンベル(ロウブ版)で読む。
(4) アプロディテ(キュプリス)の娘。

断片二八九（b）

かの者は他国の空《カオス》を飛んでいる。

最近は「大気（aer）」に替えて「虚空（chaos）」という。イビュコスがその一例。【本断片】。

アリストパネス『鳥』一九二への古注

断片二九三

というのはテュデウスの息子(1)のすることに無駄はなかったのだから

『真正語源辞典』

断片二九八(2)

卓《すぐ》れた父もつ不屈の心のアテナ女神と力をあわせ、戦った(3)。
なぜならアテナ女神を生んだのはゼウスその人であり、
彼女はゼウスの頭部より飛び出したのだから。

そしてイビュコスにおいても同様である。というのは、彼の言うところでは、ヘラクレスはゼウスのために【本断片】……。

パピルス（P. Oxy. 2260）

断片二九九

ブリアレオス(4)の娘オイオリュケ

ヘラクレスはヒッポリュテ(5)の帯を奪い取るため徒歩で出かけたとアポロニオスが言っているのは、話と合っている。……帯については多くの話がある。それがヒッポリュテのものだという人もいれば、デイリュケ(6)のものとする人たちもいる。イビュコスただ一人、それは【本断片】のものだとしている。

ロドスのアポロニオス『アルゴ船物語』二-七七七―七七九への古注

---

(1) ディオメデスのこと。トロイア出征軍中アキレウスに次ぐ英雄。
(2) イビュコスの詩に関する注釈のパピルス断片である。詩人自身の本文と覚しきものをまず掲げ、注釈者の文を付記する。
(3) ゼウスと巨人族との闘争で、ゼウスに加担して。
(4) ヘカトンケイル（百本の手をもつ怪物）の一人。
(5) アマゾン族の女王。
(6) アマゾン族の一人。

断片三〇二

彼[1]はカドモスの娘と添い寝した。

『未刊行ギリシア文献集（An. Ox.）』一-二五五

断片三〇三

輝く目をしたカッサンドラ
美わしの巻き毛の持ち主なるプリアモスの娘のことは
人々の口の端にのぼっている《エケーシ》。（a）

眠りやらぬ輝かしき曙が小夜鳴鳥を目覚めさせる《エゲイレーシン》とき（b）

イビュコスの文体は措辞と統語法にあり、動詞の接続法三人称形が si というシラブルが加えられる形で現われる。……これはイビュコス風と呼ばれているが、それはなにもイビュコスが創始したからというわけではなく――ホメロスに例のあることは上述のとおり――、彼がそれを頻繁に、嫌というほど使用したからである。【本断片（a）】。そしてもう一例。【本断片(b)】。ここで彼は egeirēi(目覚めさせる)の代わりに egeirēsi(n) を使っている。

伝ヘロディアノス『文体について』八-六〇五

断片三〇六

世に知られたオルペスを

ドリス人は Phyleus のことを Phylēs、Orpheus のことを Orphēs とか Orphēn と、また Thydeus のことを Thydēs と言う。そのようにアンティマコス(2)はその『テバイス』第一巻で……。そして同様にイビュコスは【本断片】としている。

プリスキアノス『文法学提要』六-九一

断片三一〇

われは畏れる、おのれは神の御前での罪と引き換えに

(1) ゼウス、アタマス、エキオン、アリスタイオスのいずれとも考えられる。

(2) 詩人。コロポンの人。前四四四頃-三九〇年頃。

人の世の誉れを得ているのではあるまいかと。

プルタルコス『食卓歓談集』第九巻一五-二[1]

断片三一一

（彼は）エリス[2]の貪欲な口とともに、いつかは
わたしに対する闘いに身を鎧うであろう。

ポルピュリオス『プトレマイオス「和声学」注解』四

断片三一二

密雲（ペンピクス）を呑み込んで

ペンピクス（penphix）。「小膿疱」。この語は雲を表わす場合に適用されているようである。ソポクレスのサテュロス劇『サルモネウス』[3]でのこの語がそうであり、またイビュコスでは、【本断片】とある。ここで彼はこの語を、嵐に遭遇した人々のことを表現した諺に基づいて使用している。多くの文法家が、この語は雨滴を表わすのに使用されていると言っているのは、

これに由来する。

ガレノス『ヒッポクラテス「流行病」第六巻注解』一-二九

断片三一三

死者にはもう生き返るための薬を見つけることはできない。

クリュシッポス『否定命題について』一四

断片三一四

長夜通して光り輝く星ぼし《セイリオス》のごと
燃え輝きながら

---

(1) プラトン『パイドロス』二四二C－Dにも本断片とほぼ同じ詩句が引用されている。
(2) 争いの女神。
(3) 不遜にもゼウスをまねたため、ゼウスから雷霆を放たれ奈落の底へ落とされたアイオロスの子サルモネウスを描いた作品。小断片が残存。

アドラストス[1]いわく、詩人たちは星はすべて共通してセイリオスと呼んでいる。イビュコスもしかりと。【本断片】。

スミュルナのテオン[2]『プラトンを読むための数学的事項に関する解説』

断片三一五

天人花、菫《すみれ》、金の玉
林檎の花、薔薇の花にたおやかな月桂樹

そのこと（金の玉の花）はアルクマンも言及している……イビュコスもまた【本断片】と。

アテナイオス『食卓の賢人たち』第十五巻六八〇f－六八一a

断片三一六

彼女は色とりどりに染め分けられた衣、ヴェール、
それに留め金を解き放って、

『真正語源辞典』

断片三一七

その高みの葉末に
色とりどりの斑模様の頸をもつ
ヒドリガモとラティポルピュリス[3]、また
　長い翼のカワセミがとまっている　(a)

いつもわたしに、おお愛しき心よ、長い翼の緋色の鳥（ポルピュリス）が……
　のときのように　(b)

イビュコスは、以下の詩行でのように、ある種の鳥をラティポルピュリス（lathiporphyris）と呼んでいる。【本断片（a）】。他のところでもこう言っている、【本断片（b）】。

アテナイオス『食卓の賢人たち』第九巻三八八e

（1）逍遥派の哲学者。後二世紀。

（2）後二世紀のプラトン学派の哲学者。

（3）〝緋色の秘鳥〟とでも訳せようか。英訳（キャンベル）では hidden-purplebird となっている。

断片三一九

エニュアリオス[1]の芽

「ネレウスの娘（テティス）をしてわれらが手に不和の群葉（ペタラ）を二度置かしめるなかれ」（『イストミア祝勝歌』八-九二）。彼ピンダロスは「いさかいの葉（ピュラ）」という代わりにこの表現を用いる。これは「いさかいの不和」、「怨恨」のより比喩的表現である。イビュコスも言っている、【本断片】と。そしてホメロスは「アレスの枝」と言っている。

ピンダロス『イストミア祝勝歌』八-九二への古注

『真正語源辞典』

断片三二〇

メディア勢の将キュアラス[2]も……なく

断片三二一

人の手で造りなされた

石塊《いしくれ》でできた陸地のかたわら。
かつてそこは巻貝たちとともに
生肉喰らう魚族《うろくず》どもが棲みなしていたところ。

「世に知られたシュラクサイの若芽、オルテュギア」(『ネメア祝勝歌』一-二)。オルテュギア(3)は初め島であったのが、のちに陸地との間が埋められて半島になった。イビュコスの言うとおりである。【本断片】。

ピンダロス『ネメア祝勝歌』一-二への古注

断片三二六

実を結ばぬ

『大語源辞典(ソルボンヌ写本)』三八七-四二

(1) 軍神アレスの異称。
(2) ペルシア王キュロス(前五五九―五二九年在位)のことか。
(3) シュラクサイ沖の島。

断片三二七

海上を突進する

コイロボスコス『テオドシオス「文法範典」注解』

断片三二八

眠りもやらぬ

『グディアヌム大辞典』

断片三二九

汝は殺された。

『真正語源辞典』

断片三三〇

波頭を越えるも
網はどれも損傷《いたみ》なし。

ホメロス『イリアス』一三-五三二への古注

断片三三一

彼は家畜を追った。

『真正語源辞典』

断片三三三

音をたてて

『未刊行ギリシア文献集（An. Ox.）』一-六五-一五

断片三三四

リビュア生まれの

ヘロディアノス『特殊措辞論』二-三八

断片三三五

戦乱の中でも動じない（戦闘舞踊の踊り手たち）

ブリュアリクタイ（bryaliktai）。「戦闘舞踊の踊り手たち」。【本断片】と、イビュコスおよびステシコロス[1]に出てくる。

ヘシュキオス『辞典』

断片三三六

ほっそりとした（ラディノン）

ラディネース（radinēs）。「ほっそりとした、きゃしゃな」。アナクレオンはこの語を速さを表わすのに使った。イビュコスは天を支える柱の巨大さを表現するのに使った。【本断片】。ステシコロス[2]は「強健」の意の表現に使っている。

ロドスのアポロニオス『アルゴ船物語』三-一〇六への古注

断片三三七

毛皮部隊（ステルポーテーラ・ストラトン）

ステルペシ（sterphesi）。「皮膚、皮」。ここからステルポーサイ（sterphōsai）。「皮で被うこと」。イビュコスは【本断片】と、毛皮をまとった軍勢のことを称している。

ロドスのアポロニオス『アルゴ船物語』四-一三四八への古注

断片三三八

食卓のかたわらの犬

『真正語源辞典』七六三-四一

（1）断片二五八。

（2）断片二四二。

断片三三九

腿出し娘(1)

さらに処女を護ることにかけてヌマが標榜したのは、女らしさと慎しみをもってすることであった。一方リュクルゴスのほうのはまったく開放的で女らしさが欠けていたので、詩人たちにとやかく言われるきっかけを与えた。つまり彼ら詩人たちは、イビュコスのように【本断片】と言ったり、またエウリピデスのように「男狂い(2)」と非難したりしている。

プルタルコス「対比列伝」『リュクルゴスとヌマとの比較』三

断片三四〇

槍の穂先（カルメーン）

ここのカルマ（charma）はカラ（chara）「喜び」に同じ。ところがホメロスはこれを「戦闘」の意に、またイビュコスとステシコロス(3)は【本断片】の意に用いている。

ピンダロス『オリュンピア祝勝歌』九-八六への古注

（1）スパルタの女性を評して。
（2）エウリピデス『アンドロマケ』五九七以下。
（3）断片二六七。

シモニデス

シモニデス●目次

祝勝歌（エピニキオン）

競走競技勝利者への祝勝歌

断片五〇六

今日の日の出場者のうち、ミルテの葉や
薔薇の花冠を幾たびも身に受けたのは、いったい誰だったのか、
近隣に住まう人々のあいだで催される競技に勝利して。

かくして運動選手は巡り歩いては人がくれるものを受け取り、集めるのが習慣となった。これはシモニデスが以下のようにアステュルス(1)のことを歌ったことによる。【本断片】。

ポティオス『辞書』

（1）クロトン出身の有名な運動選手。前四八八、四八四、四八〇年のオリュンピアの競技祭で競走、往復競走に勝利した。また前四八〇、四七六年にはオリュンピアで重装歩兵競走に勝利した。

〈格闘技勝利者への祝勝歌〉

断片五〇七

クリオスが毛を刈り取られたのは恥ずべきことではない。
美しき樹木に満つゼウスの壮麗なる神域[1]へと
やって参った折のこと。

「ストレプシアデス、息子を語って）まず最初、わたしはこやつに言ったんです、リュラを取ってシモニデスの歌をうたってくれるようにと、クリオス[2]はどうして毛を刈られたのかってやつをね」（『雲』一三五五以下）。

古注(1)　アイギナ出身のクリオスに関する詩の冒頭は、【引用断片の一行目】である。彼は有名で人目に立つ存在であったらしい。古注(2)　シモニデスの祝勝歌より。【引用断片の一行目】。彼はアイギナ出身の格闘技の選手。古注(3)　詩人はこの男の名前（クリオス）を動物と連想させて歌っている。【本断片】。

アリストパネス『雲』一三五五以下への古注

五種競技(3)勝利者への祝勝歌

断片五〇八

ゼウスの神が
冬季の十と四日の日を
おだやかに鎮めたまえば、
地上の族《やから》はそれを風忘れの季節《とき》、
斑《まだら》に色染めしたカワセミの
子育ての聖き季節と呼ぶ、
ちょうどそのときのように。

カワセミは冬至の頃産卵する。それゆえその頃穏やかな天気が続くと冬至の前後それぞれ七日間をカワセミの日と呼ぶ。シモニデスが詩の中で歌っているとおりである。【本断片】。

---

(1) ネメアあるいはオリュンピアの。
(2) 普通名詞のクリオスは「羊」の意。
(3) 五種競技とは、跳躍、円盤投げ、競走、格闘技《レスリング》、拳闘《ボクシング》を指す。

アリストテレス『動物誌』第五巻第八章（五四二b）

「カワセミの日」。日数に関しては違いがある。シモニデスはその『五種競技』の中で十四日間としている。これはアリストテレスが動物に関する記述の中で言っているのと同じである。

ポティオス『辞書』

〈拳闘競技勝利者への祝勝歌〉

断片五〇九

力強いポリュデウケス[1]も
またアルクメナの鉄のような息子[2]にしたって、
彼に向かって腕を振り上げたりするような真似はしようとしなかったろう。

あの有名な詩人[3]がグラウコス[4]のことを以下のように言ったとき、【本断片】、それはどれほど褒めあげたことになるか考えていただきたい。君は彼がグラウコスを神々の誰と比べようとしたと思うかね。それとも、いやひょっとすると彼はそんな神々よりも彼のほうが卓れていると言っているのだ（後略）。

ルキアノス『肖像を守るために』一九

〈競馬競技勝利者への祝勝歌〉

断片五一一　競走馬に、アイアティオスの子ら[5]に

（a）

ウラノスの子（？）］クロノスの光輝満てる子[6]は
］アイアティオスの一族を
］……また黄金のリュラもつ
遠矢射るアポロンと

（1）ゼウスを父とする双子神ディオスクロイの一人。拳闘の名手。
（2）ヘラクレス。
（3）シモニデス。
（4）カリュストス（エウボイア島南部）のグラウコス。前五二〇年のオリュンピア競技祭で拳闘に勝利した。
（5）あるテッサリア人の息子たちを指す。
（6）ゼウス。

照り輝くピュト[1]は世に知らしめる……
そして馬競べ……
〈一行判読不能〉

(b)

〈二行欠損〉
］懐《ふところ》(?)
〈一行判読不能〉
彼らはピュロス[2]の裔こそ
近隣に住まう者らを統べる
有力な王者なりと布令《ふれ》た……同時に……富とともに、
テッサリアの民すべてのためにも……

五

パピルス (P. Oxy. 2431 fr. 1)

四頭立て馬車競争勝利者への祝勝歌

断片五一二

吉運（シュンポラ）を寿いで飲めや飲め。

合唱隊　というのは、そのときわれはこう歌うであろうから、【本断片】と。

アリストパネス『騎士』四〇五以下

合唱隊いわく、というのはそのときわたしは汝のためにシモニデスの詩を歌うだろう、【本断片】と。これはシモニデスの『四頭立て馬車競争勝利者祝勝歌』から取られたものである。シュンポラは吉凶に関しては中立的な意味をもつが、ここでは吉運の意。

アリストパネス『騎士』四〇五以下への古注

（1）デルポイの古名。

（2）キャンベル（ロウブ版）で読む。エピルス王家の創建者。

アキレウスの息子ネオプトレモス（別名ピュロス）を指すか。

〈四頭立て馬車もしくは騾馬曳き車競争勝利者への祝勝歌〉

断片五一四　御者のオリラスに

蛸（ポーリュポス）を捜し求めて

ドリス人は蛸のことをpōlypos（ポーリュポス）とoを長く発音する。（中略）シモニデスもこれを使って以下のように言っている、【本断片】。アッティカではpoulypous（プーリュプース）と言う。

アテナイオス『食卓の賢人たち』第七巻三一八f

〈騾馬曳き車競争勝利者への祝勝歌〉

断片五一五　レギオンのアナクシラオスに

幸あれ、嵐のごとく速脚《はやあし》の馬の娘らよ！

またシモニデスは、騾馬曳き車競争で勝利を収めた者[1]が彼にわずかな報酬しか与えなかったとき、騾馬のために詩作するのは気が進まないとばかりにこれを断わった。ところが礼をたっぷり貰ったところでこう作った、【本断片】。

アリストテレス『弁論術』第三巻第二章（一四〇五b）

断片五一六

そして車輪の下、埃は高く舞い上がった。

アリストパネス『平和』一一七への古注

断片五一七

その手から深紅の革紐を放さぬようにして、

ちょうどプラトンが魂を軛に繋がれた馬の比喩で表わすように。[2] つまり悪しき馬は同じ軛に繋がれている良き馬に突っかかっていき、御者をわずらわせる結果、御者は全力をふるってこの馬を引き戻し、押し止めなければならない。【本断片】、とシモニデスにあるとおりで

（1）アナクシラオス。

（2）プラトン『パイドロス』二五三C－二五四E。

ある。

プルタルコス『倫理的徳について』六（四四五C）

〈挽　歌（トレノス）?〉

断片五二〇

人間、その力は知れたもの。
あれこれ考えても叶うためしなく
短い生涯に苦労は限りなし。
そして死は万人に否応なく降りかかる。
死の運命《さだめ》は等しく割り当てられるのだ、善き人にも
また悪しき輩にも。

伝プルタルコス『アポロニオスへの慰めの手紙』一一（一〇七A−B）

断片五二一

人間《ひと》の身で明日の日のことは言わぬこと、
奢れる人をみて、そのいつまで続くかをも。
長翅《ながばね》の蜉蝣《かげろう》にもまして
人の世はつかのまに過ぎゆくものなれば。

ストバイオス『詞華集』第四巻四一-九

断片五二二

ものみなすべて行きつく先はただ一つ恐ろしきカリュブディス[1]なるがゆえに、
大いなる 功《いさおし》も、また富も。

ストバイオス『詞華集』第四巻五一-五

(1) 海の渦巻を擬人化した女怪物。

断片五二三

なぜなら、かつて世にいませし方々、
主《ぬし》なる神々の子として生《あ》れし半神たちも、
労苦を重ね、破滅に瀕し、危機に見舞われつつ
日々過ごすことなくしては老境に達しえなかったのですから。

ストバイオス『詞華集』第四巻三四-一四

断片五二四

だが死はまた戦いの庭を遁《のが》れし輩にも追いすがる。

ストバイオス『詞華集』第四巻五一-七

断片五二五

神々はいともたやすく人間の理性《こころ》を誑《たぶら》かす。

ストバイオス『詞華集』第二巻一‐一〇

断片五二六

　誰ひとり神なくして
徳を身につけることなし、国も人も。
全知なるは神、
　死すべき者らには憂いなきもの一つとしてなし。

テオピロス『アウトリュコスへの弁明』二‐八

断片五二七

人間《ひと》の身に予測できぬ禍など
ありはしない。わずかな時《とき》の間《ま》に
神がすべてを逆しまにしておしまいになる。

神の判定は生ずべく運命づけられていること、そして禍は邪悪な輩に突然襲いかかるものだということは……シモニデスの言ったとおりである。【本断片】。

テオピロス『アウトリュコスへの弁明』二‐二七

断片五三一

テルモピュライ(1)に斃れし者らの
身は誉れ、定めは美わし、
墓石は祭壇、嘆きに代わる追憶《おもいで》、喪には頌歌《ほめうた》。
弔いもかくあれば、黴錆《さび》も
ものみなを滅ぼす時間《とき》の力もこれを消し去ることさらになし。
ここ勇士らの奥つ城が選びし墓守りは
ヘラス(2)の国の栄光。そしてスパルタの王
レオニダスこそその証人《あかし》、剛勇の大いなる飾りと
不朽の名誉をいまに遺せしかの人こそ。

それゆえに歴史家たちだけでなく多くの詩人たちもこれらの者(レオニダスおよびその部下のスパルタ人)たちの勇敢なる行為を賞讃したが、その中に抒情詩人シモニデスも含まれて

いる。彼は彼らの勇気にふさわしい讃辞を詩作した。彼はそこで次のように言っている、【本断片】。

ディオドロス『歴史』第十一巻一一-六

『アルテミシオン(3)の海戦を歌う』

断片五三三

海の（波が）轟いていた。（a）

---

(1) ロクリス地方北西の山間の隘路。前四八〇年、ここでギリシア軍は侵攻してきたペルシアの大軍と相対峙し激戦、なかでもレオニダスを将とするスパルタ勢三百は奮戦ののち玉砕した。

(2) ギリシアに同じ。

(3) エウボイア島北部の岬。前四八〇年、ペルシア軍との海戦が行なわれた。

彼らは死神《ケール》を追いはらう。（b）

プリスキアヌス『テレンティウスの韻律について』二四

『祈　禱』（もしくは『呪詛』）

断片五三八

どの雲雀にも
冠毛が生えてくることになっている。

プルタルコス『いかにして敵から利益を得るか』九一Eへの古注

出典不明断片

断片五四一

善きことと恥ずべきことを……は峻別する。そしてもし
］……誰かが遠慮会釈なく口を開いて（悪口を？）
］触れまわるようなことがあっても、煙[1]は甲斐なく
また黄金は曇ることなし。
］真実なるものは万能なのだ。
だが］許されて生涯徳をもてるのはわずかな者たち［
卓《すぐ》れたままでいつづけるのは易しいことではないのだから。
いくら嫌でも組み伏せられるのだ、

（1）悪口のことか。

抗いがたい強欲、企みを織る
アプロディテのきつい一刺し、
そして花と咲く野心には。
しかしその生涯まっとうな道を［辿ることが
できない［者には
］……できるかぎり［
］曲った［
］正しい［
］ただちに……［
］走る者に……［
〈以下三行判読不能〉

パピルス（P. Oxy. 2432）

断片五四二

まこと卓れた人間になることはむつかしい、

四肢《てあし》も心も非の打ちどころなく完璧に
　仕上がった人間になることは。
〈以下七行欠損〉

二 わたしにはピッタコス(1)の言うことが当たっているとは
思えない、賢者の言葉であるとはいえ。
　卓絶の士たること難しと彼は言ったのだ。
そうあるのはおそらく神のみに許されたる特権、人の身には
　劣悪にならずにすませることはむつかしい、
抗いがたい禍に見舞われる身には。
わが身が上首尾のとき、他人《ひと》もみなそうであるし、
不如意のときは他人《ひと》もまたそう［

(1) レスボス島ミュティレネの支配者（前七世紀末から六世紀初頭）。ソロンやタレスとともに七賢人の一人とされる。ところでこの詩を読み進むとピッタコスの言「卓絶の士たること難し」に賛成しないとしながら、逆の論調が展開されていることがわかる。プラトンは哲学者らしくこの矛盾を解消しようとしている。当該箇所を参照。

[だが神に愛でられし者は
たいてい卓れし輩である。]

それゆえわたしは成り難きことを求めて
わが生涯と決められたものを無駄で空しい希望《のぞみ》の中へ
　投げ込むことはすまい。
広い大地の実を享けるわれらの中に
　非の打ちどころのない人士《ひと》を
もしも見つけられたら、きっと君らに告げ知らせよう。
わたしは誰でも誉め称え、愛する、
恥ずべき所行を自ら進んで
しない人であれば。必然に対しては
神すらも抗うことはしない。

〈二行欠損〉
[わたしは粗捜し屋ではない、性悪な人でなければ

満足なのだ」 またあまりに愚かな人でなければそれでよい、
　国に役立つ正義をわきまえた
健全な精神の人であれば。そんな人を
咎めることはしない。愚か者の
種族は尽きることがないのだから。
すべての物事は美しい、
醜きものの混じり込まぬところでは。

シモニデスは、テッサリアのクレオンの子スコパスに献じた詩において以下のように言っている。【本断片】。

プラトン『プロタゴラス』三三九A―三四六D

断片五四三

巧みに造りなされた
箱の中、
息吹く風と波立つ

海とが彼女をおののきで
打ちのめす、そのとき彼女は頬を濡らし
ペルセウスをやさしく抱きしめて
言った、吾子よ、なんというこの身の苦労でしょう。
でもおまえはよくお寝《やす》みだこと、頑是ない
心のままにすやすやと
青銅《あお》の鋲打ちつけた悲しみの船の中、
夜のように暗い
黒々としたその闇の中に寝かされて。
波が砕けてその飛沫が
髪の毛をべっとり濡らそうとも、
また風がどれほど唸ろうとも、とんと
おかまいなし、深紅《あか》の衣に
くるまれて可愛らしいお顔のまま。
でもこの危険がおまえの身にも及ぶようになれば、
そのちっちゃな耳を傾けて

わたしの言うことを聞いてくれましょう。
いいからさあ、お寝《やす》み、吾子よ。
海も、量りきれない禍も眠っておくれでないか。
そして父なるゼウス、あなたの許から
いまに何か変化《かわり》の兆しが立ち現われますよう。
もしこのわが祈りに、何か出過ぎたところ
事実とちがうところがありますれば
どうかご容赦くださいませ。

抒情詩の中にシモニデスの以下のようなものがある。その行はアリストパネス(1)その他の人らによって確立された韻律区分ではなく、散文が要求する区分だけに従って書き記されたものである。楽節に留意し、区分けどおりに読んでみよ。すると詩のリズムが失われてしまうことがわかるはずだ。さらにストロペ、アンティストロペ、エポドスの別を見分けることもできないであろう。そしてそこに連続した一塊の散文といった趣が感知されるであろう。詩の主題は、海を越えて連れ去り行かれるダナエがその運命を嘆くものである。【本断片】。

ハリカルナッソスのディオニュシオス(2)『文章読本』二六

(1) 文献学者（前二五七―一八〇年頃）。

(2) 歴史家、また文法家（前二〇年頃盛時）。

断片五四四

山羊皮（ナケース）

ナコス（nakos）、ナケー（nakē）。「山羊皮」。kōdia, kōdion は羊の皮。それゆえコルキスのそれ(1)はナコス（山羊皮）と呼ばれるべきではない。したがってシモニデスはまちがって使っていることになる、【本断片】と。

『真正語源辞典』

断片五四五

そして彼(2)はコリントスへとやってきた(3)——彼はマグネシア(4)に
住まなかったのだ——そしてコルキス生まれの妻と世帯をもって
……とレカイオン(5)とを治めた。

メデイアはコリントスの女王であったということを、エウメロス(6)、シモニデスが言っている。後者の言は以下のとおり。【本断片】。

エウリピデス『メデイア』一九への古注

断片五四六

ぶつかり岩

シモニデスはシュンプレガデス[7]のことを【本断片】と呼んでいる。

エウリピデス『メデイア』二への古注

断片五五〇

勢い盛んな樫《かし》の木の
花の雫で染めあげた
紅《くれない》の帆布 (a)

---

(1)『アルゴ船物語』に登場する羊皮。コルキスは黒海南東の地。
(2)イアソン。
(3)ヘルマン、エルムズリの読みをとる。
(4)イオルコス近郊の地。
(5)コリントス市の港町。
(6)前八世紀のコリントスの詩人。『コリントス物語』を書く。
(7)黒海の入口にある青黒い二つの絶壁で、たえず揺れぶつかり合っているため航行がむつかしい難所。

アマルシュアスの子ペレクロス（b）

……ところがシモニデスは、父アイゲウスが（船の舵手に）渡した帆は白い帆ではなく、【本断片（a）】であったと、そしてこれこそ息子テセウスらの安全な帰還のしるしであったと言う。また船の舵手は【本断片（b）】であると、シモニデスは伝える。[1]

プルタルコス「対比列伝」『テセウス』一七-四以下

断片五五一

あなたが生きていくのにもっとお力になれたでしょう、もすこし早く来ていれば。

……シモニデスでは、アイゲウスに送られた使者についてこう言われている、【本断片】と。

ソポクレス『アイアス』七四〇への古注

断片五五三

みんな泣いた、菫の花冠いただく

（エウリュディケの）幼な子が
その甘き魂を吐き終えたとき。

シモニデスはペルセウスについてダナエにこう言わせている、「吾子よ、……でもおまえはよくお寝みだこと、頑是ない心のままにすやすやと[2]」と。また別のところではアルケモロス[3]について次のように言っている。【本断片】。

アテナイオス『食卓の賢人たち』第九巻三九六e

断片五五五

それをふさわしくも競技の王ヘルメスは与えたもうた、
いきいきとした眼の、山の精マイアスの御子は。
そしてこのマイアスの父御はアトラス、
天上ではペレイアデスと呼ばれている七人の菫色した髪なす愛し娘ら、

（1）アテナイの若き王子テセウスがクレタ島へ怪物ミノタウロス退治に出かけた折の故事が詩の題材となっている。次の断片五五一も同じ。

（2）断片五四三参照。

（3）ネメアの王リュクルゴスと妻エウリュディケとの幼児。

そのうちでもとりわけ美しいこの娘の父御は。

シモニデスもまたプレイアデスのことを以下の章句にあるごとく、ペレイアデスと言っている。【本断片】。

アテナイオス『食卓の賢人たち』第十一巻四九〇e－f

断片五五九

そして汝、二十人の子らの
母[1]、恵み深くあれ。

ホメロスいわく、「私には一つ腹から生まれた十九人の息子がいました[2]」と。しかしシモニデスは、【本断片】と言っている。

ホメロス『イリアス』一〇-二五二への古注

断片五六四

彼[3]は槍ですべての若者を

討ち果たした、渦巻くアナウロス[4]の川越しに
葡萄豊かなイオルコスから投げた槍で、
と、こうホメロスもステシコロスも衆人《もろびと》に歌い聞かせているのだ。

シモニデスはメレアグロスについて以下のような詩を書き残している。【本断片】。

アテナイオス『食卓の賢人たち』第四巻一七二e

断片五六七

鳥の族《やから》はことごとく
その頭上を飛び交い、
魚族《うろくず》はまっすぐ上に
濃い青の海の中から跳ね上がった、

---

(1) ヘカベ。
(2) ホメロス『イリアス』第二十四歌四九六。プリアモスのアキレウスに対する言葉。
(3) メレアグロス。アイトリア地方カリュドンの王オイネウスとアルタイアの子。
(4) テッサリアの港湾都市イオルコスを流れる川。

[1]彼の美わしき調べにあわせて。

シモニデスもオルペウスについてどこかで以下のように書いているように……【本断片】。

ツェツェス『キリアデス』

断片五七一

この身を捉えて離さぬは一面に逆巻き沸き立つ海の轟き。

プルタルコス『追放について』八

断片五七二

（イリオンは）コリントス人に怒りの気持ちを抱いていない。
ダナオイ人《びと》に対してもそうだ。

アリストテレス『弁論術』第一巻第六章（一三六二a）

断片五七五

荒ぶる子(2)よ、謀略《たくらみ》深きアプロディテが
策をめぐらすアレスとのあいだにもうけた

　　……だがシモニデスはエロスをアプロディテとアレスの子としている。【本断片】。
　　　ロドスのアポロニオス『アルゴ船物語』三-二六への古注

断片五七七

そこでは髪美わしきムーサらの聖水が
御手洗用に地の底から汲まれる。(a)
聖なる御手洗水の見張人

(1) オルペウス。
(2) エロスのこと。

黄の衣のクレイオ[1]よ、
汝は神々しい洞の奥から
祈りを籠めて取り出された香も甘き愛しき水を
水汲み人に与えたまう[2]……灌奠……　(b)

というのはそこのところ（デルポイのアポロン神殿南側）にムーサの聖所があって、その辺りに泉水が湧き出していた。そしてその水はシモニデスの言うところによると灌奠と手を浄めるための水として使用されていた。【本断片（a）】。またシモニデスはいま少し彫琢を施した言い方でクレイオに呼びかける。【本断片（b）】。

プルタルコス『ピュティアの神託について』一七

断片五七九

ある話に、
徳は取り付くことも叶わぬ岩山に棲み
神々の近くにあって聖なる地を護りいる、
死すべき輩の誰一人それを目にすること叶わぬと。

ただ苦労の汗が身の内より滲み出づる者、
男らしさの極みに達したる者、
その者だけを除いては。

アレクサンドリアのクレメンス『雑録』第四巻七-四八

断片五八一

分別ある人なら誰がリンドスの住人クレオブロス[3]を誉めたりしようか、
流れやまぬ川や春の花、
燃え輝く太陽と黄金月、
そして渦まく海を墓石の力と対抗させたかの人を。
何ものも神の力には及ばない。石くらい
人間の手でもっても砕かれるのだ。あれは

（1）九柱のムーサたちの一人。

（2）キャンベル（ロウブ版）で読む。

（3）ロドス島リンドスの僭主。前六〇〇年頃。七賢人の一人に算えられる。

愚か者の考えにすぎぬ。

この者（クレオブロス）は全部で三千行にのぼる詩と謎かけを作った。ある人たちの言うところでは、次のミダス王の墓碑銘も彼の作という。「私は青銅造りの娘、ミダス王の墓の上に立つ／水が流れ高い樹々が繁り／上る陽が、また輝く月が光を放ち／川が流れ海が沸き立つそのかぎりは／ここ、嘆きの墓の上に私はとどまり／道行く人に告げよう、ミダス王ここに眠れると」。そしてその人たちはシモニデスの詩を証拠に持ち出すのであるが、そこでシモニデスはこう歌っている、【本断片】。

ディオゲネス・ラエルティオス『ギリシア哲学者列伝』第一巻八九

断片五八二

沈黙にも無事安穏という功徳がある。

プルタルコス『君主ならびに将軍の言葉』二〇七C

アリステイデス『弁論』四六-一四三、およびこの項への古注

断片五八三

愛らしい声の雄鶏

アテナイオス『食卓の賢人たち』第九巻三七四d

断片五八四

快楽なくしてどのような人生が
　望ましかろう、
なにほどの権力《ちから》を欲しがろう。
それなくしては神々の生活も羨しくはない。

ヘラクレイデス[1]いわく、分別の固まりのような人でも、また知恵の点で最高の評判を得ているような人でも、快楽を最高の善と考えている。たとえばシモニデスは次のように言うのである。【本断片】。

アテナイオス『食卓の賢人たち』第十二巻五一二c

（1）ポントスのヘラクレイデス（前四世紀頃）。哲学者。『快楽について』。

断片五八五

紅い唇から
乙女は声を発して

ソポクレスは微笑みを浮かべつつそのエレトリア人に言った、「じゃあ異国の方、あなたにはあのシモニデスの言い方もお気に召しませんか、ギリシア人にはたいへん上手に言われたものと思えるんですがね。【本断片】」。

アテナイオス『食卓の賢人たち』第十三巻六〇四a―b

断片五八六

お喋りの小夜鳴鳥、
緑色の頸した春の鳥が……のとき、

『大語源辞典』八一三-五

断片五八七

なぜならこの火こそ獣らの最も忌み嫌うものなれば。

ヘロディアノス『特殊措辞論』一-一二

断片五九〇

切羽詰まったときには手荒な仕打ちも善哉。

実際のところ同種同族の人間を怒りにまかせてそんな風に扱うことはひどいことではあるが、シモニデスにも【本断片】とあって、心が痛み激している者にはそうすることが治癒と満足とをもたらすのである。

プルタルコス「対比列伝」『アラトス』四五-七

断片五九一

馬の飼育はザキュントス[1]ではなく、
麦実る地でこそふさわしいゆえに。

プルタルコス『似て非なる友について』二

断片五九二

精錬された純金に対抗するに
鉛すら身に帯びていない。

彼は己より卓れた人間の前では畏れてびくびくしているが、そのときの様子は「リュディアの戦車の傍らを徒歩で行く[2]」という程度のものではなく、むしろシモニデスの言うように、【本断片】といった有様なのである。

プルタルコス『似て非なる友について』二四

断片五九三

金色の蜜を（得ようと）目論みながら、

というのはちょうどシモニデスが、蜜蜂は【本断片】花と交わる、と言っているように……。

プルタルコス『いかにして人は自分が徳において進歩したと感じるか』八

断片五九四

いちばんあとに地の下へ沈みゆく

だが民主的で法治的な政体は、その構成員が共同体の利益のために身を挺して支配もし支配されもするよう習慣づけられている場合には、その構成員の死に際して、じっさい見事な葬送の品として彼が生涯かけてかち得た名声を授与するのである。それはその贈物が、シモニデスの言うように、【本断片】、からである。

（1）ペロポンネソス半島西方の島。荒蕪の地。

（2）ピンダロス「断片」二〇六。これは戦車と駆け競べするという勝つ見込みのない勝負を諷する諺の誇張版。プルタルコス『似て非なる友について』柳沼重剛訳、岩波文庫、一一六八頁参照。

プルタルコス『老人によって政治は行なわれるべきか』一

断片五九五

というのは、簇葉《むらば》そよがす一陣の風が
そのときには起こらなかったからだ、
吹きわたって、蜜さながらに甘い声が
人の耳に届くのを妨げるあの風が。

プルタルコス『食卓歓談集』第八巻三-四

断片五九七

香も甘き春の訪れを告げる
おなじみの使者、
濃紺《あお》い背広の燕《つばくろ》よ。

アリストパネス『鳥』一四一〇への古注

断片五九八

見かけは事実さえも曲げる。

エウリピデス『オレステス』二三五への古注

断片五九九

だが彼は、甘き眠りに落ちていて

ホメロス『イリアス』二-二への古注

断片六〇〇

風　海面《うなも》を穿つ、点々と

さざ波は風立ち初めるその最初のしるしである。シモニデスはその様を表現しようと試みて次のように言っている、【本断片】。

ホメロス『イリアス』二一-一二六への古注

断片六〇一

人の族《やから》を制圧するもの

シモニデスは、眠りを【本断片】と呼んでいる。

ホメロス『イリアス』二四-五への古注

断片六〇二

新酒にはまだ無理だ、
去年《こぞ》の葡萄樹の恵みをしのぐのは。
そんなのは心の空疎な小児《がき》どもの言い草にすぎん。(1)

これはシモニデスの詩行に対して言われたもののように思われる。彼がピンダロスより劣るとの評価を下されたとき、その裁決を下したアガトニデス(2)を罵倒したが、そのとき彼はこう言ったのだった、【本断片】と。ピンダロスが古酒を称えるのは、これが理由である。

ピンダロス『オリュンピア祝勝歌』九-四八(3)への古注

断片六〇三

なぜならいったん起きたことは起きたことであろうから。

起きてしまったことに対しては手当ての仕様がないということ。シモニデスにある。【本断片】。

ソポクレス『アイアス』三七七への古注

断片六〇四

美わしき知にも歓びなし、
尊い健康に恵まれぬ身には。

セクストス・エンペイリコス『学者たちへの論駁集』第十一巻四九

---

(1) テクストに混乱あり。
(2) 詩の競演会の審判者か。
(3) この箇所の詩句は次のとおり。「酒は古きを、歌の華はより新しきを称えよ」。

断片六〇五

天空《そら》にはただ日輪、

【本断片】とはシモニデスの言。

テオドロス・メトキテス『雑録』

断片六一二

風に養われし門

シモニデスも言う、【本断片】と。

ホメロス『イリアス』一五-六二五―六二六[1]への古注

断片六一四

最良の支配者

私は承知している、詩人シモニデスもゼウスのことをどこかで、【本断片】と呼んでいることを。

アテナイオス『食卓の賢人たち』第三巻九九b

断片六一六

人間の躾け屋

これがゆえにスパルタは【本断片】と、シモニデスから名指しされることになったという。というのもスパルタはともかく慣習の力で市民に遵法精神を吹き込み、彼らをちょうど生まれるとすぐに躾けられる馬のように、従順な人間になるように躾けているからである。

プルタルコス「対比列伝」『アゲシラオス』一

断片六一八

毛糸を繰る端女たち

（1）この箇所の詩句は次のとおり。「風に養われし大波」。また同じく『イリアス』第十一歌二五六には、「風に養われし槍」とある。これは、木質が風に当たって強固になるとされるところから。

断片六二六

『真正語源辞典』

波の数

『真正語源辞典』

断片六三一

耳付き[1]の椀

アテナイオス『食卓の賢人たち』第十一巻四九八e

断片六三六

掛かりが三つある矢

コイロボスコス『テオドシオス「文法範典」注解』一-二六七-一五

断片六三八

むっとする匂い

【本断片】。逃げ出したくなるようなそれ。ケオスのシモニデスにある。

『グディアヌム大辞典』

哀　歌（エレゲイア）

三

丸太と石塊《いしくれ》とを投げつけて

ホメロス『イリアス』七‐七六へのハブロン(2)の注

(1) すなわち把手のついた。

(2) ローマ時代のギリシア人文法家（一世紀）。

四

悩みを振り払うもの

酔っぱらったら仰向けに倒れるかもしれぬと恐れることはない。シモニデスが【本断片】と称する酒を飲む輩に、そんなことは起きっこないからだ。

アテナイオス『食卓の賢人たち』第十巻四四七a

五

ディオニュソスにまつわるものは捨ててはならぬ、葡萄の種だって。

【本断片】とは、ケオスの詩人（シモニデス）の言。

アテナイオス『食卓の賢人たち』第一巻三二b

六

トラキア颪《おろし》の疾風《はやて》ボレアスが

オリュンポスの山肌を雪で覆い、
外套もたぬ連中の胸に喰らいつく。
その雪も取り籠められて、いまは生きながらピエリアの土の下。
その雪を誰かわが盃にも分け入れてたもれ、
友と盃を乾すのにぬるい酒ではちとひどすぎるから。

五

カリストラトス[1]はその『雑録』第七巻の中で言っている、詩人シモニデスが〝暑い盛り〟に友人たちと食事をしていて、酒酌みの少年が友人たちの盃には雪を混ぜたのに自分のにはそうしてくれなかったので、次のようなエピグラムを即興で作ったと。【本詩篇】。

アテナイオス『食卓の賢人たち』第三巻一二五c

七

なぜなら、それはたっぷりとしたやつだったけれども、ここ私のところまでは
わたらなかったから。

(1) 文献学者、ビュザンティオンのアリストパネスの弟子(前二世紀)。

野兎についてはカマイレオン[1]がその『シモニデスについて』の中でこう言っている、「詩人がヒエロン[2]と食事をしていたときのこと、他の客にはみな野兎の焼肉がふるまわれたのに彼にだけはなかった。そこでヒエロンがあとになって彼に分けてくれたとき、即興で次のように歌った」と。【本詩篇[3]】。

アテナイオス『食卓の賢人たち』第十四巻六五六c

八

これぞキオスの人[4]の言いおきし最良の言の葉
〝木の葉の生涯そのままに、また人の世も[5]〟
死すべき輩のうちこれを耳に聞き心に留める者はわずか。
人はそれぞれに希望《のぞみ》を抱くものゆえに、
うら若き頃心に芽生える希望《のぞみ》なるものを。
誰しも青春の日の愛しき花をもつあいだは
　果たされぬ多くのことも軽い気持ちで思い量る。
年齢《とし》を取って死ぬなどとは毫も考えぬものだから、

元気なときは病など思いもよらぬものだから。
愚か者よ、そんなふうに考えるとは、
　青春の日は束の間、人の世の短いものとも
知らぬとは。このことよく心得て、生も終わりに近い身なれば
　堪えるべし、魂をよき事に遊ばせて。
　　シモニデスより[6]。【本詩篇】。

ストバイオス『詞華集』第四巻三四-二八

---

(1) 逍遥派の哲学者、文法家。前三五〇頃–二八一年以後。
(2) シュラクサイの僭主(前四七八–四六七年在位)。
(3) エウスタティオス(文献学者でテッサロニケの大司教。十二世紀後半)によれば、これはホメロス『イリアス』第十四歌三三「なぜなら浜は広かったけれども、すべての船を繋ぐことはできなかった」のパロディであるとされている(『ホメロス「イリアス」注解』)。
(4) キオス島生まれとされるホメロスのこと。
(5) ホメロス『イリアス』第六歌一四六。
(6) この詩はアモルゴスのセモニデスの詩とする説が強い。

九

だがもし、ゼウスの娘御[1]よ、最も卓れし者を称えることがよろしいならば、
それはアテナイ市民だ、自分たちだけで事を行なった[2]。

「ゼウスの娘御よ、さてもしこの世で最も卓れた、／最も有名な詩人に栄誉を授けることが正しいことならば、／われらが詩人は己こそ偉大なる賞讃を受けるに値するものと言っている」（『平和』七三六以下）。これは以下のシモニデスのエレゲイアから取られたもの。【本断片】。

アリストパネス『平和』七三六以下への古注

一〇

中央には、泉の多いエピュラ[3]に住み
　戦の庭でのありとある業に長けた人々、
グラウコス[4]の建てしコリントスの町に住まう人々が。

コリントス人について、彼らのペルシア人との戦いでの位置取りおよびプラタイア[5]での戦い

が彼らにもたらした結果は、シモニデスの次の言から知ることができる。【本断片】。

プルタルコス『ヘロドトスの悪意について』四二（八七二D－E）

一一

その奮戦のこの上なくすばらしい証人を立てた、
天空に浮かぶ貴き黄金《こがね》の球なる証人を。これこそが
彼らと彼らの父祖の評判を遍く世間に告げ知らせるもの。

そして彼らは【本断片】。彼（シモニデス）はこれをコリントスでの合唱隊の訓練のときではなく、またコリントス市の讃歌作成時でもなく、単にこれらの偉業をエレゲイアに詩作せんとして書いたのである。

プルタルコス『ヘロドトスの悪意について』四二（八七二D－E）

（1）詩神ムーサのこと。
（2）マラトンあるいはサラミスでの戦いを指すものか。
（3）コリントスの古名。
（4）シシュポスの子。コリントス王。
（5）テバイの南西に位置するボイオティア地方の町。この付近で前四七九年、対ペルシア一大決戦が行なわれた。

一二

天空に輝く黄金《こがね》こそ最良の証人。

アポロニオス（ソフィストの）『ホメロス辞典』

一三

時間《とき》は鋭い歯をもつ、
そしてあらゆるものを碾《ひ》き砕く、この上なく強いものまで。

ストバイオス『詞華集』第一巻八-一二一

一四

記憶力の点でシモニデスと張り合える者は誰もいないと、わたしは断言する。（a）

レオプレペスの子、八十歳の翁。（b）

【本断片（a）】。これはシモニデスについて誰か他人が言っているのではない。彼が自分で自分のことを語ったものなのだ。そしてこう言ったのがまだ若い盛りの頃であったと思われないように、こうつけ加えている。【本断片（b）】。これは以下のことを明示せんとしたもののごとくである。すなわち「これは八十歳の自分自身についての私の見解、陳述、言明である。私は振舞いは若者のようにいかないが、しかし言ったことは真実である」と。

アリステイデス『弁論』二八-五九以下

一五

国家は人の教師。

プルタルコス『老人によって政治は行なわれるべきか』一

一六

いまは亡きメガクレス[1]の墓を目にするたびに
哀れカリアスよ、わたしはそなたの身の上が不憫でならぬ。

『パラティン詞華集』七-五一一

一七

ムーサよ、われに美わしき踝のアルクメネが子[2]を歌え。
美わしき踝のアルクメネが子を、ムーサよわれに歌いたまえ。

シモニデスによる。ヘクサミーター（六脚韻）のあとに、語の再配列によって作られたトロカイック・テトラミーター（長短四脚韻）が続いている。【本断片】。

『パラティン詞華集』一三-三〇

碑銘詩（エピグラム）[3]

一

じつに大いなる光がアテナイ人《びと》に差し初めた、アリスト
ゲイトンとハルモディオスがヒッパルコスを討ったとき、[4]
［　　　　　　　　　］
……（彼ら二人は）祖国に［自由を］もたらした。

各行は完全な語で終わる。そこでシモニデスのエピグラムにあるような行は問題である。[5]【本

（1）不詳。次行カリアスも不詳。

（2）ヘラクレス。

（3）以下の碑銘詩には、詩人の生涯と詩篇の製作予測年代とが整合せず、真作とは考えられないものがある。しかし各種校本はこれをシモニデス作として収録するのが慣行で、本書もこれに倣う。疑わしいものは、判明するかぎり註記して示す。

（4）前五一四年、アテナイの僭主ヒッパルコスはゲイトンとハルモディオスにより暗殺された。

（5）一語（アリストゲイトン）が分割されて二行にわたっているから。

詩篇】。

ヘパイスティオン『韻律要綱』四-六

二

ディルピュス(1)の谷間深くわれら斃れ、その身は
エウリポス(2)の近く、国費で塚を建てられた。
それも当然、愛しい青春の日を失ったのだから、
無慈悲な戦雲《いくさぐも》をまともに浴びて。

『プラヌデス詞華集』二一六

三

アテナイの子らはボイオティアとカルキスの部族を
戦の庭で制圧し、その驕慢《おごり》をば
陰鬱な鉄の鎖に取り鎮めた。

パラスに献げしこれらの馬は償金《あがない》の一割を割きしもの。

その同じ日にアテナイ人はエウボイア島へ渡り、カルキス人と交戦し、これを破って「馬所有者」――これは裕福なカルキス人の呼称であったが――の所有地に植民者として四千名の者を残した。捕虜にした者はみなボイオティアの捕虜と一緒に鎖に繋いで監禁していたが、結局は一人二百ドラクマの身代金を定めてこれを解放した。（中略）そして彼らは身代金の十分の一を献じて青銅の四頭立て馬車を造ったが、それはアクロポリスの玄関門を入ったすぐ左手にあって、それには以下のような銘文が彫りつけられている。【本詩篇】。

ヘロドトス『歴史』第五巻七七

四

魚族《うろくず》多きボスポロスに橋を架けしマンドロクレス、
その船橋を記念してこれをヘラに献ず。
よくダレイオス王の意を叶えて

（1）エウボイア島の山。カルキスの北東。
（2）エウボイア島と本土とを分かつ海峡。

己には栄冠、サモス人《びと》には栄光をもたらしたもの。(1)

ついでダレイオスは船橋を喜こび、その建造者サモスの人マンドロクレスに何でも十個ずつという（莫大な）恩賞を与えた。マンドロクレスは、それらの恩賞の初物を供えるとの趣旨で、ボスポロスの橋の全景とダレイオスが玉座に坐ってその軍勢が橋を渡っていく様子を絵に描かせ、この絵をヘラの社殿に奉納したが、それには以下の銘文が記されていた。【本詩篇】。

ヘロドトス『歴史』第四巻八八

五

山羊脚のわたしパン、在所はアルカディア、メディア人(2)の仇、
アテナイ人には友朋《とも》、これを建立《たて》しはミルティアデス。(3)

シモニデス作。ミルティアデス建立のパンの像に寄せて。【本詩篇】。

『プラヌデス詞華集』二三二

六

これなるは名も高きメギスティアス[4]が奥つ城、
かつてスペルケイオス川[5]を越えて攻め寄せしメディア人が殺めたるかの、
迫りくる死の運命《さだめ》を確と覚えつつも
スパルタの将師をあえて見捨てざりしかの占い師の。

これはスパルタ人のための碑文であるが、占い師(メギスティアス)のためのものは以下のとおりである。【本詩篇】。……占い師メギスティアスの碑銘はレオプレペスの子シモニデスが友人の誼で記したものである。

ヘロドトス『歴史』第七巻二二八

(1) この詩は、『パラティン詞華集』には無名氏のものとして載っている(六-二四一)。
(2) ペルシア人に同じ。
(3) マラトンの戦いの折のアテナイ軍司令官。
(4) アカルナニア出身の占い師。テルモピュライの戦いに従軍し、戦死。
(5) テルモピュライのすぐ北方。

七

土塊《つちくれ》の下には誉れ高き者ら、レオニダスよ、
　広びろの地スパルタの王よ、汝とともにここに斃れし者たちだ。
数多《あまた》の弓、脚速き馬、力に優るメディアの兵を
　戦の庭に迎え撃って。

『パラティン詞華集』七-三〇一

八

立派に死ぬことが徳の髄たるものならば、
　テュケ(1)の神は誰よりもまずわれらにそれを与えたもうた。
ギリシアに自由の冠をと励んだあげく、
　不朽の誉れを帯びてここに横たわるわれらだから。

『パラティン詞華集』七-二五三

九

かの者たちは愛しき祖国に不朽の誉れを纏わせ、
自らには死の黒雲を引きめぐらせた。
命は落としても死んだわけではない、その武勇がその身に栄光をもたらし
冥府の館からその身を連れ戻すからだ。

『パラティン詞華集』七-二五一

一〇

これがアデイマントス(2)の奥つ城、そのお蔭で
ギリシア全土が自由の冠を戴くことができたかの人の。

アデイマントスその人に関しては——彼に対してはヘロドトスはずっと悪意を抱き続けてい

(1) 運、運勢。またその擬人化された神。
(2) コリントスの将軍。

て、「彼は抵抗した唯一の将軍であった。それはアルテミシオン[1]に戦闘のために残る代わりにそこから逃げ出すためであった」などと言っている――のちに彼に奉られた評判を考えてみるがよい。【本詩篇】。もし彼が臆病者であったり裏切り者であったとしたら、死後これほどの栄誉は与えられることはなかったろう。

プルタルコス『ヘロドトスの悪意について』三九（八七〇F）

一一

異国《とつくに》の人よ、われらそのかみは水もよろしきコリントスに住居《すまい》せし者。
いまはアイアス[2]の島サラミスがこの身を留む。
この地でフェニキアの、またペルシア、メディアの船を毀《こぼ》ち、
聖なるギリシアを護りしはわれら。

サラミスの町の近くで、アテナイ人はコリントス人に、彼らの側の戦死者をその示した勇気をめでて埋葬することを認め、また以下のような哀悼詩を銘記することを認めた。【本詩篇】。

プルタルコス『ヘロドトスの悪意について』三九（八七〇E）

一二

存亡の際《きわ》にあったギリシア全土を
己が命を犠牲にして救いしわれらここに眠る、
［隷属の軛を免れせしめて。ペルシア人の胸にはたっぷり
辛い思いを、手痛い海戦の思い出を植えつけた。
われらが骨はサラミスにある。だが祖国コリントス、
われらが功業《いさおし》の証《あかし》にこの碑《いしぶみ》を築く。］

イストモス(3)の碑には次のような銘文が刻まれている。【本詩篇】。

プルタルコス『ヘロドトスの悪意について』三九（八七〇E）

(1) エウボイア島北端の岬。前八四〇年、ここで対ペルシア海戦が行なわれた。

(2) サラミスの王テラモンの子。トロイア戦争に従軍し戦死。

(3) ペロポンネソス半島へ入る地峡部。

一三

この武器は憎きペルシア兵からディオドロスの配下《てのもの》が奪い取り
レトに献げしもの、海戦の記念《おもいで》にと。

コリントスの三段橈船長の一人ディオドロスがレトの社に献上した品には次のような銘文も刻まれていた。【本詩篇】。

プルタルコス『ヘロドトスの悪意について』三九（八七〇F）

一四

かの女らはギリシアの民のため、白兵戦を得意とする市民らのために
キュプリスの神に一心不乱に祈りを捧げて立ち尽くした。
それは女神アプロディテがペルシアの弓兵の手にギリシア人《びと》の城市《まち》(1)を
引き渡すのを望んではいられなかったからだ。

テオポンポス(2)のいわく、コリントスの婦人らもアプロディテの社へ赴き、夫たちがギリシアのためにペルシア人と戦うのに充分な熱情をもてるようにと祈った……いまでも社殿を入っ

たところの左手にエレゲイア詩が書きつけられていると。【本詩篇】。

ピンダロス『オリュンピア祝勝歌』一三-二三への古注

一五

これは、かつてギリシアの民がニケ(3)の御力、アレス(4)の御業に援けられ、
［大胆に魂の欲するところに従いて］
ペルシア人らを追い払いし折、自由ギリシアの共用にと
建立せしゼウス・エレウテロス(5)が祭壇。

プルタルコス「対比列伝」『アリスティデス』一九-七

---

(1) コリントス市を指す。
(2) キオス出身の歴史家（前四世紀）。
(3) 勝利の女神。
(4) 戦の神。
(5) 「自由の守り手ゼウス」の意。

一六

ギリシアのため、メガラ(1)の人らのために自由の日の育ちゆくよう
　願うがあまり、われら死の運命《さだめ》を甘受せり。
ある者はエウボイア、また弓の神
　聖なるアルテミスの社殿《やしろ》の建つペリオン(2)で。
ある者はミュカレ(3)の山中で、またある者はサラミスの島の前

……………………………………………

またある者はボイオティアの野で。これは
　騎兵にあえて素手で立ち向かわんとした者。
市民らは人の集まるアゴラの、ニソス(4)の民の臍(5)のまわりで、
　この誉れをわれら皆に平等に与えてくれた。

ペルシア戦争で斃れ、ここに眠る英雄たちを歌ったエピグラムが時とともに朽ち果ててしまったので、大神官ヘラディオス(6)が死者と都市の名誉のためにそれを碑とした。作者はシモニデスである。【本詩篇】。

『ギリシア碑文集（メガラ出土）』七-五三

一七(a)

ギリシア人の先頭に立ってペルシア勢を討ち果たしたのち
パウサニアス、アポロンにこのしるしを捧ぐ。

パウサニアス[7]は、ギリシア人がペルシア人から得た戦利品の中から奉納品としてデルポイに献上した三脚の鼎に、以下のような二行のエレゲイア詩を彼の独断で刻み込むのが至当と考えた。【本詩篇】。スパルタ人はただちに鼎からこの二行詩を削り落とし、ペルシア勢撃破にともに加わったのち、これの奉納を行なった都市すべての名前を刻み込んだ。

トゥキュディデス『歴史』第一巻一三二―二

---

(1) アテナイとコリントスとの中間に位置するサロニカ湾岸の町。
(2) テッサリア東部、イオルコス近辺の山。
(3) サモス島対岸の小アジアの山。
(4) 伝説上のメガラ王。メガラの港町ニサイアはこの名にちなむ。
(5) 中心部(点)。
(6) メガラの神官。後四世紀頃か。
(7) スパルタ王クレオンブロトス一世の子。プラタイアの戦い(前四七九年。対ペルシア)でのギリシア軍司令官。

一七（b）

土地広きギリシアの守護者《まもりて》、これを捧ぐ、
忌まわしき隷属から数多《あまた》の都市《まち》を救いしのちに。

ギリシア人は戦利品のうち十分の一を取り分けて、それで黄金の鼎を造り、それに以下のような二行のエレゲイア詩を彫りつけ、アポロン神への奉納品としてデルポイに献納した。【本詩篇】。

ディオドロス『歴史』第十一巻三三-二

一八

アテナイの子ら、ペルシア勢を討ち果たし
苛酷な隷属から祖国を護りき。

『パラティン詞華集』七-二五七

一九

涙呼ぶ戦も果てて
アテナの社の屋根裏に懸かるあの弓の数かず、
戦の庭の悲哀に満ちた揉み合いのさなか
ペルシア騎兵の血に幾たびも洗われしもの。

『パラティン詞華集』六-二

一九（a）

デモクリトスは三番手として戦端を開いた、
サラミスの沖、ペルシア勢と相見《まみ》えたとき。
敵船五艘を捕獲し、六艘目はドリスの船、
敵の手に落ちるところを奪い返した。

プルタルコス『ヘロドトスの悪意について』三六（八六九C）

二〇

この人たちの見せた勇気のほどは、いつまでも絶えることなく語り伝えられ
　よう、
神々が［　　］［　　］割り当てる（かぎりは？）
なぜなら彼らは陸上でも、脚速き船駆る海上でも
ギリシア全土を隷従の日を見ぬよう支えたからだ。（a）

この人たちには怯むことない鉄石の心があった、槍を
　門の前でその手に取り［
海辺の町を焼き払おうとするのを［　　］のとき、
　ペルシア勢の前衛を力ずくで挫きつつ。（b）

アテナイ記念碑台座の碑文

二一

マラトンで、アテナイ人はギリシアの前衛として
黄金の物具よろしきペルシア勢を地に這わせた。

リュクルゴス『レオクラテスの告発弁論』一〇九

二二

かつてこの地で三百万の軍勢と戦うた
ペロポンネソス四千の兵。（a）
異国《とつくに》の人よ、スパルタの郷人《さとびと》に伝えてよ、
われら言われしままに掟を守り、ここに眠ると。（b）

これらの者たちおよびレオニダスによって帰還を命じられた部隊のその出発以前に戦死した者たちは、斃れた場所に埋葬されたが、墓碑には以下のような語句が刻まれた。【本詩篇（a）】。これは全将兵のためのもの。スパルタ軍だけのためには以下、【本詩篇（b）】。これ

はスパルタ人のための碑文であるが、占い師（メギスティアス）のためのものは以下のとおりである（エピグラム（碑銘詩）六参照）。

ヘロドトス『歴史』第七巻二二八

二三

ギリシアのためペルシアに刃向かい斃れし者ら、
法に厳しいロクリス人《びと》の母市オプス[1]、これを悼む。

ストラボン『地誌』第九巻四-二

二四

アシアより到来せしありとある人間の種族を
アテナイの子ら、かつてこの海に船戦《ふないくさ》で破り、
ペルシアの軍勢滅び果てしゆえに、
このしるし処女神アテナに捧ぐるものなり。

プルタルコス「対比列伝」『テミストクレス』八-四

二五

これなるは美しきミロン(2)の美しき似姿、
かつてピサ(3)で七度勝利し、膝をつくことのなかった。

『プラヌデス詞華集』一一四

二六(a)

ありし日にギリシアに勇名を馳せしヒッピアスの
娘アルケディケはこの塵泥の下、

(1) 東ロクリスの、エウボイア島対岸の町。
(2) 南伊クロトン出身の格闘技の選手。パウサニアス『ギリシア案内記』第六巻一四-五参照。パウサニアスは勝利数を六度としている。
(3) オリュンピア近辺の町。

独裁者に父、夫、兄弟、子らをもちながら
　その心根の傲り昂ぶるを知らず。(1)

この事件のあとヒッピアスは、ランプサコス(2)の独裁者ヒッポクロスの息子アイアンティデスなる男に、自分はアテナイ人でありながら娘のアルケディケを与えた。その一族がダレイオス王の宮廷で大いなる勢力を有していることを知っての上である。そしてこの娘の墓はランプサコスにあって、それには次のような詩句が刻まれている。【本詩篇】。

トゥキュディデス『歴史』第六巻五九-三

二六(b)

任官をしるすこの碑《いしぶみ》、ヒッピアスが子ペイシストラトス
　ピュティオン(3)なるアポロンの神域に建立す。

かくして一族の誰彼がアテナイにおける一年任期の執政官職についていたが、それらの中に独裁者ヒッピアスの子で祖父の名を継いだペイシストラトスもいた。この彼が執政官職にあったとき、アゴラに十二神の祭壇を献納し、またピュティオンの神域にアポロンの祭壇を献じた。のちにアテナイ市民はアゴラの祭壇の長さを延長した際、その碑文を消してしまったが、ピュティオンのアポロン祭壇のほうのそれは、ぼやけてはいるが、いまでも次のように

読み取れる。【本詩篇】。

トゥキュディデス『歴史』第六巻五四-六

二七

シモニデスよ、五十六頭の牡牛と鼎をば
汝はこの銘板を奉納するより前に勝ち得た。
それほどにもしばしば汝はすばらしき男声合唱隊を仕立て上げ、
栄光に輝く勝利の女神の見事な馬車に乗り込んだのだ。

『パラティン詞華集』六-二一三

（1）この詩句をアリストテレスもシモニデス作とする。『弁論術』第一巻第九章（一三六七b二〇）参照。

（2）ヘレスポントス東岸の地。

（3）アテナイにあるアポロン神の神域。

二八

アテナイがアデイマントスの治下にありしとき(1)
細工も巧みな鼎を勝ち得しはアンティオキスの種族。
クセノピロスが子アリステイデスなる者、五十人の
調教よろしき合唱隊の世話役(2)を務め、
その調教よろしきがゆえに誉れを得しは
レオプレペスが子、齢八十路の翁シモニデス。

シモニデスは詩と音楽全般に通じていた。それゆえ彼はアテナイでの競演会で若年時から八十歳に至るまで勝利を収めたのである。このことは次の銘文によって明らかである。【本詩篇】。この勝利のあと彼はヒエロンのもとへ航行し(3)、ほどなくしてシケリアで死去したと言われている。

シュリアノス『ヘルモゲネスへの注解』一-八六

二九

わが祖国はコルキュラ[4]、名はピロン、グラウコスの子
オリュンピアで拳闘競技に二度[5]勝利せり。

ゲロンの戦車の次にピロンの像が奉納されている。これはアイギナのグラウキアス[6]の作である。この像に寄せてレオプレペスの子シモニデスがたいへん気の利いたエレゲイア詩をつけている。【本詩篇】。

パウサニアス『ギリシア案内記』第六巻九-九

三〇

知るべし、オリュンピアで勝利せし[7]少年テオグネトスの

---

(1) 前四七六年春。
(2) コレーゴス。裕福な市民は社会的義務の一環として、競演にかかる費用その他の支援を買って出た。これを言う。
(3) 前四七六年夏。ヒエロンはシュラクサイの僭主。
(4) ギリシア北西部沖の大島。ケルキュラとも。
(5) 前四九二年、四八八年の二度という。
(6) 彫像家。前五世紀初頭。
(7) おそらく前四七六年。

格闘技《レスリング》の巧みな繰り手を目の当たりにして、
その姿の見るも美しく、競技者としてもその容姿に負けぬことを、
立派な父祖の市《まち》(1)を戴冠せしめた彼のその。

『プラヌデス詞華集』二

三一

告げたまえ、名前を、父は、祖国は、勝利せし種目は。
カスミュロス、エウアゴラス、ロドス、ピュティアの拳闘で。

『プラヌデス詞華集』二三

三二

これを描きしはコリントスのイピオン、腕に非難の余地なし、
出来映えは期待をはるかに越ゆるがゆえに。

『パラティン詞華集』九-七五七

三三

これを描いたキモン(2)、腕は悪くない。だがどんな作品にも
瑕《きず》はある、名人ダイダロスとて逃れられぬのだ。（a）

『プラヌデス詞華集』八四

キモンは右側の扉を描いた。ディオニュシオス(3)は
出てくるとき右側になる扉を描いた。（b）

『パラティン詞華集』九-七五八

三四

陳《の》べ奉る、ゲロン、ヒエロン、ポリュゼロス、トラシュブロスら

---

(1) アイギナ。
(2) 画家。前五〇〇年頃。次の詩のキモンも同一人物。
(3) 画家。

デイノメネスの子らは異国の部族を破りしのち(1)、
これらの鼎を奉納し、ギリシア人《びと》に自由のための
強い救いの手を差しのべたと。

ゲロンは兄弟への好意から神（アポロン）に黄金の鼎を、次のような銘文をつけて献納したと言われている。【本詩篇】。

ピンダロス『ピュティア祝勝歌』一-七九への古注

三五

アルゴスのダンディス、競走選手、ここに眠る。
その勝利で馬肥やす祖国に誉れを与えし者。
　オリュンピアで二度、ピュトで三度
　イストモスで二度、ネメアで十五度
あとは算《かぞ》え上げるのもむつかしい。

『パラティン詞華集』一三-一四

三六

われ告げん、(2) アルケナウテスの卓れし妻女クサンティッペがことを。
死してここに銘なきままに眠るはふさわしからぬと思うがゆえに、
その昔城塔そびゆるコリントスに君臨し、その民草を統べ治めた
ペリアンドロス(3)の裔のかの女《ひと》が。

『パラティン詞華集』 一三-二六

三七

たっぷり呑み、しこたま喰らい、せんど他人《ひと》の悪口を言うたあげく
儂《わし》、ロドス生まれのティモクレオン、ここに眠る。

---

(1) シュラクサイの僭主ゲロンはカルタゴ人をヒメラで(前四八〇年)、同僭主ヒエロンはエトルリア人をクマエで(前四七四年)。

(2) 石碑が口を利いていわく。

(3) コリントスの僭主(前六二五頃－五八五年)。

『パラティン詞華集』七-三四八

三八

魚族《うろくず》満てるビュザンティオンの地を護りて斃れし者らすべて、
アレスのごとき脚速《あしばや》のおとこたち。

アリステイデス『弁論』二八-六三

三九

勇猛の証をここ黒海のほとりで
主《ぬし》なる神ポセイドンに捧ぐるはパウサニアス、
土地広きギリシアの将、出はスパルタ
スパルタはクレオンブロトスが子、世々続くヘラクレスの裔の。

ヘラクレイア(1)のニュンピス(2)はその『ヘラクレイア史』の第六巻でこう言っている、「プラタイアでマルドニオスを破ったパウサニアスはスパルタの慣習を破り、驕慢をつのらせ、ビュザンティオンに滞在中に[3]黒海の入口に設けられた神殿の神々に献納された青銅の混酒器に、あたかも自分一人が献納したかのように銘を刻むことを敢えてした。この混酒器は今なお残存していて、次のような銘文を伝えているが、その文章たるやうぬぼれ思い上がってわれを忘れたものである。【本詩篇】」。

アテナイオス『食卓の賢人たち』第十二巻五三六a―b

四〇

かつてこの都よりメネステウス、[4] アトレウスが子らと、
トロイアの聖なる野へと出で征《ゆ》けり。
ホメロスのいわく、[5] この者胸当てよろしきダナオイ人のうちでも
　将として卓越せる働きをなせりと。
アテナイ人の、戦にも男らしさにかけても

(1) ビテュニア（黒海南西岸）の。
(2) 歴史家（前二世紀初頭）。
(3) パウサニアスはギリシア艦隊を指揮して前四七八年にビュザンティオンを占領した。
(4) トロイア遠征軍のアテナイ勢の将。
(5) ホメロス『イリアス』第二歌五五二以下参照。

いずれも将と呼ばれて恥ずかしからぬこと、かくのごとし。（a）

彼らもまた豪胆の士であった、あのときペルシアの子らに
ストリュモン[1]河畔のエイオンで
火と燃える飢餓と氷のごとき戦闘《アレス》を見舞い
敵方の戦意を初めて怯ませた者たちは。（b）

これら将星にアテナイ人、この褒賞を授く、
その功労と大いなる武勇のゆえに。
のちの人、これを見てさらに願わん、
国のため勇んで戦の庭に赴かんと。（c）

アテナイ人諸君、かってストリュモン河畔でペルシア人を敵にまわして大いなる艱難辛苦と危険に耐え、これを打ち破った人々がいた[2]。その彼らがここ（アテナイ）へ帰還して市民らに褒賞を要求した。市民らは彼らに最高の栄誉と思えるもの、すなわちヘルメスの社殿の回廊に三体のヘルメスの石像を建立する権利を与えた。ただしそれに彼らの名前を刻むことはしないという条件つきであった。それはその銘文が市民よりも将軍たちを称えるものとならぬ

よう慮ってのことであった。私の言うところが真実であることは、碑銘詩から明らかである。第一のヘルメス像には以下のように刻まれている。【本詩篇（b）】。第二の石像には【本詩篇（c）】と。第三のヘルメス像には【本詩篇（a）】と。

アイスキネス『クテシポン弾劾』一八三

四一

かつてこのわたし、両の肩に天秤棒を喰い込ませ
アルゴスからテゲア[3]まで魚を運んだもの。

ここからオリュンピアの勝利者のために、次のようなエピグラムが歌われている。【本詩篇】。

アリストテレス『弁論術』第一巻第七章（一三六五a）

（1）マケドニア東部の川。河口近くにエイオンの町がある。

（2）前四七五年にエイオンを占領したのはキモンを将とするギリシア軍。

（3）アルゴスの西南、ペロポンネソス半島中東部。なお、この過去の労苦と対照的な勝利の栄光に満ちた現在の姿が以下で触れられていたと推測される。

四二

イストミアとピュトでピロンの子ディオポン、
跳躍、競走、円盤投げ、槍投げ、格闘技に勝利せり。

『プラヌデス詞華集』三

四三

この像を献納《ささげ》しはコリントスのニコラダス
デルポイで徒歩競争(1)に勝ち、
パンアテナイアでは五種競技で六十個の油壺を
賞品に獲得せし者。
聖なるイストモスでは、連続して三度《みたび》賞を得しことは
ポントメドン(2)の浜辺もよく承知するところ(3)。
またネメアで三度、パレネ(4)で四度
リュカイオス(5)で二度勝利し、

五

そしてテゲア(6)で、またアイギナ、強大なエピダウロス
　さらにテバイとメガラの地でも。
そしてプリウス(7)では競走と五種競技を制して
　大いなるコリントスをば喜ばせた。

『パラティン詞華集』一三-一九

四四

デメトリオス、このヘルメス像を献納す。
だがそれはデメテルの玄関先に直立せず……(8)

トリュポン『譬喩について』

---

(1) ベルクで読む。
(2) ポントメドンとは海の主、すなわちポセイドンのこと。
(3) ヤコプスで読む。
(4) アカイア地方（ペロポンネソス半島北端）の東部の町。
(5) アルカディアの。
(6) ブランクで読む。テゲアはペロポンネソス半島中東部。
(7) コリントス南西の町。
(8) テクスト不明瞭。

四五

海《わだつみ》のヨーロッパとアシアを分け隔て、
死すべき者らの都市の数かず、猛きアレスの手中に陥ちしときより
地を這う人の輩の業のうちこれほどのものは
陸と海、同時に果たされしことはなし。
かの者ら、キュプロスにて数多《あまた》のペルシア人を斃し、
海の上はフェニキアの船百艘、乗員もろとも
捕獲せり。嘆きは深しアシア
かの者らの両手《もろて》に撃たれ、戦の力に打ちのめされて。

アテナイの民衆は戦利品の十分の一を取り分け、それを神に奉納した。その際奉納品に次のような銘文を書きつけた。【本詩篇[1]】。

ディオドロス『歴史』第十一巻六二-三

四六

過ぐる年、エウリュメドンでペルシア弓兵の先鋒と戦い、
輝かしき生命《いのち》の青春《はる》を失いし者ら、
徒歩にても、また脚速き船の上でも槍を振るうて
命尽きしのち、残るは勇猛の美わしき証(2)。

『パラティン詞華集』七―二五八

四七

かのとき、かの者らの胸うちに、猛きアレス
紅《くれない》の雫で鏃《やじり》長き矢を洗いぬ。

---

(1) 前四四九年のキュプロス戦役を詠う。ディオドロスはこれを前四六八年に小アジア南部パンピュリア地方のエウリュメドン河畔でキモンがペルシア軍を破ったときのものと混同している。

(2) これは前四六八年の戦役を詠ったもの。前註参照。

矢を受けて斃れし者らに代わり、この土塊《つちくれ》の覆い隠すは
死者のかたみ、命ありし者に代わる命なきそれ(1)。

『パラティン詞華集』七-四四三

四八

タソス(2)生まれ、アグラポンの子ポリュグノトス
イリオン城砦陥落の図を描けり(3)。

小さな児がロバの背に坐っている。絵のこの部分にはシモニデスのエレゲイア詩も記されている。【本詩篇】。

パウサニアス『ギリシア案内記』第十巻二七-四

四九

安らけくあれ、大いなる栄光に包まれし戦の勇者たち
騎馬に卓《すぐ》れしアテナイの子らよ、

美しき踊場もつ祖国のために若き命を散らせし汝らなれば、
ギリシアの国の多くを敵にまわして戦うて。(4)

『パラティン詞華集』七-二五四

五〇

この肖像を献納せしは？　――トゥリオイ(5)のドリエウス
ロドスの生まれではなかったか？　――そう、祖国を逃げ出すまでは、
多くの手酷い仕事をその恐ろしい手でやり遂げてのち。(6)

『パラティン詞華集』一三-一一

---

(1) おそらくヘレニズム時代の作品。偽作であろう。
(2) エーゲ海北部の島。
(3) デルポイなるポリュグノトス筆のレスケ（談話室）の絵の説明。
(4) スパルタ連合軍、タナグラ（テバイ東方）でアテナイ軍およびその同盟軍を破る（前四五七年）。
(5) 南イタリアの町。
(6) このエピグラムはシモニデスのものではないようである。ドリエウスは前五世紀末の人間。前四〇七年アテナイ軍に捕らえられたが赦され、前三九五年頃スパルタ軍によって処刑された。

五一

燃え尽きたり、老いぼれソポクレスよ、詩歌の華たる汝は、
バッコス神の葡萄酒色した房を喰らいし折に(1)。

『パラティン詞華集』七-二〇

五二

ピュティアで二度、ネメアで二度、オリュンピアでも冠を戴いたぞ(2)。
勝ったのは大きな身体のせいじゃない、技倆《うで》さ。
トラシュスの子でエリスの出のアリストデモスだ、格闘技《レスリング》でな。

ヘパイスティオン『韻律要綱』四

五三

この人らの勇気のおかげで、踊場広きテゲア(3)の

市《まち》焼く煙も天に達する能わず、
花と咲く市を自由のままに子らに残し
自らは先陣を承って斃るるを願いし人らのあの。(4)

『パラティン詞華集』七-五一二

五四

忘るまい、見事に戦いし人らのことを、これぞその
羊満つテゲアを護り命落とした人らの奥つ城、
ギリシア陥ちて、その頭から自由が奪い取られるのが嫌さに
その城市《まち》を槍で護った戦士らの。(5)

---

(1) ソポクレスは葡萄を食した折、それを喉に詰めて窒息死したと伝えられる。この詩はふつう読み人知らずとされるもの。

(2) オリュンピアでの勝利は前三八八年とされる。なおパウサニアス『ギリシア案内記』第六巻三-四参照。年代からみて偽作であろう。

(3) 二七九頁註(3)参照。

(4) この時の戦いは、前四七九年のプラタイアのそれか、前四七三－四七〇年の対スパルタ戦か、前三六二年のマンティネアの戦いか不明。最後であれば偽作となる。

(5) 前四七九年のプラタイアの戦いにまつわるものか。

『パラティン詞華集』七-四四二

五五

アテナイの民は、ネオプトレモス(1)よ、この像もて汝を賞す、
その心根の良さと敬い心の篤きゆえに。

『パラティン詞華集』補遺

五六

プラクシテレス(2)は愛の神エロスの像を見事に彫り出した、
自ら悩ませられたそれを胸の内からモデルに抜き出して。
そしてプリュネ(3)に、わたしに代えてそのわたしの像を捧げた。いまや愛し心は
わたしの射る弓矢によらぬ、このわたしを見つめてさえあればよい。

『プラヌデス詞華集』二〇四

五七

これは何？　——バッコスの信女、——誰が彫った？　——スコパス[4]
狂わせたのはバッコスそれともスコパス？　——スコパス

『プラヌデス詞華集』六〇

五八

七十ペキュス[5]にもなるロドスの巨像、
リンドスのカレス、これを造る[6]。

『プラヌデス詞華集』八二

（1）前四世紀半ばの人。それゆえ本篇は年代からみて偽作。
（2）彫刻家（前四世紀半ば）。
（3）アテナイの有名な芸妓《ヘタイラ》（前四世紀後半）。プラクシテレスの恋の相手。そのクニドスのアプロディテ像製作のモデルになったという。それゆえ本篇は年代からみて偽作。
（4）彫刻家（前四世紀）。それゆえ本篇は年代からみて偽作。
（5）約三六メートル。
（6）前三世紀初頭。カレスは建築家。それゆえ本篇は年代からみて偽作。

五九

冬、一人の宦官(1)、吹雪を避けて
　野中の岩蔭に逃げ込み、髪にかかりし雫をば
ぬぐい取りおるそのときに、あとを追うて
　牛喰らいの獅子一頭、おなじ岩の窪みへぬっと来る。
しかるに彼は懐にありしタンバリンをば掌《てのひら》で
　力一杯打ちつけるや、洞《ほら》全体が喧しく鳴り響く。
森をうろつく獣とて、キュベレの聖なる響動《とよみ》に留まる能わず
　森深い山の中へあたふたと駆け入りぬ、
女神の従僕《しもべ》、このおとこ女を恐れてのこと。
　レアの女神にこの衣と黄金《きん》の巻毛を懸けまつりしは彼(2)。

『パラティン詞華集』六-二一七

六〇

そのかみは愛《は》しけやし笛吹き女《め》ボイディオンとピュティアス、[3]
汝に、キュプリスよ、この帯と絵とをば捧げまつりぬ。
商人《あきんど》よ、汝の財布こそ知れ
帯と絵のいずこより来たりしものか。

『パラティン詞華集』五-一五九

六一

わがとねりこの長槍よ、そうして高い柱に身を預け、
あらゆる神託を司るゼウスの神に捧げられて憩うがよい。
青銅の穂先は古びてしもうておるし、おまえの身そのものが

---

(1) キュベレ(レア)に仕える去勢男性の神官。
(2) この詩はおそらく前三世紀以後のもの。偽作であろう。
(3) 二人は芸妓。おそらくは前三世紀の詩。偽作であろう。

激しい戦で幾度も振り廻され、疲れはてておるからに(1)。

『パラティン詞華集』六‐五二

六二

キュトン(2)よ祈れ、美しき踊場もつアゴラの主レトの御子(3)が
汝が贈物を喜び納めるようにと。
汝とて異国の人やコリントスの民に褒められて喜ぶように、
勝利の喜びの主よ、皆にその冠を褒められて(4)。

『パラティン詞華集』六‐二一二

六三

これなるはアルテミスが似姿、その代価は
山羊の図柄を印したパロスの貨幣で二百ドラクマ。
アリストディコスが子、アクソス(5)のアルケシラオスが

アテナの技を用いて巧みに造りなしたるもの[6]。

アルケシラオスなる人間はほかにも三人いた。一人は古喜劇の詩人、いま一人はエレゲイア調の詩人、三番目は彫刻家である。この最後の人については、シモニデスも以下のような詩を作っている。【本詩篇】。

ディオゲネス・ラエルティオス『ギリシア哲学者列伝』第四巻四五

六四

祖国、アテナの聖なる都を寿ぎつつ
　メライナとカレスが子オピス[7]、アプロディテにこの笛を献ぐ。
美しきブリュソン[8]への愛し心の止みがたく
　ヘパイストスの援け得て造りなしたるものなり[9]。

---

(1) おそらく前三世紀の詩。偽作であろう。
(2) コリントスの運動選手か。
(3) アポロン。
(4) 前三世紀あるいはそれ以後の作品。偽作。
(5) クレタ島中部。
(6) 前二世紀あるいはそれ以後の詩。偽作。
(7) ハルトゥングの読みをとる。オピスはアテナイの工匠。
(8) アテナイの若者。
(9) おそらく前三世紀の作品。偽作であろう。

『パラティン詞華集』一三-二〇

六五

祖国スパルタよ、われら三百の者、同じ数のイナコス勢[1]と
テュレアの都を的に戦い[2]
敵に背を見せることはせず、最初に足を下せし
その部署で命果てたり。
オトリュアダス[3]の雄々しき血に覆われし武具は
告げていわく、ゼウスよ、テュレアはスパルタのものなりと。
もしアルゴス人の誰か逃れし者あれば、そはアドラストスの裔なるがゆえ[4]。
スパルタでは死を逃るることこそ死なり。

作者不明。シモニデス作とする者もあり。

『パラティン詞華集』七-四三一

葡萄樹よ、すべてを酔わしめるものよ、その実から酒を養い育てる母よ、
その蔓の螺旋状に伸び、編まれゆく者よ、
汝いまテオスのアナクレオン(5)が墓石の頂《いただき》、
墓場の薄き土塊《つちくれ》に伸びて繁れよ。
酒好きで宴会好きの酔っ払い、
夜を徹して琴を弾き、少年愛を唱いしかの人が、
その身を地中に埋《うず》めしのちも、頭上に汝が枝から
季節の到来物、美しき葡萄の房を挿頭《かざ》せるように、
そして汝が瑞々しい雫にいつも濡れそぼちいられるように、

---

(1) イナコス川流域のアルゴスの民を指す。
(2) スパルタとアルゴスのテュレア（アルゴス南方、海岸部の町）争奪戦は前五四六年。
(3) スパルタ側三百名のうちただ一人生き残った戦士。のち生き残ったことを恥じて自決した。
(4) アドラストスはテバイ攻め七将のうちただ一人逃げ帰った者。
(5) 小アジアの町テオス出身の抒情詩人。前五七〇頃―四八五年頃。

甘さではかの翁の柔らかな口を放れし言の葉に譲るとはいえ。(1)

『パラティン詞華集』七-二四

六七

この墓は、アナクレオン、その歌の力で
祖国テオスの不滅の歌人となりし人を納める、
雅びの女神、愛の神の香匂いたつ歌
　少年に寄す甘き憧れを調べにのせた人を。
いまアケロン(2)で彼を苦しめるのはただ一つ、
陽の光をあとにレテの館を目の当たりにしていることではない、
少年のうちでも雅びなメギステウスと恋い焦がれたトラキアの
　スメルディエスとをあとに残してきたこと。
だが彼はいまも蜜のように甘い歌をやめはしない、死してのちも
　その弦をハデスで眠らせることはしていないのだ。(3)

『パラティン詞華集』七-二五

六八

そそり立つゲラネイア[4]よ、禍々しき岩塊よ、ああ汝、遠く
スキュティアにありてイストロス[5]の、また長きタナイス[6]の流れを眺めて
あれば、
雪を戴くメトゥリアス[7]の渓のまわり
スキロン[8]の波騒ぐ海の辺に坐すことなく。
いま彼は冷たき屍となりて海中にあり。空しき墓標はここに
あの船旅のなかりせばと嘆き叫ぶ[9]。

『パラティン詞華集』七-四九六

---

(1) おそらくヘレニズム期の作品。偽作であろう。
(2) 冥界(ハデス)を流れる川。転じて冥界の意にも。
(3) 真偽が問われている作品。
(4) メガラ西方の山岳。
(5) 現ドナウ川。
(6) 現ドン川。
(7) イストモス近辺の断崖。
(8) ポセイドンあるいはペロプスの子。メガラの海岸に住み、通行人に自分の足を洗わせ、海中に蹴落として大亀に喰わせた。のちテセウスのため自分も同じ運命を辿ることとなった。
(9) おそらくはヘレニズム期の作品。偽作であろう。

六九

女猟師リュカスよ、われ思うに、汝死してのちも
犬ども墓中の汝が白き骨になお震えおののこうと。
汝が果敢なることは、ペリオン(1)の高嶺、遠く見はるかすオッサの山
また人影途絶えしキタイロンの頂も知るところ(2)。

シモニデスは犬の墓に以下のような銘詩を作って、テッサリアのリュカスを有名人にした。
【本詩篇】。

ポルクス『辞林』五-四七

七〇

ああ篤き病よ、なぜに妬む、人の命の
愛しい若さに留まりおることを。
若きティマルコスをも新婚の妻を目にするまえに
その甘き命から奪い去るとは(3)。

『パラティン詞華集』七-五一五

七一

恥はクレオデモスをも、流れてやまぬテアイロス[4]の河口で
　嘆かわしき死へと引き渡した、
トラキア勢の待ち伏せに遭うた折のこと。槍兵の息子は
　父ディピロスの名を高からしめることとなった。[5]

『パラティン詞華集』七-五一四

(1) ギリシア北部イオルコス近郊の山。二六一頁註(2)参照。
　次のオッサも同じ。
(2) おそらく前三世紀の作品。偽作であろう。
(3) おそらく前三世紀の作品。偽作であろう。
(4) トラキア地方の川。
(5) おそらく前四世紀初頭以降の作品。偽作であろう。

七二

汝が身を被うは、クレイステネスよ、見知らぬ郷《さと》の土塊《つちくれ》、
黒海を漂流《さすら》うその身を死の運命が見舞った。
汝は蜜のごとき甘い帰りの船路を失い
海に囲まれたキオスの島へは辿り着けなかったのだ。

『パラティン詞華集』七-五一〇

七三

ここ、この土の下にはピュトナクスとその兄弟《はらから》、(1)
愛しい青春《はる》の花の盛りも知らずして。
先立つ彼らに墓標を建てしは父メガリストス、
逝きし子らへせめて不滅の贈物にと。

『パラティン詞華集』七-三〇〇

七四

かつてプロトマコス、父の腕に抱かれて
いとおしい若い盛りを死にゆくきわに、告げていわく、
おおティメノルの子なる方よ、愛しきこの息子のことは忘らるまい、
その徳と慎しみとを追憶のよすがに。

『パラティン詞華集』七-五一三

七六

かつてスパルタからポイボス[2]にとお初穂を持ち来りしこれらの者
一つ海、一つ夜、一つ船、その墓標となりぬ。（a）

『パラティン詞華集』七-二七〇

（1）姉妹と読むものあり。

（2）デルポイなるアポロン神。

かつてエトルリアからポイボスにとお初穂を持ち来りし[1]これらの者
一つ海、一つ船、一つ塚、その墓標となりぬ。[2]（b）

『パラティン詞華集』七–六五〇b

七七

人はそれぞれに己の死を己で悼む、
ニコディコスの死は朋友ら、また全市あげてこれを悼む。

『パラティン詞華集』七–三〇二

七八

クレタはゴルテュンの生まれ、わたしブロタコスはここに眠る、
死ぬためではない、取引きのためにここに来たのに。

『パラティン詞華集』七–二五四b

七九

わたしテオドロスが死んだのを喜ぶ者がいる。その当人が死ねば
他の誰かが喜ぼう。われら皆、他人の死のお蔭を蒙っているのだ。[3]

『パラティン詞華集』一〇-一〇五

八〇

ねえ君、ご覧になっているのはクロイソス[4]の陵墓《おはか》なんかではない、
貧者の墓は小さくて結構、わたしにはこれで充分だ。[5]

『パラティン詞華集』七-五〇七a

---

(1) 前四七四年のクマエの戦いのあとか。クマエはイタリア中部ネアポリス(現ナポリ)近郊の町。
(2) (a)の詩の焼き直しか。
(3) 作者不詳とされるもの。
(4) リュディアの王。前五六〇頃-五四六年在位。
(5) 『プラヌデス詞華集』では前三世紀のアエトリアの詩人アレクサンドロス作とする。

八一

婚礼の床を目にすることもなく、わたしゴルギッポス、
否応もなし、金髪のペルセポネ[1]が館へと降り立ちぬ。

『パラティン詞華集』七-五〇七b

八二

われはシノペ[2]の人テオグニスの墓石、
長《なが》の交誼《よしみ》にグラウコスが彼の上へと置きしもの。

『パラティン詞華集』七-五〇九

八三

われは百獣の王、して人間中最強の者は
いまわれ墓石となりて脚下に守護し奉るかのお人。[3]　(a)

『パラティン詞華集』七-三四四

だがもしレオン[4]にその名ほどの心意気なかりせば
われその墓の上にわが脚を乗せることもなかりしを。[5]
（b）

『パラティン詞華集』七-三四四b

八四

わたしを殺した者らが同じ報いを受けますように、
歓待《もてなし》の神ゼウスよ、そしてわたしを葬ってくれた人たちには生の歓びを。

『パラティン詞華集』七-五一六

（1）冥界の女王。
（2）黒海南岸の町。
（3）テルモピュライの戦いに斃れたレオニダスの墓には石像の獅子像が建立された。ヘロドトス『歴史』第七巻二二五参照。
（4）ライオンの意。スパルタ王レオニダスの名にかけたもの。
（5）この詩（b）をヘレニズム期の詩人カリマコス（前三〇五頃－二四〇年頃）の作とする説あり。

八五

この者は、ケオスのシモニデスには命の恩人、
死せる身ながら生ある者に恩返ししてくれて[1]。

『パラティン詞華集』七-七七

八六

父、亡きスピンテルがためこの墓を建立す。

『パラティン詞華集』七-一七七

八七

クレタのアルコン、ディデュモスが子、イストミアの拳闘競技に勝利し、その冠をばポイボスに捧ぐ。

『パラティン詞華集』補遺

西洋古典叢書
――第II期第25回配本――
月報40

2002年11月
京都大学学術出版会

歌と詩のあいだ
――合唱抒情詩鑑賞のためのはしり書き

沓掛良彦

はるか二千数百年の時空を隔てた古代ギリシアの抒情詩は、われわれ現代の日本人にとっては無論のこと、ギリシア・ローマ文化の伝統の中に生きるヨーロッパ人にとっても、なじみにくくまた容易には親しみにくい文学である。そのほとんどが初めてわれわれの国のことばをまとって、本巻でわが国の読者の前に姿をあらわす合唱抒情詩（chorikon melos, choral lyric ―― これは「合唱隊歌」、「合唱詩」とも呼び得る）について言えば、大方の読者がその感を深くするに相違ない。おなじ古代ギリシア文学でも、たとえば韻文劇、詩劇であったギリシア悲劇などは、実際に舞台でのその上演に接することなく、またコロスが歌ったメロディーが完全に失われてはいても、そのテクストだけで（しかも翻訳を通じてでさえも）、十分にわれわれ現代人の魂をゆさぶり、感動を誘うことができる。しかし抒情詩ことにもギリシア固有の文学形式である合唱抒情詩となると、そう簡単に手放しでこれを楽しむというわけにはいかない。

現代人にとって、古代ギリシアの抒情詩に接する上で最大の障壁となっているのは、詩なかでも抒情詩というものに関する古代ギリシア人と近代人との観念の相違であろう。われわれにとって詩とはまずテクストとして文字に印刷されたものであり、ボードレールがみずから「建築物」と呼んだ『悪の華』のように、しばしば厳密な構成を持つ一巻の詩集である。それは「完全な書物」を夢見た詩人マラルメの詩集に見られるように、詩人自身がそれぞれの詩篇の配置、活字の大きさや位置、版形、句読点の細部にいたるまで細心の注意を払って生み出す一巻の「書物」として、「読者」の前に提示されるのが普通である。しかも現代においては、詩はほとんどの場合密室で声なき形で読まれ、読者の脳裏に刻まれて味わわれる。無論ヨーロッパでも、多くは詩人自身による詩の朗読がおこなわれてきたし、近年わが国でも、朗読によって耳から詩を鑑賞しようとする動きが活発になってきたとはいえ、詩は圧倒的に眼を通じて享受されていると言ってよいだろう。しかし古代ギリシア人にとって、抒情詩とはそのようなものではなかった。それは「竪琴《リュラ》歌」（lyrikos）という名称が指し示しているように、またサッフォーや、アルカイオス、アナクレオンに代表される独唱形式の詩が「メロス」すなわち「歌、歌謡」と呼ばれていたことからも知られるように、音楽と緊密にむすびついて一体化しており、実際に竪琴の伴奏で歌われた「歌」であった。（もっとも、これも抒情詩の範疇に入るエレゲイアやイアンボスは初めは竪琴ではなくアウロス［双管の竪笛］の伴奏で歌われていたが、後にはアウロスの伴奏によって、さらには伴奏なしでも朗唱されるようになった。）つまりはことばによる音楽そのものでもあった。後にテクストに書かれ、詩集としてまとめられることになったとはいえ、古代ギリシアの抒情詩は本来読まれたものではなく、あくまで旋律をともなった歌として、耳を通じて享受されたのである。その意味では古代ギリシアの抒情詩は、これもしばしば「詩」（poésie, poesia）と呼ばれる中世トルバドゥールの歌にいささか似ているところがある。その上、合唱抒情詩（合唱隊歌）ともなれば、そこにさらに舞踊が加わったのであるから、同じく「抒情詩」と呼ばれてはいても、その内容は、近・現代の抒情詩とは大きく異なっていたことを心得ておく必要があろう。さらには合唱抒情詩は本質的にパブリックなものであって、公共の儀式の場において「上演」され、そこでは作者である詩人とその作品を歌い舞い踊る集団と、これを市民に供するパトロンと、それを楽しむ市民とが、いわば詩的空間を共有する形で享受されたのである。同じく抒情詩とは言っても、マラルメやヴァレリーのごとき詩人が、ひとり密室で深夜に詩想を練った成果を一冊の完璧な書物として世に問い、読者が密室で目を凝らしてその詩行を追う、という態度で享受される近代の詩とは、大きくその性格を異にしている。

本質的に歌であったギリシアの抒情詩の特性を、詩がまだ音楽と未分化の状態にあったと見ることもできようが、むしろ両者が渾然一体をなし、不可分の関係にあったのがギリシアの抒情詩であったと言うべきだろう。つまりは、現代ギリシアの音楽学者ゲオルギアデスが「ギリシア人にとっての音楽とは、なによりもまず韻文（Vers）の中に存在するものであった。ギリシア人の韻文とは、言語であると同時に音楽でもあるようなひとつの現実だったのである」と言っているように（ギリシアには純粋な器楽としての音楽などというものは存在しなかった）、ギリシアの抒情詩とは音楽でもあり、音楽として演奏されることを意図し、またその制約を受けて作られた「歌謡」そのものにほかならなかったのである。抒情詩人は同時に作詞家であり、作曲家であり、またしばしば自作の歌い手でもあった。また、おそろしく複雑な形式をもつ合唱抒情詩の場合は、その作者である詩人は、自作の詩を歌いつつ舞い踊るコロスの振付から合唱の指揮、竪琴による伴奏までおこなったものと想像されている。しかしまことに残念なことながら、ギリシアの抒情詩の音楽としての側面は今日では完全に失われてしまった。その美しさや魅力の大きな源であった音楽的側面が失われた以上、われわれとしてはその美を想像するほかはない。

　まずもってことばそのもの、韻文の中に存在したとゲオルギアデスが説くギリシアの音楽は、「アポロンへの讃歌」や「セイキロスの墓碑名」などの楽譜にあたるものがごく不完全な形で伝わっているのを別とすれば、ほぼ完全に失われた。このことが、本来は歌として聴かれ、耳を通じて享受され、さらには合唱抒情詩のように舞踊としての要素も加わった形で、眼の楽しみをも供したはずのギリシアの抒情詩を、われわれ現代人になじみにくく、また容易にはその世界に参入しがたいものとしているのである。今日われわれの手許に遺されているのは、多くは断片にすぎない歌詞だけであり、また合唱抒情詩について言えば、いわば曲が失われたオペラのリブレットだけが伝わっているようなものである。これをもってギリシア抒情詩の本来の姿をしのぶことは、きわめて困難だと嘆ぜざるを得ない。

　古代ギリシアの抒情詩は、それが出現した当初から、諸民族の古代歌謡にしばしば見られるプリミティヴな、呪詞《じゅし》的な段階を脱しており、すでに最初の抒情詩人アルキロコスの作品において完成した姿を見せている。全体として、いずれもきわめて整った形式の美や詩律を備え、合唱抒情詩ともなると、ギリシア最大の抒情詩人とされるピンダロスの祝勝歌にその極致が認められるような、高度に複雑で巧緻をきわめた形式や詩律を具備するに至っている。それらの要素は、おそらくは今は永久に失われた歌曲としての抒情詩の音楽的な側面と密接にむすびつき、また合唱抒情詩の場合は舞踊のリズムや動きとも関連して、それに呼応する形で生まれ、発達を遂げてきたものと思われる。これを支えていた音楽が失われてしまった以上、ギリシア抒情詩に古代ギリシア人と同じ形で臨むことはもはや望み得ない。その面に関して言えば、ギリシア抒情詩はわれわれには閉じられている。

では、われわれには何も残されていないのだろうか。われわれにとって古代ギリシアの抒情詩とは、歌謡の歌詞の欠損だらけの断片だったり、バレーないしはオペラの、これも欠損だらけのリブレットのごときものにすぎないのだろうか。これに対しては否と答えたい。ギリシアの抒情詩はそれでもなおかつ現代のわれわれを惹きつけるだけの、不思議な力を秘めている。詩行を支えていたメロディーは失われ、おそらくは舞踊と呼応していた詩律、リズムの面でも明らかにし得ない部分は大きいが、詩人の詩想は伝わるし、何よりも詩人が珠玉のことばをもって築き上げたイメージは伝わってくる。その重要な構成要素であった音楽を完全に失ってもなお、ことばだけでも堅固な詩的世界を構築しているのが、ギリシア抒情詩の勁《つよ》さであるように思われる。その魅力は、ロンサールを驍将《ぎょうしょう》とする十六世紀フランスのプレイヤード派の詩人たちの憧れを誘い、古代ギリシア抒情詩を模倣することを通じて、フランス詩が中世的素朴さを脱して面目を一新したことからも推し量れよう。翻訳それも古代ギリシア語とはきわめて懸隔の大きい現代日本語を駆使して、ギリシアの合唱抒情詩の面影を写し出すことは困難をきわめる仕事だが、エウリピデスの名訳を世に問うた丹下和彦氏の力量をもってすれば、それは決して不可能ではない。合唱抒情詩は確かにわが国の読者にはなじみの薄い文学形式だが、それだけにひとたびその中へと積極的に足を踏み入れれば、新たな詩的、文学的世界が眼前に展けてくるはずである。これまで古典ギリシア語の中に固く封印されたままで、ギリシア文学に関心をもつわが国の読者には閉じられていたアルクマンやシモニデス、イビュコスといった詩人たちの作品が、詩的香りの高い邦訳の衣装をまとってわれわれの前に姿をあらわすことを、どうして喜ばずにいられようか。

（西洋古典学・東京外国語大学教授）

自由に話す（4）

高橋宏幸

ローマ人、なかでも世間に名の知れたローマの人士は、公の事柄（res publica）と私人（privatus）として行なう事柄とのあいだに明確な一線を画した。そこで、「自由」という概念を表わす言葉もこれら二つの領域それぞれに対応するものがある。すなわち、リーベルタース（libertas）とオーティウム（otium）である。リーベルタースについては言論の自由がその第一の意義であることを前々回に記した。自由を護るとは国家（respublica）の包含する公益の分配手続きが議論によって達成されるよう保証することであった。こうした公の場での議論ないし交渉手続きを表わす言葉はネゴーティウム（negotium）で、オーティウムを否定した語形をしている。オーティウムは「閑暇」と訳されることが多いが、基本的に人それぞれがもっぱら自分のために使える時間を指す。しかし、そうした自由な時間が保証されるためには、その一部を犠牲にして、雑事であるところのネゴーティウムを怠らず、公の自由であるリーベルタースを護らねばならない。ときとして、そのネゴーティウムは軍務である場合もあり、そのときオーティウムは「平和」を意味することになる。

ここで注意すべきは、オーティウムとネゴーティウムが単純な対立項ではないということであろう。キケロは「大スキピオがつねづね閑暇（otium）において公務（negotium）に思いをめぐらし、孤独において自らと対話していたこと、その結果、決して無為に過ごすときがなく、ときとしては談話の相手も必要としなかった」（『義務について』第三巻一、『国家について』第一巻二七参照）ことを称えている。キケロは国家の指導者がもつべき政治的信念、良識ある市民が抱くべき哲学的理念として「品格ある和平（cum dignitate otium）」という標語を繰り返し掲げた。その精確な意義については議論が分かれるが、おおよその主旨は、オーティウムそのものは私的なものであるとしても、それが公益の一部として分け与えられるかぎり、その自由な時間も最終的には社会に利益を還元するように費やされるべきだ、というところにあると思われる。

オーティウムのこうした性格はウェルギリウス『牧歌』第一歌にも示されているように思われる。牧人ティーテュルスは木陰に休みながら、森の木々に「美しいアマリュッリスよ」と響かせることを教えている。このようなオーティウムはテオクリトス以来の伝統的な牧歌の世界では無条件に与えられていてよいはずのものである。しかし、それをもう一人の牧人メリボエウスは強い驚きをもって眺める。いま彼は自分の土地を追われ、その途次、生まれたばかりの双子の仔山羊さえ路傍に置き去りにせねばならなかった。ティーテュルスのオーティウムは彼がローマに出て「神」からリーベルタースを授かった結果だったが、それはごくまれな幸運である。ウェルギリウスが詩作を始めた頃は各地で土地没収が行なわれ、メリボエウスのような不運な境遇のほうが普通であるような時代であったのだから。いずれにせよ、リーベルタースが護られないかぎり、オーティウムはありえないことがここから浮かび上がる。

さて、ラテン語のオーティウムに当たるギリシア語はスコレー（schole>school）であり、これは「閑暇」という意味とともに、古代でも「学校」を表わすのに用いられた。そこで、世の中でオーティウムの恩恵を一番に受けるのは学究生活を送れる人間ということになるのかも知れない。ティーテュルスも森に歌を「教えて」いるのだし、キケロも政治の場から離れたときはつねに哲学に向かっていた。とすると、その中でも、学問の最高府にいる大学人は感謝しても感謝しきれないほどの恩恵に浴していることになる。ならば、多少のネゴーティウムに煩わされても、どうして不満を漏らしたりできようか。学生集めからオープンキャンパス、自己点検に外部評価、中長期計画に開かれた大学づくり、これらは当然の義務である、はずである。

しかし、こんなことを書くのは本当のネゴーティウムを知らない暇人だからだ、とお怒りの方、もっともです。このリレーエッセイが書けるのもみなさんのおかげであることを決して忘れておりません。

（『西洋古典叢書』編集委員・京都大学助教授）

（つづく）

トゥキュディデス　歴史 ★1, ☆2　藤縄謙三 城江良和 訳

ペロポンネソス戦争を実証的に考察した古典的歴史書。

ピロストラトス他　哲学者・ソフィスト列伝★　戸塚七郎 金子佳司 訳

ギリシア哲学者やソフィストの活動を伝える貴重な資料。

ピンダロス　祝勝歌集／断片選★　内田次信 訳

ギリシア四大祭典の優勝者を称えた祝勝歌を中心に収録。

フィロン　フラックスへの反論 他★　秦　剛平 訳

古代におけるユダヤ人迫害の実態をみごとに活写する。

プルタルコス　モラリア 2★　瀬口昌久 訳

博識家が養生法その他について論じた倫理的エッセー集。

プルタルコス　モラリア 6★　戸塚七郎 訳

生活訓や様々な故事逸話を盛り込んだ哲学的英知の書。

リュシアス　リュシアス弁論集★　細井敦子他 訳

簡潔、精確な表現で日常言語を芸術にまで高めた弁論集。

●ラテン古典篇

スパルティアヌス他　ローマ皇帝群像 1　南川高志 訳

『ヒストリア・アウグスタ』の名で伝わるローマ皇帝伝。

ウェルギリウス　アエネーイス★　岡　道男 高橋宏幸 訳

ローマ最大の詩人が10年余の歳月をかけた壮大な叙事詩。

ルフス　アレクサンドロス大王伝　谷　栄一郎 上村健二 訳

大王史研究に不可欠な史料。歴史物語としても興味深い。

プラウトゥス　ローマ喜劇集 ★1, ★2, ★3, ★4　木村健治他 訳

口語ラテン語を駆使したプラウトゥスの大衆演劇集。

テレンティウス　ローマ喜劇集 5★　木村健治他 訳

数多くの格言を残したテレンティウスによる喜劇集。

西洋古典叢書 第Ⅱ期全31冊

★印既刊　☆印次回配本

●ギリシア古典篇

アテナイオス　食卓の賢人たち　★3, ★4　柳沼重剛 訳
グレコ・ローマン時代を如実に描く饗宴文学の代表的古典。

アリストテレス　魂について★　中畑正志 訳
現代哲学や認知科学に対しても豊かな示唆を蔵する心の哲学。

アリストテレス　ニコマコス倫理学★　朴　一功 訳
人はいかに生きるべきかを説いたアリストテレスの名著。

アリストテレス　政治学★　牛田徳子 訳
現実の政治組織の分析から実現可能な国家形態を論じる。

アルクマン他　ギリシア合唱抒情詩集★　丹下和彦 訳
竪琴を伴奏に歌われたギリシア合唱抒情詩を一冊に収録。

アンティポン／アンドキデス　弁論集★　髙畠純夫 訳
十大弁論家の二人が書き遺した政治史研究の貴重な史料。

イソクラテス　弁論集 2★　小池澄夫 訳
弁論史上の巨匠の政治論を収めた弁論集がここに完結。

クセノポン　小品集★　松本仁助 訳
軍人の履歴や幅広い教養が生かされた著者晩年の作品群。

セクストス　学者たちへの論駁　金山弥平／金山万里子 訳
『ピュロン主義哲学の概要』と並ぶ古代懐疑主義の大著。

ゼノン他　初期ストア派断片集　★1, ★2, ★3　中川純男他 訳
ストア派の創始者たちの広範な思想を伝える重要文献。

デモステネス　デモステネス弁論集　3, 4　北嶋美雪他 訳
アテナイ末期の政治情勢を如実に伝える公開弁論集。

（1）旅の途次、たまたまシモニデスの手で埋葬された男の亡霊が夢に現われ、航海を取りやめるようにと言った。仲間は無視したが、シモニデスはこれを守ってあとに残ったため難破を免れ、命拾いした。そこでこの二行詩を墓に捧げたと。キケロ『卜占論』第一巻二七-五六参照。

バッキュリデス

バッキュリデス●目次

［祝勝歌（エピニキオン）］

一　［イストミア競技祭で勝利せし少年拳闘士（？）ケオスのアルゲイオスを称えて］

〔ストロペ　一〕

（I）

名高きリュラの弾き手、高きを治める
　ゼウスが娘御よ、(1)
］ピエリア人《びと》よ、
］織りなし［
］……［汝ら称える］ように
］イストミアの地の［主なる者を
］賢きネレウスの［

（1）ムーサイ（ミューズたち）。次行にあるようにピエリアがその生誕地。

娘婿(1)を　［

〔アンティストロペ　一〕

］　島(2)の……よき……

］　……そこから　［

〈以下二行欠損〉

ペロプスの輝く

島の神の手になる門構え(3)よ、

〈以下二行欠損〉

〔エポドス　一〕

〈以下二行欠損〉

……彼は己が馬をば車駕《くるま》に繋ぎ

そして彼らは飛び去った　［

］　……人々の（？）　［

〈判読不能〉

〕他の〔 二三

〈以下三行判読不能〉

〔ストロペ 二〕(II)

〈以下五行欠損〉

〔アンティストロペ 二〕

〈以下三行欠損〉

そのような〔　〕…… 三五

(美わしき?)〔

〕〔　〕……、……したとき

〕……添い寝〔してくれる者はおらぬかと 三八

〈判読不能〉

(1) ポセイドン(アンピトリテの夫)。

(2) ケオス島。

(3) ペロポンネソス(「ペロプスの島」の意)半島への門口コリントスを指す。

〈以下六行欠損〉

〔エポドス 二〕

〈判読不能〉

〔ストロペ 三〕

（Ⅲ）

」……（機敏な？）［
」乙女たち［
リュサ」ゴラ[1]［は言った、
」甘き眠り［から目覚めて、
……われ」らの
……古き町を
逃れ」て、家々を
　海の渚のほとりの

〔アンティストロペ 三〕

陽の光のもとに
　〈判読不能〉

〈以下六行およびエポドス三の全行欠損〉

〔ストロペ　四〕

(Ⅳ)

〈以下二行欠損〉

リュ］サゴラに(?) 七二
……マケロ(2)……［
……紡錘《つむ》を好む……
］流れも美しき川(3)のほとりへ 七五
］彼女は彼ら(4)に呼びかけて言う
］優しき声音で

(1) テルキネス（元来ロドス島に住まう半神あるいは精で、冶金その他の術に卓れる。ポントスとガイアの子といわれる）の長ダモンの娘の一人か。
(2) ダモンの娘。デクシテアの姉妹。
(3) ケオス島のコレシア近辺のエリクソス川。
(4) ゼウスとポセイドン。

〔アンティストロペ　四〕

……わたしは……がない
……両刃の苦しみ
……貧しさ
」……「　」すっかり……
〈以下二行判読不能〉
〈以下二行欠損〉

〈以下エポドス四の全行、ストロペ五、アンティストロペ五の全行、エポドス五の二行欠損〉

〔エポドス　五〕

〈判読不能〉　(V)
」その後二日経った
次の日に、猛々しきミノスは
五十艘の輝く艫《とも》もつ船に
クレタ勢を乗せてやって来た。

〔ストロペ 六〕

(Ⅵ)

そして令名轟くゼウスの力添えで
　帯深き乙女
デクシテア(1)をばわがものとした。
　そして彼女のために配下の半数
戦神アレスお気に入りの男たちを残し、
　彼らに岩山ばかりの土地を
あてがっておいて、自らは船に乗り込み
　懐かしの都クノソスへと向かった、

〔アンティストロペ 六〕

エウロパの子なる王(2)は。
　十月《とつき》して巻毛美しき花嫁は
エウクサンティオスをば産み落とす、

(1) ダモンの娘。エウクサンティオスの母。

(2) ミノス王。ゼウスとエウロパの子。

音に聞こえた島の
主とも［なるお方をば。
〈判読不能〉
〈以下二行欠損〉

〔エポドス　六〕

〈以下六行欠損〉
ダモンの］娘らは逃れ出た
夕陽に浸される町を［建てるために。
彼の血統《ちすじ》を引くのが

〔ストロペ　七〕（Ⅶ）

腕力強く
　獅子の心意気もつ
アルゲイオス、
ひとたび戦わねばならぬとなると
脚は速く、父親の

立派な業績をば辱めない。

〔アンティストロペ　七〕

それらはすべて音に聞こえた弓の使い手アポロンが
　パンテイデス[1]に与えたもの、
その癒しの技と
　客人への情の籠った接待《もてなし》とのゆえに。
雅びの女神からたっぷりと慈しみを受け
　多くの人々の賞讃を浴びて
五人の卓《すぐ》れた子供らをあとに残し、
　彼はその生涯を終えた。

〔エポドス　七〕

その子らの一人を、高椅子に座を占める

(1) アルゲイオスの父。

クロノスの御子(1)は、父親《おや》の業績《しごと》に配慮して
イストミアの勝者となし、またほかにも多くの
　輝かしい花冠を獲得せしめた。
　わたしは言う、やまず言い続ける、
最大の栄誉は卓れし者にこそと。富は
　しがない輩にも添い、

〔ストロペ　八〕(Ⅷ)

また好んで人の心を膨れ上がらせもする。
　だが神に善根を積む者は
さらに大きな栄光を望んで、
　心蕩かす。もし人の身でありながら
健康に恵まれ、己の財物《もの》で
　自活できるというのであれば、
その張り合う相手は一流の人々。
人間、どのような生活を送ろうと

〔アンティストロペ　八〕

喜びはあるもの、病と
　どうしようもない貧乏さえ逃れていれば。
富者が大なるものに恋い焦がれる、
　それと同じで卑小なる者は
より小なるものを求めるもの。だが
　何でもたっぷり手に入るとなると、人間
楽しみはない。逃げていくものを捕えることこそ
　いつも追い求めてやまぬもの。

〔エポドス　八〕

心を煽る野心が
　この上なく軽いものである場合には
生きてあるかぎりは名声が得られる。

（1）イストモスの神ポセイドンを指す。

卓れてあることは骨の折れるもの、
ただそれが正しく全うできれば
死んだあとにもその人には
他人《ひと》も羨む名声の飾りが残る。

パピルス（P. Lond.）

二　同じ勝利者に

〔ストロペ〕

疾く行きませ、栄《はえ》ある贈物の伝え手、報せの女神よ、
聖なるケオスへと、雅びやかな
　趣の報せをたずさえて、
アルゲイオス、大胆なる拳《こぶし》の闘いに
勝利を得、

〔アンティストロペ〕

われらにすばらしい業績《しごと》のすべてを思い出させてくれたと。
エウクサンティオスの聖なる島(1)をあとに
われら、かの名高き頸なすイストモスの地に来て
衆に知らしめ、七十の花冠を獲得した、
あれらすべてのことを。

〔エポドス〕

土着のムーサは
鋭くも甘き笛の音《ね》を呼びよせ、
パンテイデスの愛しき子を
勝利の歌もて誉め称えいる。

パピルス (P. Lond.)

---

(1) ケオス島。エウクサンティオスはミノスとデクシテアの子で、ケオスの伝説的王。「祝勝歌」第一歌一二五行以下参照。

三　オリュンピア競技祭で戦車競技に勝利せし(1)シュラクサイのヒエロンを称えて

〔ストロペ　一〕

(Ⅰ)

稔り豊かなシケリアを統べる
デメテルと菫の花冠《かむり》を戴く乙女(2)のことを
歌えよ、甘き贈物するクレイオ(3)よ、
　オリュンピアを走るヒエロンの脚速き馬のことも。

〔アンティストロペ　一〕

かの者らは走った、卓越せる勝利の女神(4)と
また光輝の女神(5)とに伴われて、広く渦巻く
アルペイオス川のほとりを。そしてそこで
デイノメネスの子(6)にたっぷり花冠を得さしめた。

〔エポドス 一〕

群れ集う人々は歓声をあげた。
ああ、三度《みたび》幸運を続けるお人よ、
ゼウスからギリシア人《びと》の多くを
支配する特権を授けられ、
その山なす財宝を黒い闇の衣で
覆い隠さずにすます知恵もつ汝は。

〔ストロペ 二〕 (II)

社という社は犠牲の饗宴に満ちあふれ
通りという通りは歓声一色に塗りつぶされている。
黄金は社の前にしつらえられた

(1) 前四六八年。
(2) デメテルの娘ペルセポネ。
(3) ムーサの一人。
(4) すなわちニケ。
(5) すなわちアグライア。
(6) ヒエロン。

入念で贅沢な造りの鼎[1]の放つ光りに煌《きらめ》いている。

〔アンティストロペ　二〕

そこはカスタリアの泉のほとり、
デルポイの人らがポイボスの大いなる神域にと
充てているところ。神を、神をば飾り奉るべし、
それこそ弥栄の妙薬となるものなれば。

〔エポドス　二〕

そのむかし馬を馴らす
リュディアの首領クロイソス、
それはもうあらかじめ決まっていたこと、
ゼウスが動き
サルディスがペルシアの軍門に降ったとき、
黄金の太刀もつアポロンの

〔ストロペ 三〕 (Ⅲ)

守護を得た。その有り難からぬ定めの日に
立ち至ったとき、彼には嘆かわしい隷従の身をば
坐して待つ気は毛頭なく、青銅の壁が囲む
　中庭の前に火葬の薪を

〔アンティストロペ 三〕

積み上げて、そこに愛しの妻、
嘆きやまぬ巻毛も美わしい
娘らとともに上る。彼その両の手を
　高々と天に差し延べ

(1) ヒエロンの兄弟ゲロンが前四八〇年の対カルタゴ戦勝利の記念に奉納したという。またヒエロンは、クマエでのエトルリア艦隊撃破(前四七四年)後に奉納。

〔エポドス　三〕

叫びていわく、「すべての力になお勝る神（1）よ、
　神々の恵みはいずこにやある、
レトの御子なる神（2）はいずこにいます、
　アリュアッテス（3）の館、いま滅びゆく、
　］数知れぬ……
　〈判読不能〉

〔ストロペ　四〕　（Ⅳ）

　］町をば……、
黄金渦巻くパクトロス（4）の流れは
赤く血に染まり、女らは造りのよい住居から
　恥をしのんで連れ出されゆく。

〔アンティストロペ　四〕

かつては疎ましく思われしものも今は愛しく、死より甘きものはなし」
こう言ったのだ、彼は。そして柔らに歩を運ぶ従者に
積み上げた薪の館に火を放てと命じた。
娘らはひぃと声をあげ、愛しの母者へ手を投げる、

〔エポドス　四〕

確実にそれと知れる死ほど
人の身に疎ましきものはないがゆえに。
だが恐ろしき炎の眩いばかりの力が
薪の間を縫うて襲いきたとき、
ゼウスが黒雲を上に被せ

---

(1) ゼウス。
(2) アポロン。
(3) クロイソスの父。リュディア王（前六一〇－五六〇年在位）。
(4) サルディス近辺を流れる川。

　金色の炎を消し鎮めた。

〔ストロペ　五〕

神の配慮によるもの、一つとして信ぜざるものなし。（V）
このあとデロス生まれのアポロンが
老王をヒュペルボレオイの民[1]のもとへ連れていき
　その踝細き娘らともども住まわせた。

〔アンティストロペ　五〕

これも誰より大きな贈物をピュトに捧げた
その敬い心に免じてのこと。
だがおよそギリシアの地に住居する者のうち
　おお、音に聞こえしヒエロンよ、いかなる者もいますまい。

〔エポドス　五〕

彼のほうがあなた以上に多量の黄金を

ロクシアスに献上したと言いたがる者は。
妬みに身を太らすことのないような人なら
誉めそやしても当然、
神に愛され」、馬を好む勇猛の士を、
接待《もてなし》の神（?）」ゼウスの王笏をもち

〔ストロペ　六〕

また菫色の髪のムーサらの分け前に与るお方をば。　（Ⅵ）
］……かつて［　　］……
］……はかないと［
］あなたは思う。人生は短い。

〔アンティストロペ　六〕

翼ある希望ははかなき族《やから》の分別を

（1）北の涯に住むと考えられた想像上の民。

ゆるがせにする。〔遠矢射る（？）〕アポロンの神、
ペレスの子[1]に語りていわく
「汝、死すべき者なれば、ふたつの考えを

〔エポドス　六〕

養い育てる必要あり。一つは明日の日こそ
陽の光を拝む唯一の日となろうとのこと、
一つは五十年の歳月
財貨に漬かって生涯を全うすること。
穢れなき行ないに終始して心楽しますべし、
それこそ最高の利得なればなり」。

〔ストロペ　七〕　（Ⅶ）

わが語る言の葉は、心ある人には判るもの。
深い空は穢れを知らず、海の水の
腐ることなし。黄金は喜びのもの。

だが灰色の老年を放擲して

〔アンティストロペ　七〕

花と咲く青春を取り戻すのは至難の業。
人徳の輝きは
肉体とともに滅び去ることはない、
　ムーサがこれを養い育てる。ヒエロンよ、

〔エポドス　七〕

あなたは繁栄のこの上なく美しき華を
　世の人に示した。人は栄えても
語り部もたねば顕彰もされぬ。
　あなたの素晴しさを真実こめて語る人は
甘い舌もつケオスの夜鶯の、この篤き心をも

（1）テッサリアのペライの王アドメトス。

また称え歌うてくれよう。

パピルス（P. Lond.）

四　同じ勝利者に、ピュティア競技祭での〈戦車競技の〉勝利(1)を称えて

〔ストロペ　一〕　（Ⅰ）

黄金の巻毛のアポロンは、いまだ
　シュラクサイの都を慈み、
その正統なる指導者ヒエロンを誉め称える。
それというのも彼は三度《みたび》(2)ピュティアの勝利者となって
懸崖高く切り立つ地の臍石(3)の際《きわ》で称えられるからだ、
　それもその脚速き馬の働きあってのこと。
かつて］リュラの名手ウラニア(4)の
　甘き言葉を弄ぶ雄鶏は声を［あげた。
しかし［いま］彼（雄鶏）は心の底から
新たなる］讃歌を彼に注いだ。

〔ストロペ 二〕

もしどなたかの［神］が正義の秤を［正しく］釣り合わせておれば　（Ⅱ）
　さらに四度目、デイノメネスの子[5]を
われら[6]は誉め称えていたことだろう。
だがキラ[7]の海辺の谷間でこの勝利[8]をもたらし
さらにオリュンピアで二度[9]勝った、
　人のなかでもただ一人のお方に花冠を捧げ
歌で称えるのはしかるべきこと。
　神々に愛されてあること、あらゆる種類のよきものの
分け前に与ること、それよりもさらに
どんなよいことがあるというのだ。

（1）前四七〇年。
（2）ヒエロンはすでに前四八二年、四七八年の二度にわたりデルポイ（ピュト）での競技に勝利している。
（3）デルポイを指す。
（4）ムーサの一人。彼女の雄鶏とは詩人のこと。
（5）ヒエロン。
（6）われら合唱隊。
（7）デルポイ（パルナッソス山の斜面にある）の麓の港町。
（8）ピュティア競技祭での三度目の勝利。
（9）前四七六、四七二年、馬競べで。

五　〈同じ勝利者に、オリュンピア競技祭での馬競べの勝利(1)を称えて〉

〔ストロペ　一〕　（Ⅰ）

馬車を廻らすシュラクサイ人《びと》の
　運に恵まれし将軍よ、
あなたこそ――いまの世に人ありとすれば――
　菫の花冠を戴くムーサからの甘き贈物を
正当に評価してくださろう、このあなたへの装飾《かざり》を。
その公正なるお心をば心配事から解き放ち
休息させて、さあ
　こちらへお気持ちを向けていただきたい。
あなたの客人(2)は深く帯締めるカリスらの力を借り
　讃歌を織り上げ、聖なる島(3)から
あなた方(4)の名にし負う都へと

それを送るのです。
黄金の髪紐《リボン》を結ぶウラニア(5)の
音に聞こえた召使の望むのは
胸の底から言葉を注ぎ出し

〔アンティストロペ 二〕

ヒエロンをば称えること。深い
　空を黄褐色の速い翼で
高く切り裂く鷲、
　広きを治め、雷を轟かす
ゼウスの使者は
　その強大な力を恃み、不敵な構え、

(1) 前四七六年。
(2) バッキュリデスはヒエロンの宮廷の食客。
(3) ケオス島。
(4) ヒエロンおよびその兄弟たち。その都とはシュラクサイ。
(5) 詩神ムーサらの一人。

朗らな声の小鳥たちは
　恐怖《おそれ》にすくむ。
広大な大地の峯々も彼を妨げることなし、
疲れることを知らぬ海の
逆巻く波もまた。
　彼は限りなき空間《そら》の中に
西風の息吹を受けて
　その細やかな羽毛をうち震わせる、
　人の目にそれとわかるくらいに。

〔エポドス　二〕

かくしていまわたしにはあなた方の徳を称えて歌うのに
　四方八方、数知れぬ途が開かれている、
黒髪のニケと
　青銅の胸当てのアレスのおかげだ(1)、
デイノメネスの勇敢なる息子らよ。

どうか神があなた方に好意を尽くして倦むことのないように。
金色のたてがみもつペレニコス、
疾風《はやて》のような快速馬が
広く渦巻くアルペイオスのほとり(2)で勝つところを
黄金の腕もつエオス(3)は見た、

〔ストロペ 二〕
(Ⅱ)

また聖なるピュトでも(4)。
　わたしは大地に手を置き誓って言おう、
かつて一度たりとも彼は、競技の庭で
　先行する馬の蹴り出す塵泥にまみれたことはない、
ゴールへ達するまでのあいだに。

---

(1) ゲロンとその兄弟は前四八〇年ヒメラでカルタゴ軍に勝利した。
(2) オリュンピアを指す。
(3) 暁の女神。
(4) 前四七八年。三三五頁註(2)参照。

それは彼が吹きすさぶ北風のごとくに
疾駆するからだ、手綱もつ身に心を配り
　客あしらいのよいヒエロンに
新たな喝采を呼ぶ勝利をもたらそうと。
幸いなるかな、神から
見事なものを手にする定めに恵まれ
　人も羨む運を摑んで
満ち足りた生涯を送ることのできる人は。
なぜなら、何もかもすべてに恵まれたという者は
人間の族《やから》にはいないのだから。

〔アンティストロペ　二〕

かつて稲妻きらめかせるゼウスの、
　城門を毀《こぼ》つ
手に負えぬ子(1)が
踝細きペルセポネの館へと降りていき、

尖り歯の犬[2]、近寄りがたきエキドナの子を
　冥府からこの世へと
連れ来たったといわれている。
その冥界の、コキュトスの流れのほとりで
彼は惨めな人間たちの魂と出合うた、
　羊を養うイダの山の
明るい山肌を越え来る風に
　弄ばれる木の葉さながらの。
その中にひときわ目立つは
　大胆不敵に槍を振るう
ポルタオンの裔[3]の亡霊。

(1) 〝都市の破壊者〟ヘラクレス。
(2) ケルベロス。母はエキドナ。
(3) ポルタオンの孫に当たるメレアグロス。父はオイネウス。

〔エポドス　二〕

さて、武具に輝くその姿を
　アルクメネの子(1)、驚嘆すべき英雄が認めるや、
鋭く鳴る弦を弓の先に掛けて張り、
　次いで箙《えびら》の蓋を開けて
中から青銅の鏃《やじり》のついた矢を
　取り出した。しかしメレアグロスの亡霊は
彼の目の前に向きあって立ち
　彼をそれと認めて言葉をかけた、
「偉大なるゼウスの子よ、
　そのままに止まられよ、心を鎮めて、

〔ストロペ　三〕

無益にもその手から　(Ⅲ)
　辣《から》い矢を放つことなかれ、
命なき亡霊に向けて

ご心配はご無用にされよ」とこう言うと、
貴公子たるアンピトリュオンの子は驚いて
言った、「不死なる者、死すべき者のうちの
いったい誰がこのような若い衆を
　育てたのか、また郷国《くに》はどこだ、
誰に殺された。すぐにも美しき帯締めるヘラが
　わが命を狙ってその者[2]を
送り込んでこよう。だがそのことはたぶん
　金髪のアテナが配慮してくださるはず」。
これにメレアグロスは涙ながらに
　応える、「容易ならぬこと、
地上に住まう人間の身で

(1) ヘラクレス。八五行の「アンピトリュオンの子」も同じ。
(2) ゼウスの庶子を嫉視するヘラからの刺客。

〔アンティストロペ　三〕

神のご意向を逸らすのは。
　それというのも、馬を駆るオイネウスも
花冠を戴く白き腕の厳かなるアルテミスの
　怒りをあるいは止めていたはず、
数多《あまた》の山羊や
　背の赤い牛を犠牲に捧げ
祈りをこめたわが父上も。
　ところが女神の怒りは
解けなかった。処女神《おとめがみ》は
　強大な力をもち、闘いに容赦ない野猪を
美わしの地カリュドンへと送り込んだのだ。
　その地でかの者は漲る力にまかせて
葡萄の樹を牙で薙ぎ倒し
　羊らも、また人間でも
向かってくる者はこれを殺した。

〔エポドス　三〕

これを相手にわれら選りすぐりのギリシア人《びと》は
忌まわしい闘争《あらそい》を、連続して六日間
一心不乱に仕掛けた。ついに神が
われらアイトリアの衆に勝利を恵まれたので、
われらは、大声に唸る野猪が力まかせに襲いかかって
倒した者らの埋葬を済ませた。
わが愛しき兄弟のうちでも勇猛この上なき
アンカイオスとアゲラオス、
音に聞こえたオイネウスの館で
アルタイアが産みなした［子供たちだ。

〔ストロペ　四〕（Ⅳ）

だが死をもたらす運命に滅ぼされた者は
この二人だけにとどまらない。］戦好きで

荒々しいレトの娘御(1)は
　怒りを止めることをしなかったからだ。われらは
その赤く光る毛皮を的に一心に争った、
　戦に忠実なクレス人《びと》(2)らを相手にまわして。
その折わたしは他の多くの者らに加えて
　イピクロスと勇士アパレスを斃した、
母方の脚速き縁者たちを。それも
　頑な心のアレスが、闘争の場では
縁者の見境もなくしてしまうからだ、
　そして手を離れた槍はめくら滅法に
敵の命を的に飛んでゆき
　神の意に叶う者に
死をもたらすからだ。

〔アンティストロペ　四〕

テスティオスの冷酷なる娘

わが非運の母君には
この間の事情が呑み込めず
わたしを亡き者にせんと目論んだ、かの剛胆なる女子は
巧みな造りの箱から
たちまちに尽きる運命《さだめ》の丸木(3)を取り出し
燃やしたのだ。
あのとき運命の女神《モイラ》が
それがわが命の代《しろ》と告げていたもの。
ちょうどダイピュロスの子クリュメノスを
この手に掛けようとしていたところだった。
　頑強で非難の余地ない肉体の持ち主で、
塔屋の前でばったり出会ったのだ。

---

(1) すなわちアルテミス。

(2) プレウロンに住むアイトリア人の一族。メレアグロスの母の兄弟、すなわちテスティオスの子らが率いる。

(3) メレアグロス誕生七日目に運命の女神モイラは、炉の燃え木が燃え尽きるとメレアグロスは死ぬと宣告した。母アルタイアは急いで燃え木を拾い、箱にしまった。のちメレアグロスの手にかかって自分の兄弟が死んだことを聞いた彼女は、かつての燃え木を再び火中に投じ、メレアグロスを殺した。

造りもよい古き都プレウロンへ
逃げのびようとするところだった。

〔エポドス　四〕

だがわが甘き命も尽きかけていた。
　やんぬるかな、残る力もわずか
と知れた。最後の息を吐き、惨めにも泣けた、
　輝かしい若さこそこの世の名残と」。
鬨の声にも怯まぬアンピトリュオンの子も
　このときばかりは眼《まなこ》潤ませ、
悲哀をかこつかの者の運命をば
　憐れんだという。
そして彼に応えて
　こう言った、「人の身に最善は生まれぬこと

〔ストロペ　五〕

（Ⅴ）

陽の光を目にせぬこと、
　だがそれを嘆いてみても
はじまらぬ、むしろ
　何を果たすかをこそ言うべき。
いやじっさい、戦好きな
　オイネウスの館には
誰か未婚の娘がいはしないか、
　そなたくらいの背丈の。
いればその娘をわが輝く妻にぜひしたいもの」。
　これに雄々しきメレアグロスの亡霊は
応えていわく、
　「項《うなじ》も初々しいデイアネイラを
わたしは家に残している、
　人の心を誑かす黄金のキュプリスの業も
　未だ知らぬ妹をば」。

〔アンティストロペ　五〕

白き腕のカリオペ(1)よ、
　造りもよろしき車駕《くるま》を、さあこれに
停《とど》めよ、クロノスが御子ゼウス
　オリュンポスなる神々の長を寿ぎ歌えよ、
また倦まず流れる
　アルペイオスを、ペロプスの力を、
またピサ(2)の地を歌いたまえ、名高き
　ペレニコスが競走に勝ち
塔も美しいシュラクサイへ帰還し
　幸運の簇葉《むらば》(3)を
ヒエロンへともたらしたその地のことを。
　真実のためには誉め称えねばならぬ、
妬み心は両の手で
　脇へ押しやっても、
誰であれ人が成功したときは。

〔エポドス　五〕

ボイオティアの男、甘きムーサに仕える
　ヘシオドスも言っている、
不死なる神が誉れを与えるほどの者には
　人の世の評判もついてまわると。
わたしにはいつでも用意がある、
　正道にはずれることなくヒエロンに
栄光に満ちた言葉を贈ることにかけては。
　そうすることで幸《さきわ》いの樹の根が芽ぶくのだから。
大いなる父ゼウスが、どうかそれを
　平和の裡に揺るぎなく護りたまうように。

パピルス（P. Lond.）

（1）ムーサの一人。
（2）オリュンピア。
（3）オリーブの冠の。

六　オリュンピア競技祭で〈少年の部の〉競走に勝利せし(1)ケオスのラコンを称えて

〔ストロペ　一〕　(Ⅰ)

ラコンは大いなるゼウスから
この上ない栄誉を手に入れた、
アルペイオスの河口(2)で駆け競べして。
かつてどれほど繁く歌ったろうか、
オリュンピアの地で
葡萄樹養うケオスの島を
　拳闘と駆け競べに勝ったというので、
花冠で髪の毛をいや繁らせた

〔ストロペ　二〕　(Ⅱ)

若者たち(3)は。
だが、いまは君のことを
歌を統べるウラニア(4)の讃歌が

ニケ(5)の意をうけて、風の脚もつ
アリストメネスの子よ、
君の館の前で歌い称える、
　駆け競べに勝利して
ケオスの名を高めたというので。

パピルス (P. Lond.)

七　同じ勝利者を称えて

〔ストロペ　一〕

時間《とき》と夜との輝かしき娘御よ、　(I)

(1) 前四五二年。
(2) オリュンピアは海岸からさほど遠くない。
(3) 合唱隊の。
(4) ムーサの一人。
(5) 勝利の女神。

五十番目の月の十六番目の日[1]よ、
汝を、オリュンピアに［設けたはペロプス（?）
クロノスの子］雷鳴轟かす［ゼウスの］意を受けて
　〈判読不能〉
ギリシア人らに速脚の速度と
四肢の卓抜せる力とを判定すべく。
汝が勝利の価値ある褒賞を分け与える者こそ
人のあいだにありて誉めそやされ
　多々羨しがられる。その汝は
アリストメネスの子ラコンを花冠で飾った

〔ストロペ　二〕（Ⅱ）

　〈二行欠損〉
］カイロラス[2]の［
　〈判読不能〉
］……死……［

〕……祖国……〔
〕新たに判定されたる〔
〕……子無しの〔
〈以下四行欠損〉

パピルス（P. Lond.）

八　〔ケオスのリパリオンを称えて？〕

〔ストロペ　一〕（I）

〈七行欠損〉
〕……競技〔

（1）オリュンピアの競技祭は四年間隔で施行されたが、実際はその間隔は五十ヵ月と四十九ヵ月交互であった。第十六日目というのは、競技はその月の第十一日目に始まり、五日間続けられ、第十六日目が表彰の日とされていた、その表彰の日を指す。

（2）ラコンの先祖か。

〕……リパ〔ロスの子(1)
〈判読不能〉
〕ギリシア人の子ら……〔
葡萄豊かな〔
〈判読不能〉
〕……ケオスで
馬には欠ける〔ものの〕……
〈判読不能〉

〔ストロペ 二〕（Ⅱ）

羊を犠牲に供したピュト、
またネメアとイストモスをも誉め称えつつ。
大地に手を置き誓いながら
わたしは自信をもって言おう、真実の力を借りれば
問題になっているものもすべて明るみに出ると。
ギリシア人《びと》のうち誰ひとり

少年であれ、成人《おとな》であれ
その年令別の組で
　これ以上の勝利を得た者はいない。
電戟もつゼウスよ、銀色に渦巻く
アルペイオス川(2)の堤で、神の贈物、大いなる名声への彼の祈りを
どうか叶えてやってくださいますように、そしてその頭《こうべ》に
アイトリアのオリーブで編んだ
灰色の葉飾りを被らせてくださいますように、
プリュギアのペロプスにちなむ(3)
音に聞こえた競技の庭で。

パピルス（P. Lond.）

(1) リパリオンのこと。
(2) オリュンピア付近を流れる川。
(3) プリュギアの王タンタロスの子ペロプスはオリュンピア競技祭の最初の勝利者とされる。戦車競技でピサの王オイノマオスを破った。

九　ネメア競技祭で五種競技[1]に勝利せしプレイウス[2]のアウトメデスを称えて

〔ストロペ　一〕（Ⅰ）

おお、黄金の紡錘《つむ》のカリテス[3]よ、どうか
　万人をして肯かしめる名声をば与え給うように。
それというのも菫《すみれ》の眼したムーサらの意をうけた神憑りなる告知者[4]は
待ち構えているからだ、プレイウスの町を、またネメアの
ゼウスの、稔り豊かな地をいつでも
歌いあげようと。そこには白き腕のヘラが
羊殺しの獅子を飼い養いしところ、
ヘラクレスの音に聞こえし功業《いさおし》の
最初《はじめ》となった、かの低く唸る獅子を。

〔アンティストロペ　一〕

その地で赤い楯もつ半神たち、
　アルゴスの精鋭たちが初めて技を競いあった、

アルケモロス(5)を記念して。すやすやと眠るところを
金色の眼の巨大な蛇が殺したからだ。
あとに続く殺戮の、これが最初のしるし。
おお、力に満つ運命《モイラ》よ、オイクレスの子(6)は
人に豊かなかの町へ生きて再び戻れるよう
彼らを説得することはできなかった。
希望は人に考える力を無くさせる。

〔エポドス 二〕

かのときもタラオスの子アドラストス(7)をば促して

(1) 五種競技とは、跳躍、円盤投げ、競走、格闘技《レスリング》、拳闘《ボクシング》を指す。
(2) ペロポンネソス半島北部の町。ネメアの近く。
(3) 美と優雅の女神カリスの複数形。
(4) 詩人のこと。
(5) ヒュプシピュレが乳母として養育に当たっていた赤子。テバイ攻めの七将がネメアでヒュプシピュレに水を求めて泉に案内させている間に、蛇に殺された。アルケモロスには「悪運の始まり」なる意がある。
(6) 占い師アンピアラオスのこと。
(7) アルゴス王。テバイ攻めの七将の総帥。

テバイへ、馬駆るポリュネイケスのもとへ馳せつけさせたのだった。
ネメアでの、かの世に知られた競技の庭で
金色の髪をば
三年目ごと(1)に花冠で蔽《おお》える者は
　人々のあいだにその名を残す。
いま勝利せしアウトメデスに
神、それを授け給う。

〔ストロペ　二〕（Ⅱ）

それは五種競技でひときわ目立ったがゆえのこと、
　あたかも満月の夜の輝く月が
星々の光に照り勝るように。
そのように彼はギリシア人が広く周りを取り囲むなか、
円形の円盤を投げて
驚嘆に値する姿形を見せつけた。
そして濃い簇葉《むらば》のにわとこの木の槍を

手から高空へと投げ上げ
衆人《もろびと》の喚声を呼び起こした。

〔アンティストロペ　二〕

いやまた素早い動きの格闘技《レスリング》を了《お》えたときもそう、
　その意気盛んな力で
強力な四肢もつ肉体を大地へと押しつけたのち、
紫に渦巻くアソポス(2)の流れの地へと凱旋した。
この川の名は各地にあまねき
遠くナイルの流域にまで及んだ。
そしてテルモドン(3)の流れもよき川床の
ほとりに住まう者ら、槍に長けし

---

(1) 隔年開催の競技会をこう表現している。本来なら二年目ごとと言うべきところ。
(2) プレイウスのほとりを流れ、コリントス湾に注ぐ川。
(3) 小アジア東部カッパドキアを北上して黒海に流れ込む川。アマゾン族の故地。

馬を駆るアレスの娘ら[1]は

〔エポドス 二〕

人も羨む河川《かわ》の王よ、汝が子孫《こ》[2]らの勇猛さを
たっぷりと味わわされた。高き門もつトロイアの座もまた[3]。
汝が一族、輝く帯締める娘[4]らの様子を告げる
数限りない報せが
　伝わり走る、その彼女らは
神が幸運の星のもと、数かずの
　不落の都の建設者にとしつらえられたもの。

〔ストロペ 三〕 (Ⅲ)

誰が知らぬことであろう、造りもよき市《まち》
　黒髪のテベ[5]の都を、あるいは
その名も轟くアイギナを、
大いなるゼウスの寝床に近づき英雄[6]を産んだあの。

〕……軍〔勢の救済〕者なる
彼は試練によってアカイア人《びと》の地を……
〈判読不能〉
誰〔が(?)
……〕衣よろしき[7]……〔　〕〔

〔アンティストロペ　三〕

また〔ペイレネ[8]〕、編んだ花冠の
乙〔女を、〕さらに神々と寝床を共にして
名を挙げたその他のすべての娘ら、
そのかみの音高く流れる川の尊き御子たち。

---

(1) アマゾン族。
(2) アソポスの娘アイギナはアマゾン攻略に立ったテラモン、ペレウスの母に当たる。
(3) テラモンの子アイアスやアキレウスはトロイアを攻略した。
(4) アソポスには、エウアドネ、エウボイア、アイギナ、テベ、ペイレネ、サラミス、コルキュラら二十人の娘がいた。
(5) 河神アソポスの娘。テバイ市にその名を与えたとされる。
(6) アイアコス。
(7) アソポスの娘シノペかクレオネの枕詞。
(8) コリントスなる泉。アソポスの娘。

いま古き］都を
取り籠めるのは］勝利を［寿ぐお祭り騒ぎ
また］笛の響き
〈判読不能〉
〈判読不能〉

〔エポドス　三〕

〈判読不能〉
菫の花冠の黄金の［女神キュプリスを］誉むべく
頑な愛の情熱あふれる母を、
］人間たちのあいだで名も高い……
〈判読不能〉
］客人［
〈判読不能〉
］……讃歌……

〔ストロペ 四〕

（Ⅳ）

」逝きし者にも
」無限の時間《とき》……
そしてのちの世代へもずっと語り継ごう、
ネメアでの君の勝利を。あのすばらしい業績《しごと》は
それに適う讃歌が得られれば
天上の神のもとに預けられる。
また人間が誠実でありさえすれば
たとえ死したのちでも深く帯締めるムーサの
とびきり上等な慰み物（1）は残り続けるのだ。

〔アンティストロペ 四〕

人間の［卓越への途は
数多くある。だが判定するのは神々の

（1）詩作品。

意志、夜の［闇に何が隠されているのかを。[1]
］……［みすぼらしき輩］と卓れし者を
〈以下二行判読不能〉
〈欠損〉
運命の女神《モイライ》らは］数少ない
人間たちにだけ未来のことを［知る力を与えた。

〔エポドス　四〕

ふさわしい者には……恵みをもたらした
そしてディオニュソスの［……］神の敬意をうけた市《まち》に
住まうことを……
黄金の杖もつ［ゼウスから
人が］何かすばらしいものを［受け取る場合には
皆して］誉め称えるように。ティモクセノス[2]の
息子には、その五種競技の勝利をば
少年たちの祝いの行列にあわせて寿ぎ歌うべし。

パピルス（P. Lond.）

一〇　［イストミア競技祭で競走（?）に勝利せしアテナイのアグラオス（?）を称えて］

〔ストロペ　一〕　（Ｉ）

風評《ペーマ》よ、汝は［神と人とを問わず（?）］
あらゆる部族《くにびと》のもとを訪れる、そして……［
〈以下三行判読不能〉
］……黄金の［幸い満つ勝利の女神を
その目で［見たからだ
苦しみからの］ゆったりとした休息も。
だがアグラオスのためにいま、彼の姉妹の夫《つれあい》は
明晰な響きもつ島生まれの蜜蜂[3]を呼び起こす、

（1）つまり未来を。
（2）この讃歌の主アウトメデスの父。
（3）詩人バッキュリデスを指す。

〔アンティストロペ　一〕

ムーサイの不滅の飾りが
人みなの歓びとして
手にすることができるようにと、君の勇武を
　衆人《もろびと》に告げ知らしめて。
勝利の女神の援けを受けた君は
その金髪の頭に花を挿し
広きアテナイの都にはどれほどの栄光を
　またオイネウスの末裔《すえ》(1)にはどれほどの名声をもたらしたか、
世に知られたポセイドンの競技の庭で
脚の運びの速さをギリシア人《びと》に見せつけて。

〔エポドス　一〕

というのも(2)」彼が嵐のように熱い息を吐きながら
走路の「ゴールに」立ち至ったとき、
そしてまた「群がる」人の波「に」飛び込んで

観客の外套をオリーブ油で［濡らしたとき、
——四度《よたび》［折り返しの走路を］走り終えてのことだ——
賢き［審判］を告げる告知者は
彼こそ］イストミアの競技の勝利者なりと
　二度呼び上げた。

〔ストロペ　二〕　(Ⅱ)

さらにネメアの、クロノスの御子ゼウスの
聖なる祭壇のほとりでも二度。名高きテバイ
それに土地広きアルゴスとシキュオンも
　然るべく彼を迎え入れた。
さらにペレネ(3)の住人たち
また穀物に満つエウボイア、それに聖なる島

(1) 勝利者の一族も所属するアッティカの部族の構成員。
(2) 以下二八行までメーラーで読む。
(3) アカイア地方（ペロポンネソス半島北端）東部の町。

アイギナの人々も。人はそれぞれに
　途を求める、その上を歩んで
世に著き名声を得る途を。
人間の知のありようは限りない。

〔アンティストロペ　二〕

じっさい知恵ある者はカリス女神から名誉を授けられて、
あるいはまた何か予言めいたことを心得ていて
黄金の希望にあふれ栄える。
　他の者は子供を的に
巧みな弓を引きしぼる(1)
また他の者らは自分らのもつ耕地や牛の群れで
己が心を膨らませる。しかし時至れば
　物事は片づく。ただ運勢がどう傾くかは
教えてくれぬ。多くの人から卓れた男子《おのこ》よと
羨しがられるのは無上のこと。

〔エポドス 二〕

富の力の強大なることはわたしも承知している。
それは取るに足らぬ輩を有為な人物に仕立て上げる。
だがなぜにまたわたしとしたことが長話にうつつを抜かし
脇道へそれてしまったのか。勝利のあと人々には
祝いの席が決まりのもの。
笛［
混じりあい［
……ねばならぬ……

パピルス（P. Lond.）

（1）少年愛を表わす恋の矢。

一一　ピュティア競技祭で少年格闘技《レスリング》に勝利せしメタポンティオン[1]のアレクシダモスに

〔ストロペ　一〕

（Ⅰ）

甘き贈物を施すニケ[2]よ、あなただけに
　お父上は〔栄誉をお授けなされた、
高御座《たかみくら》なる〔ウラノスの御子は。
　そしてあなたは黄金満つオリュンポスの
ゼウスの神の脇に立ち
　不死なる者、また死すべき者らに
　勇武のゆくえを判定なさる。
どうかわれらに優しくあれ、お髪《くし》濃き娘御、
正しき判定を下すステュクスの娘御よ、あなたのおかげで
このたびもまた神の誉れに包まれし都、
　メタポンティオンは体格よろしき若者たちの
祝いの行列と祝典に沸きかえっている。
誉め歌われるのはピュティアの勝者、

パイスコスの見事な息子。

〔アンティストロペ 二〕

慈みあふれる眼差しでデロス生まれのあの方、
帯低く締めるレトの御子(3)が
彼を受け入れてくださった。夥しい数の
花の冠がキラ(4)の野で
アレクシダモスの身を埋めた、
力のこもる格闘技《レスリング》の試合で
無敵の業を見せたがゆえに。
その日、日輪は

(1) イタリア半島南端の町。
(2) ヘシオドスによると、ティタン神族パラスとステュクスとの娘。勝利を司る女神。以下を読むとニケの父パラスはウラノスの子とあるが、パラスの父はクレイオスで、クレイオスの父がウラノスであるから、ウラノスはパラスには祖父に当たる。
(3) アポロン。
(4) デルポイの麓の地。

彼が大地に倒れる姿を見ることがなかった。
わたしは言おう、尊きペロプスの
　聖なる土地、アルペイオス（1）の美しき流れの傍らで
誰かが正義の大道から
行路をはずすことをしていなければ、
　万人を迎える銀灰色のオリーブの葉を

〔エポドス　一〕

彼はその髪に巻きつけていたことだろう。
そして仔牛育てる［祖国イタリアへ（?）］凱旋したことだろう。
彼は大地へ多くの（2）］
子らを、その国の美しい野で
　多彩な技でフォールしたというので。
ところが神のなせる罪か、それとも
　人の子の誤りやすい考えのゆえか、
この上なく貴重な賞品は手の内から逃げてしまった。

だがこのたびは黄金の紡錘《つむ》もつ狩人アルテミス、(3)
弓で名高いヘメラ(4)が
輝かしい勝利を彼にもたらした。
この女神に、かつてアバスの息子(5)と
また装いも美しいその娘らとが
広く信仰を集める祭壇を建てた。

〔ストロペ　二〕

(II)

その娘らをプロイトスの愛しき館から
追い出したのは万能のヘラ、
その心を狂気の軛に

---

(1) オリュンピアを流れる川。ここのくだりは二年前のオリュンピアでの試合を述べたものか。
(2) メーラーで読む。
(3) アルテミスはメタポンティオン市の守護神。
(4) アルカディアの町ルソイでのアルテミスの呼び名。
(5) ティリュンス王プロイトス。

　避けがたく結びつけて。
それというのも、彼女らがまだ乙女の頃
　紫の帯締めるかの女神の
　神域へと赴き
広言したからだ、己の父親は
　広きを治める畏れ多きゼウスの金髪の連れあいよりも
富の点でははるかに勝ると。
　女神は彼女らに腹をたて
その胸中に尋常ならぬ思いを吹き込んだ。
その結果彼女らは簇葉《むらば》繁る山へと逃げ
　恐ろしげな声をおらび上げることとなった、

〔アンティストロペ　二〕

ティリュンスの市をあとに
　その神の造りし街路を捨てて。
そこに十年も住んでいたのだ、

神に愛されしアルゴスの地を離れて以来、
青銅の楯もち
　喊声を恐れぬ半神たちは、
その人も羨む王を奉じて。
それも些細なきっかけから
プロイトスとアクリシオス兄弟のあいだに
どうにも抑えきれぬ諍いが生じたからだった。
双方、この正義の境を破る諍い、
憂いに満ちた闘いに無駄に人員を投入した。
そこで皆はこのアバスの子らに懇願した、
　稔りよき土地もつ二人ならば

〔エポドス　二〕

弟御の方がティリュンスに国造りするように、
痛ましい必然に落ち込むより前にと。
クロノスの御子ゼウスもまた望まれた、

ダナオスと馬を駆るリュンケウス(1)の
　血統《ちすじ》を尊び
憎しみに満ちた痛みを癒すことを。
　力あふれる一つ目族《キュクロプス》の面々がやって来て
汗を流し、この音に聞こえた市のために
この上なく装麗な壁を造り上げた、そしてそこに
四方にその名を知られた神さながらの勇士たちが
あの高名な馬を養う地アルゴスを棄てて住みついた。
その市からプロイトスの娘たち、
　まだ嫁入り前の、黒髪の乙女らが
脱兎のごとく逃げ出した。

〔ストロペ 三〕　(Ⅲ)

父親の心を痛みが捉えた、
　とんでもない思いが彼を撃った。
彼は思ったのだ、両刃の剣を

胸に突き立てようかと。
だが彼の槍持ちたちが優しい言葉をかけ、
また腕に物を言わせて
これを押しとどめた。
まる十三ヵ月間というもの彼女らは
小暗き森蔭を狂いさまよい、
羊養うアルカディアの地を
逃げまどうた。だが父親は
美しき流れルソス[2]にまで行き着いて、
その水でわが身を浄め、
紫の頭巾のレトの

(1) ダナオスの娘婿。アバスの父。
(2) アルカディア北部地方の川。

〔アンティストロペ　三〕

牛の目をもつ娘御[1]に語りかけた、
　その腕を早駆ける日輪の、
その光の束に差し延べながら、
　憐れにも正気を失った娘らを
なんとか元に戻してやってほしいと。
「深紅の毛並みの牛二十頭
　まだ軛につけてもないのをお供えしようから」と。
この祈りを高貴な父もつ娘[2]、
獣を追い求める娘御は聞き届けられた。
ヘラを説き伏せて、蕾の花環を戴く娘らの
不敬が因《もと》での狂気を止めさせたのだ。
人々はすぐさまこの女神にと神域と祭壇を建て
それを仔羊の血で濡らし
乙女らの歌舞いをしつらえた。

そこからあなたはアレスに愛でられし民、
アカイア人《びと》に従いて馬を養うその市(3)へと
越してこられ、そしていま幸せに包まれて、
黄金に輝く人々の女主人よ、
　メタポンティオンに住居なされている。
そして彼らは愛らしき神苑《そのふ》をあなたのために
　水もよろしきカサス(4)の流れのほとりに造りなした、
神々の思し召しによってやっと彼らが
青銅の胴鎧のアトレウスの子らとともに
プリアモスの見事な造りの市を
攻略したときのこと。
誤りない心をもつ仁は

(1) アルテミス。
(2) アルテミス。
(3) メタポンティオンはアカイア人の植民市。
(4) メタポンティオンの西方を流れる川。プリニウスに言うカスエントゥス川。現バセント川。

いつの時にあっても認めよう、
アカイア人《びと》の数知れぬ勇猛の証を。

パピルス (P. Lond.)

一二　ネメア競技祭で格闘技《レスリング》に勝利せしアイギナのテイシアスを称えて

〔ストロペ　一〕 (Ⅰ)

練達の舵取りのごと、歌の世界を統べる女王
　クレイオ(1)よ、導きたまえ
いまこそわれらが心を、
以前《まえ》にもう経験あるならば。それも勝利の女神ニケが
この身を至福の島アイギナへと連れゆき、
神の手になるその都をば
わが客人らのために飾りたてるよう仕向けなさるがゆえ、

そしてネメアでの膂力をふるう格闘技《レスリング》を　〔アンティストロペ 一〕

〈以下九―三二行欠損〉

〔アンティストロペ 二〕

〈以下二行判読不能〉

(Ⅱ)

近在の衆の競技会で。
三十回にも及ぶ輝かしい勝利のゆえに
祝いの会が催された、ある者はピュトで、

〔エポドス 二〕

ある者は聖なるペロプスの島の
松繁る山峡《やまかい》で、(2)

---

(1) 九柱の詩女神ムーサイの一人。

(2) イストミア競技祭を指す。ペロプスの島とはペロポンネソス半島のこと。

またある者はネメアの赤い光を発する
ゼウスの神域で勝利を収めたというので。
これらの［勝利（?）］を、そしてまた銀《しろがね》に渦巻く
アルペイオスの流れの岸辺］で(1)……
〈以下四四―六九行欠損〉

パピルス（P. Lond.）

一三　［ネメア競技祭でパンクラティオン(2)に勝利せしアイギナのピュテアスを称えて］

〔ストロペ　一〕　（I）

〈一―八行欠損〉
］クレイオ(3)
〈一行判読不能〉
〈一行欠損〉
〈一行判読不能〉
〈以下一三―二三行欠損〉

〔ストロペ 二〕

(Ⅱ)

〈三四―三九行欠損〉

〈一行判読不能〉

〈以下三行欠損〉

「……かの者は[4]（そのならず者の）暴慢な思い上がりを
やめさせよう、死すべき身の輩に罰を徹底させて。

〔アンティストロペ 二〕

ペルセウスの裔[5]の拳《こぶし》が
生肉喰らう獅子の頸を
どれほどに秘術を尽くして
とらえるものか！

（1）オリュンピア競技祭を指す。

（2）パンクラティオンとは、拳闘《ボクシング》と格闘技《レスリング》をミックスした古代ギリシアの競技。

（3）九人のムーサの一人。

（4）以下はヘラクレスについて、アテナあるいはネメアのニンフが語っているものとみなされる。

（5）ヘラクレスのこと。その系譜はペルセウスからエレクトリュオン、アルクメナ、ヘラクレスと続く。

なぜなら人を制する、煌めく銅剣が
何ものも寄せつけぬ胴体を
　刺し貫こうとはせず
　曲がって跳び返ってきたからだ。
はっきりと言っておく、いつの日か
この地でパンクラティオンの花冠を競い
ギリシア人《びと》のあいだに
　汗みどろの苦闘が起ころうと」。

〔エポドス　二〕

かくしていま、至高の統治者ゼウスの祭壇の傍《かたえ》
令名高い勝利の女神ニケの花々が
　わずかの数の人間の族《やから》のために
黄金と輝く著き名声をば
　養い育てる、その生涯の日々ずっと。
そして死の黒雲が

彼らを取り籠めると、あとに残るは
不死なる名声、確かな運命の力も伴って
　立派に成し遂げられた業績を寿ぐ。

〔ストロペ　三〕

（Ⅲ）

汝もまたネメアで、そのような、
　ランポンの子(1)よ、名誉を得、
こぼれんばかりの花の冠を
髪に挿頭《かざ》し、［歩を進める、
通りも見事な［アイアコスの］市(2)へと、
故郷の島で
　人みなを喜ばす
　柔らな声の饗宴《うたげ》を
催さんがために、］パンクラティオンの試合で

(1) ピュテアスのこと。
(2) アイギナ。

圧倒的な強さを示したということで。
おお、渦巻き流れる川(1)の娘
　心根優しいアイギナよ、

〔アンティストロペ　三〕

その汝にクロノスの子は大いなる
　名誉を与えたもうた、
ギリシア中の民に
烽火のごと、新たなる勝利を
告げ知らしめて。汝が強さをば
誇り高き乙女子らも誉め歌う
　汝が聖なる地に脚踏み入れ」
　しばしば足どりも軽やかに
悩み知らぬ仔鹿のごと
花盛りの丘をめざし
近所仲間の名の知れた

友垣らと飛び跳ね行きつつ。

〔エポドス 三〕

深紅の花と
鄙びた飾りを頭に巻いた
乙女子らは
汝が子(2)を」歌いそやす、おお
客あしらいのよい地の女王よ、
それに薔薇の腕もつエンデイスのことも、
神さながらの(3)」ペレウスと
武人テラモンを生みたもう女《ひと》、
アイアコスと褥を共にして。

(1) アソポス。
(2) アイギナの子、またエンデイスの夫アイアコス。メーラーで読む。
(3) メーラーで読む。

〔ストロペ　四〕

(Ⅳ)

この二人の、戦を引き起こす息子たち、(1)
　脚速きアキレウスと
姿よろしきエリボイアの意気軒昂なる息子、
楯を担う英雄アイアスとを
わたしは呼ばおう。(2)
この彼(3)は艫《とも》に立ち
　大胆不敵、青銅に身を固めた
　ヘクトルが恐るべき炎で
船陣を焼き払おうと逸るのを
防ぎ止めた。
それはちょうどペレウスの子(4)が
　荒々しい怒りを胸に

〔アンティストロペ　四〕

呼び覚まし、おかげでダルダノスの子ら(5)がその迷妄から解き放たれたときのことだ。
はじめのうち、彼らは多くの塔をもつ
イリオンの見事な城市《まち》を
出ようとはしなかった。臆病風に吹かれ
鋭い戦闘を恐れ避けていたのだ、
　アキレウスが人を殺《あや》める槍をふるい
　平原を狂気のごとく駆けめぐって
混乱を引き起こすたびごとに。
ところが菫の冠したネレウスの娘(6)の
恐れを知らぬ息子(7)が
　戦闘《たたかい》から身を退くや

(1) 次に出てくるアキレウスはペレウスの、アイアスはテラモンのそれぞれ息子。
(2) 以下はホメロス『イリアス』第十五歌四一五以下の船端の戦闘の描写の再現。
(3) アイアスを指す。
(4) アキレウスのこと。
(5) トロイア勢。ダルダノスはトロイア市の創建者。
(6) テティス。
(7) アキレウス。

〔エポドス　四〕

——それはちょうど闇に花咲く海の上、
北風は大波を掻き揚げて
　人の心を切り裂き
夜の闇〔立ち籠めるなか〕真っ向から吹きつけはするものの
　人の身に光をもたらす暁とともに
はたと止み、穏やかな風が海面を
　均《な》らす。すると南風が帆を
ふくらませ、やれ嬉しや
　思いがけず陸地へたどりつく——

〔ストロペ　五〕（V）

それと同じよう、トロイア方は
　槍をふるうアキレウスが
金髪の女人
艶やかなブリセイスが因《もと》で

幕舎に籠ったと聞いたとき、
神々に両の腕を差し延べた、
　嵐雲のもとで
　輝かしい日の光を仰ぐ心地して。
そして一気にラオメドン[1]の
城壁を捨て、
激しい戦闘を引き起こしつつ
平原へと走り出た。

〔アンティストロペ　五〕

彼らはダナオイ人《びと》のあいだに恐れを巻き起こす。
　強力な槍の主アレスが彼らの戦意を
煽り立てる、リュキア人《びと》の王たる
ロクシアス・アポロンもまた。

(1) 時のトロイア王プリアモスの父。

彼らは海の汀のところまで達する。
そして見事な艫もつ船のかたわらで
　戦闘を挑む。
　ヘクトルの手にかかって
屠られた者たちの血で
黒い大地は赤く染まる。
それは半神たちにとっては［大いなる
　災難だった、］神にもまがうその突撃のゆえに。

〔エポドス　五〕

心得ちがいもいいところだ、］まこと野心満々に
息まき、］思い上がって
　喊声をあげつつ[1]］
トロイアの］騎馬武者らは（心に思うた？）、暗い目の
　船を［撃滅して城市《まち》へ戻ろうと、
さすれば祝いの饗宴《うたげ》を

神の建てし市は［その街なかで］催すことができようと。
ところが彼らのほうが先に、渦巻くスカマンドロスを
　朱に染めるよう運命づけられていたのだ、

〔ストロペ　六〕

塔を毀《こぼ》つ者ら、アイアコスの裔ら(2)の　(Ⅵ)
　手にかかって果てて。
もしも［
あるいは固い薪の［堆積《うず》の上で……
　〈一七〇－一七四行欠損〉
なぜなら万人に明らかな「勇気《アレテ》」は
夜の闇の暗いヴェールに包み隠されても
　光を失うことはないのだから。

(1) 以下一六二行までバレットの読みをとる。

(2) アキレウスとアイアス。

〔アンティストロペ　六〕

いや、倦むことを知らぬ名声の力で
　絶えず花咲かせつつ
大地にも、また行方さだめぬ海の上にも
それは蔓延《はびこ》りつづける。
そしてそれは令名高いアイアコスの島に
誉れをもたらし、花冠を愛《め》でる
「名声《エウクレイア》」とともに
　市の舵取りをする。
あわせて、賢き「秩序《エウノミア》」もそう、
祝宴を引き受け
敬虔な人々の住む市を
　平和裡に見守る「秩序」もまた。

〔エポドス　六〕

栄光に輝くピュテアスの勝利を、さあ若者[1]らよ

歌え、そしてメナンドロス(2)の
　心の籠った支援をも。
これはアルペイオスの流れの辺《ほとり》でも、
　黄金の車を駆る厳かにして心根の大きい
アテナが幾度となく誉め称えたもの。
　アテナはギリシア中の競技会で
すでに多くの男たちの髪を勝利の紐帯《リボン》で
　飾ってきたのだ。

〔ストロペ　七〕（Ⅶ）

大胆な物言いをする嫉妬にいまだ
　毒されていない者は、
賢い人間をば正当に
誉めるがよい。人間なるもの、

---

(1) 合唱隊（コロス）を形成する者たち。

(2) ピュテアスのトレーナー。

あらゆる仕事に愚行はつきもの。
だが真実は勝つことを
好む。そして万物を制する
　時間《とき》は、つねに
見事になされた仕事をばよしとする。
一方、敵意を抱く連中の愚かな
物言いは、人目につかぬまま失せてゆく。

〔アンティストロペ　七〕

〈二一〇―二一九行欠損〉

希望で心をとろけさす。
わたしもまたその希望を、それにまた
　深紅の頭巾のムーサらをも信じて、

〔エポドス　七〕

さてここに数ある歌の中から新しく編まれた

これを贈物として掲げよう。そしてランポンよ、
わたしに示してくださったその篤実なる接待に
心から敬意を表したい。[汝が子息へのわが贈物を[1]
どうか力足らぬものと思し召す[な。
この歌をば、もし豊かに繁るクレイオがほんとうに
わたしの心の中に滴り落としてくれたのであれば、
その甘き音に満つ歌で、かの人[2]のことは
万民に告げ知らされることになろう。

パピルス（P. Lond.）

（1）二二六、二二七行はメーラーで読む。

（2）ピュテアス。

一四　巌石のポセイドンの競技祭[1]で戦車競争に勝利せし
テッサリアのクレオプトレモスを称えて

〔ストロペ　一〕　(I)

神からよき分け前を授かることこそ
　人の身には吉祥《きちじょう》。
めぐり合わせは身に耐えがたき途をとり
　好漢を挫くこともあれば、
劣悪なる輩を引き立てて人の上に
　輝かせることもある。
　誉れを受けるも十人十色。

〔アンティストロペ　一〕

人間の徳は無数にあれど、あとに
　残るはそのうちのわずかに一つ、
手近なことを清廉の気を籠めて

処理できる御仁のそれ。
重い嘆きを伴う争闘《あらそい》には
琴の音も、明晰な歌声の
合唱隊もそぐわない。

〔エポドス 一〕

祝宴の席には、青銅のぶつかる鋭い
物音もまた似合わない。人の営みそれぞれには
格好の潮時がある。
　立派に振舞う者には神もこれを授ける。
クレオプトレモスを称えて、さあいまこそ
「巌石の神ポセイドン」の社を

（1）テッサリアのテンペ辺りで「巌石のポセイドン」を記念して催された競技祭。「巌石のポセイドン」とは、ポセイドンがペネイオス川を海に流し込むためにテンペで岩石を砕いて途をつけたことに、あるいはポセイドンがその三つ又の戟でもって岩を打ち、最初の馬を創り出したことに由来する。

祝い歌わねばならぬ、
そしてピュリコスの息子、誉れ高い戦車競技の勝利者を、

〔ストロペ 二〕

（Ⅱ）

客あしらいよく公平無私なる
（父の子にして？）

〈以下二〇行？欠損〉

パピルス（P. Lond.）

一四A

〈三行欠損〉

〕……星〔
……〔 〕……ディオニュソスおよび〔ムーサたちのおかげで

〈判読不能〉

パピルス（P. Oxy. 2363）

一四B 〔テッサリア（あるいはラリッサ）(1)のアリストテレスを称えて〕

黄金の座にましますヘスティア(2)よ、汝は
　誉れ高きアガトクレスの裔(3)、富み栄える
一門の弥栄《いやさか》を高める、
羊飼うテッサリアの渓間
かぐわしきペネイオスの流れの辺《ほとり》
市の真中に座を占めて。
そこからアリストテレスも
　豊饒なるキラ(4)の町へと赴き
二度冠を受け、馬を御す
　ラリッサの名を高めた……
　　〈判読不能〉

(1) テッサリアのペネイオス河畔の町。
(2) 竈の女神。
(3) アリストテレスの一族。
(4) デルポイの南西、海岸部の町。

〈以下欠損〉

パピルス（P. Oxy. 2363）

酒神讃歌（ディテュランボス）

一五（ディテュランボス 一）

『アンテノル(1)の裔、あるいはヘレネ返還要求』

〔ストロペ 一〕

（I）

神に見まがうアンテノルの
］妻女《つれあい》、諍いを起こす
］パラス・アテナに仕える女性《にょしょう》、(2)
］黄金の……

アルゴス人《びと》の［二人の使者、］オデュッセウス、
ラエルテスの子とアトレウスの子メネラオス王とに
低く帯を締めたテアノ(3)は［対面した折

〔アンティストロペ　一〕

〈判読不能〉
］声かけて言った、
］築造《つくり》もよろしき（トロイアの城市を？）
〈欠損〉
］……手に入れて
］神の援けを得て
〈判読不能〉

---

(1) トロイアのプリアモス王の顧問役を務める老人。メネラオスとオデュッセウスが使者として来訪した折、ヘレネの返還を主張した。

(2) アンテノルの妻テアノはアテナの社の女祭司。ホメロス『イリアス』第六歌二九七以下参照。

(3) アンテノルの妻。

〔ストロペ　二〕

〈以下八行欠損〉　（Ⅱ）

……深夜、……心……　三三

〈以下一二行欠損〉

〔エポドス　二〕

〈欠損〉

彼ら（1）は導いていった。一方父親の思慮深い英雄は　三七
プリアモス王とその子らに
ギリシア方の言い分を隠すことなく告げた。
そこで伝令たちが拡がりの大きい　四〇
城市へと飛び出していき
トロイアの軍勢を集めてまわった、

〔ストロペ　三〕

招集場所のアゴラへと。　（Ⅲ）
至るところで人の声があがった、

不死なる神々に、ものみな両手を差し延べ
苦しみを終わらせたまえと祈った。
ムーサよ、正当なる弁の口を切ったのは誰か。
プレイステネスの子(2)メネラオスが魅力あふれる
口調で言ったのだった、美しき衣のカリス(3)らを味方につけて。

〔アンティストロペ　三〕

「おお、アレスに愛でられしトロイア人《びと》よ、
高きを統《す》べ、すべてを見そなわす神ゼウスには
人間どもの大いなる痛みに咎はない。

いな、むしろ人の身誰にも開かれているのだ、

---

(1) アンテノルの息子らを指す。
(2) プレイステネスは一般にアトレウス、テュエステスの兄弟とされるが、アトレウスの子とする説もある。その系譜の不詳なところから、しばしばアガメムノン、メネラオス兄弟の父ともされる。
(3) 美と優雅の女神。

聖なる『秩序《エウノミア》』と賢き『掟《テミス》』の従者なる
全き『正義《ディケ》』に達する途は。
自分《おのれ》の子がこの女神を選び、棲家を共にする、そういう御仁《おひと》は幸せなり。

〔エポドス 三〕

だが変幻自在の詐術と無法なる
愚行によって花開く、恐れを知らぬ
驕り、それは他人の富と権力《ちから》を
速やかに得させはするものの、かえって
　人をして奈落の底に追い込む。
大地《ゲー》の傲岸なる息子巨人族《ギガンテス》を
滅ぼしたのもそれだった」。

パピルス（P. Lond.）

一六（ディテュランボス 一二）

「『ヘラクレス（あるいはデイアネイラ？）』デルポイに寄す」

〔ストロペ〕

」……それは
美《は》しき座にましますウラニア(1)が
妙なる調べの歌万載《いっぱい》の黄金《こがね》の船を
ピエリアからわたしのもとへと送ってきたとき、
」花咲くヘブロス(2)の流れの辺
獣《けもの》に」あるいは頸長《くびなが》の白鳥に心奪われ
」……心楽しませつつ、
」汝《なれ》来たる、讃歌の
花を追い求めて

（1）ムーサの一人。

（2）トラキアの川。

ピュトなるアポロンよ、
それもデルポイの歌群《うたむれ》が
汝《な》が世に著き社の傍《かたえ》、声高らかに叫ぶだけのものを。

〔アンティストロペ〕

ただその前に、果断の人、アンピトリュオンが子の益荒男(1)が
炎に舐められしオイカリア(2)の市を後にしたときの様子を
われらここに告げておく。
　かの人、二方を波に洗われる岬へと至る。
その地で彼は略奪《うばい》しものの中から広く雲張る
ケナイオン(3)のゼウスに、低く唸る九匹の牡牛を、
また二匹は海を越えて大地を制する神(4)に、
　また高角《たかづの》の牛のいまだ軛に繋がれしことのなきものを
眼光するどき娘、処女神アテナへと
捧げ奉らんとしていた。
そのとき抗いがたき神(5)は

デイアネイラにと、謀《たくら》み深く

〔エポドス〕

涙に満ちた策略を編み出したのだ、
　彼女がいかにも堪えがたい報せを耳にした折のこと、
白き腕のイオレをば
争闘《あらそい》を恐れぬゼウスの息子が
　花嫁としてその輝く館へと送りよこしたという。
ああ、憐れあわれ、何たることを思いついたか、
広きに力及ぼす妬み心が彼女を滅びに導いた。
あわせてか黒の薄衣も、

（1）ヘラクレス。
（2）エウボイア島東部の町。ヘラクレスはこれを攻略し、王エウリュトスを殺した上に、その娘イオレを略奪した。
（3）エウボイア島北西の岬。ヘラクレスはここにゼウスの祭壇を築き、戦勝を感謝する犠牲式を行なった。
（4）ポセイドン。
（5）「運命」を指すか。

薔薇咲くリュコルマス(1)の川の辺、
ネッソスから秘蹟の印《しるし》を授かりはしたものの
その果てのことは秘めおかれるままとされたあの。(2)

パピルス (P. Lond.)

一七 (ディテュランボス 三)

『若人ら、あるいはテセウス』〈ケオス人《びと》のためデロスに寄せて〉

〔ストロペ 一〕

(I)

濃紺《あお》い舳先もつ船は、戦闘《たたかい》の物音にも動じぬ
テセウスと七に倍する数のイオニアの
輝くばかりの少年少女《わかもの》らを乗せ、
クレタの海を切り裂き進んだ。
遠目に著きその白帆には
北からの風がそよろと当たる、

楯《アイギス》ふるう名高き神アテナの心づくしで。
そしてミノスの胸を掻きむしるは
愛らしい髪飾りの女神
キュプリスからの恐ろしい贈物。
その手はもはや乙女子の身体から
離れることあたわず、
白き頬を捉えて離さぬ。
エリボイア、青銅の胸当てをした
パンディオンが裔(3)に助けを求めて
叫ぶ。これを見てテセウス、
眉根の下、黒き

(1) ギリシア中西部アイトリア地方の川。エウエノス川に同じ。

(2) かつてケンタウロス族のネッソスはデイアネイラを犯そうとして夫ヘラクレスの弓矢に射られたが、いまわの際に傷口の血と自らの精液とを練り合わせたものを媚薬としてデイアネイラに与えた。いま夫の愛を取り戻そうとしてデイアネイラはこれを衣に塗り込み、ヘラクレスに送り届ける。媚薬と思ったものはネッソスの復讐の意のこもる毒薬で、ヘラクレスは絶命する。

(3) テセウスのこと。父アイゲウスがパンディオンの子に当たる。

眼《まなこ》をぐるりとむいた。その胸は
荒々しい痛みに引き裂かれた。
そして口を開いていわく、「無双のゼウスが
息子よ、
そなたの胸うちにはもはや
慎みある分別心は働かぬと
みえる。英雄たる者、過度の力は抑えるものだ。

〔アンティストロペ 一〕

有無をいわせぬ定めが神々から
われらに知らされようと、正義の秤が
どう傾《かし》ごうと、われらは決められた定めを
果たすのみだ、そうと決まった上は。
さあそなた、その酷い想念《かんがえ》は
やめにするのだ、たとえその身が
イダの山の端の褥でポイニクスの

雅びで知られた高貴な娘(1)と
ゼウスとが添い寝して、人の世に最強の者と
生みなされたものであってもだ。このわたしとて
豊かな身上《しんしょう》のピッテウスの娘(2)が
海神ポセイドンに身を寄せて
生まれ出でたもの。そしてそのとき
菫色の髪したネレイスたちは
黄金《こがね》の薄衣《ヴェール》を彼女に与えた。
だからこそわたしは、クノッソス人《びと》の大将よ、
そなたに言うのだ、愁いをもたらす
驕慢《おごり》を抑えよと。わたしは不死なる暁《エオス》の女神の
　愛しい光を仰ぐまいとまで
思っているのだぞ、この若者らのうち誰であれ
嫌がるのをそなたが痛め拉ぐとあれば。

(1) エウロペ。
(2) アイトラ。

　まずはこの腕《かいな》の力をば
見せてくれん。首尾のほどは神が慮《はか》ってくださろう」

〔エポドス　一〕

とこう、槍に剛《つよ》い勇士は言った。
この彼の横柄で不敵な物言いに
船中の者一同は驚いた。
一方ヘリオスの義子《むすこ》(1)の胸は煮えくり返る。
そして新たな策略を編み出し、
こう言った、「強き力の
父神ゼウスよ、聞き給え、もしもこのわたしを
白き腕のフェニキアの女性《にょしょう》(2)があなたの子として生んだのであれば
いますぐに天上から送りよこし給え、
速脚の、炎の髪を編みなした雷光を、
すぐにそれと知れるあの徴《しるし》を。
　そしてもしおぬしのほうもトロイゼンの女子《おなご》アイトラ(3)が

大地を揺るがすポセイドン[4]によって生んだと申すなら、
わが手を飾る
黄金に輝く宝玉を
海の底から取ってきてみろ、
父親の館へとその身を大胆に投じて。
いまに知れようぞ、雷の神、クロノスが御子
すべてを知ろしめすお方が
わが祈りを聞き届け給うたか否かがな」。

〔ストロペ　二〕(II)

力強きゼウスはこの非の打ちどころない祈りを
聞き届けられ、愛しき息子ミノスのために
比類なき栄誉を生み出し給い、

(1) ミノスの妻パシパエはヘリオスの娘に当たる。
(2) エウロペ。
(3) アイトラの父はトロイゼン王ピテウス。
(4) テセウスの父親をポセイドンとする説もある。

それを万人の目に明らかにすることを願って
雷光を発せられた。この喜ばしき
　前兆を目にして、不屈の戦士
かの英雄は輝かしき高空へ両手を差し延べ、
こうのたもうた、「テセウスよ、見たであろう
　ゼウスからわれへのかの贈物を、
はっきりと。次はそなただ、さあ
　轟く海へ跳び込め。父親なる
　クロノスの子ポセイドン神は
木々の繁る大地に遍く、そなたのため
　この上ない評判をたててくれよう(1)」
こう彼は言った。だがいま一人のほうの
心は怯むことはなかった、いや彼は
　造りもよろしき甲板の上に立ち
身を翻した、その彼の身体を
　海の聖域が快く受け入れた。

ゼウスの息子は心中大いに驚き、
精巧な造りの船艇《ふね》が追風を受けるよう、
　命じて舵を取らせた。
ところが運命《モイラ》の女神が用意したのは違う方角だった。

〔アンティストロペ　二〕

快速船は疾駆した。北風が
　後ろから息吹きかけて追い立てていった。
　一方、アテナイの若人一党は
かの勇者が海中へと身を躍らせたので
驚きおののき、百合の花のごとき
　その眼から涙を流した、
　重苦しい結末が思いやられたので。
だが海に棲むイルカたちが

（1）この言葉とともに彼は黄金の宝玉（指輪）を海中に投ずる。

偉大なるテセウスを
すみやかに馬の神(1)なる父の館へと
運んだ。彼は神々の館へと
到着した。そこで彼は恵まれし身のネレウスの
音に聞こえた娘らを目の当たりにして
畏怖の念に打たれた。その輝く四肢から
まるで炎のように光が
輝き出ており、髪の毛のまわりには
黄金を織り込んだ紐飾りが
巻かれていたからだ。そして彼女らは濡れた足で
踊りながら心楽しんでいる様子だった。
また彼は見た、父御の愛しき妻女《つれあい》
牡牛の眼をした畏きアンピトリテを、
美々しき館の内に。
彼女は彼に深紅の外套を着せかける、

〔エポドス 二〕

さらにその濃い髪の上に非の打ちどころない
花環を載せる、
かつて彼女の婚礼の折、
謀《たくら》み深いアプロディテが贈りし薔薇の花の烟《けむ》るのを。
神の欲するものは何ひとつとして
心の真っ当な人間を裏切ることはない。
艫の華奢な船の傍《かたえ》に、彼は姿を現わした。ああ
どんな思いにさせられたことだろう、
クノッソス人《びと》の大将は、彼が海から
濡れもせず上がってきたとき、
人みな驚けとばかりに。
　その身の廻りは神からの贈物で輝いていた。
　　華麗な座にある乙女らは

（1）ポセイドン。四一七頁註（4）参照。

嬉しさを取り戻し、
大声をあげた。
海も轟いた。傍らの若人らも
愛らしい声で勝利を寿ぐ歌を唱った。
デロスの神よ、ケオス人《びと》の歌舞いで
心楽しませ
卓れし者らに天与の境涯を恵み給えよかしと。

パピルス (P. Lond.)

一八（ディテュランボス 四）

『テセウス』〈アテナイ人《びと》のために〉

〔ストロペ 一〕

〈合唱隊〉

聖なるアテナイの王　（I）
優雅なるイオニア人《びと》(1)の主よ、

黄銅の口の喇叭がいま新たに
　戦の歌を吹き鳴らすのは何ゆえです。
誰か軍勢の将が
　われらが国の境を
　敵意も露わに囲んでいるのか。
それとも悪巧みする盗人らが
羊の群れを飼主にはおかまいなく
　力ずくで追い立てていくのか。
いや何か思い乱れることでもおありなのか、
　お聞かせあれ。と申すもあなたには
パンディオンとクレウサの御子[2]よ、
　並みの人間以上に
強くて若い者らの援けがあると思いますがゆえに。

（1）アイゲウス。

（2）アイゲウスはふつうパンディオンとピュリアの子とされる。

〔ストロペ　二〕　(Ⅱ)

〈アイゲウス〉

新たな使者が到着したのだ、
　イストモスからの長い道中を脚で稼いで。
報せの中味は、ある勇士の言語に絶する
　仕事。剛勇シニス(1)を打ち果たしたのだ、
人間の族《やから》のうち力の強さでは一番の男、
　クロノスの子、大地を揺るがす
　リュタイオス(2)の息子のことだ。
また彼は人間殺しの豚を
クレミュオンの溪間で、さらに不遜なる輩
　スキロン(3)をも殺した。
また彼はケルキュオン(4)の格闘場を
　廃止した。またプロコプタス(5)は
ポリュペモン(6)の力の強い槌を捨てることになった、
　己よりも卓れた漢《おとこ》に見《まみ》えたのだ。
この成り行きはどうなるのか、わたしは心配だ。

〔ストロペ 三〕

（Ⅲ）

〈合唱隊〉
その男とは誰か、どこの出で
　どんな装備をしているか、言いましたか。
合戦用に武装した
　多数の兵を率いているのか、
それとも供を連れただけでただ一人
　よその土地へと渡り歩く

(1) コリントス地峡に住む野盗。旅人を捕えると二本の松の木を曲げ撓め、その間にこれを結びつけて放し、裂いて殺したという。

(2) リュタイオスとは「ゆるめる者」の意。テンペで岩塊をゆるめたポセイドンを指す。四〇一頁註(1)参照。

(3) ペロプスあるいはポセイドンの子でコリントスの男。メガラの海岸で通行人に足を洗わせ、そのまま海中に蹴落として大亀に喰わせていたのを、テセウスが逆に彼を海中に落として大亀の餌食とした。

(4) ポセイドンあるいはヘパイストスの子。エレウシスとメガラの中間地に格闘場を設け、通行人に格闘を強要し、負けると殺した。テセウスは逆に彼を大地に投げつけて殺した。

(5) プロコプタスとは「切り離す者」の意。プロクルステス「叩き延ばす者」の意の別称。彼は旅人を自分のベッドに寝かせ、身長が短すぎると叩き延ばし（プロクルエイン）、長すぎると端を切り落として（プロコプテイン）、ベッドに合わせたところからこの名がある。メガラとアテナイの間に巣喰っていた野盗。

(6) プロコプタスの父親とみなすか。

旅人さながらに放浪《さまよ》うているのか。
そしてあのような連中の剛力を
抑え込むことができるほどに
　強く逞しく、また肝も坐っている
とでも。いや、神がそう仕向けたのです、
　彼に正邪をはっきりつけるようにと。
いつもいつも危ない目に遭わずして事を成し遂げるのは
　そう簡単なことではありませぬから。
時間をかければ物事はすべて片がつくものです。

〔ストロペ　四〕（Ⅳ）

〈アイゲウス〉
供はたった二人だということだ。
　そして輝かしい肩のまわりに
〈象牙の柄の〉剣を吊り、
　手には磨ぎすまされた槍二本、
見事な仕立てのラコニア製の帽子を

炎の色の髪に載せ、
胸まわりには深紅の下着
それにテッサリア製の毛織りの外套を
羽織っていたと。その眼からは
レムノスの島の赤々と燃える炎(1)が
輝き出ていたと。若衆だそうだ、まだ青春《はる》が
萌え出たばかりの。だがその心中にあるのは
アレスの遊戯、戦、それに
青銅の武具が鳴り響く戦闘、
しかも栄光を友とするアテナイの国が所望だと。

パピルス (P. Lond.)

---

(1) 火山の噴火を指す。

一九（ディテュランボス　五）

『イオ』アテナイ人《びと》のために

〔ストロペ〕

神々しい詩歌《うた》へと繋がる
　夥しい数の道がある、
ピエリアの詩神ムーサイからの贈物
　を授けられし者には。
そして菫色の瞳の乙女子ら
花冠を挿頭《かざ》す優雅の女神カリスらが
かの者の歌をば栄誉で
つつむ。さあ、いまこそ織り成せ、
　愛しさつのる都、咲き栄えるアテナイの市《まち》に
　新しき詩歌《うた》の緯《いと》を、
令名高きケオス魂よ。

汝は最良の道を歩むのが
ふさわしい、カリオペ(1)から卓《すぐ》れし
授かり物を戴いたうえは。
いったい何があったのか、
広く力を及ぼす剛力ゼウスの企みにより
黄金の牝牛、イナコスの薔薇の指《ゆび》した娘(2)が
馬を養うアルゴスの地を捨てて逃げ出したとき。

〔アンティストロペ〕

アルゴス(3)にその疲れを知らぬ眼で
四方八方見張るようにと、
偉大なる女王、黄金の衣の
ヘラが命じたとき、

(1) ムーサの一人。抒情詩を司る。
(2) ヘラの怒りを恐れたゼウスによって牝牛に姿を変えられたイオのこと。
(3) イナコスの子。全身に無数の目がついている巨人。

寝《やす》まず眠らずにいて
　角美わしき牝牛をば
看視せよと。またマイアの
息子(1)が光さす昼の刻《とき》も
　聖なる夜にも
彼の目を逃れられなかったとき。
いやほんとうはどうだったのか、「戦の庭で
　ゼウスの脚速の使者(2)が
あのとき強力な裔もつ大地の
　恐るべき子」アルゴスを「石塊で
殺したのか、あるいはまた
彼の言語に絶する悩み事が「その恐るべき眼の威力を封じたのか(?)
またあるいはピエリア人《びと》らが仕向けたのか、「甘き調べで(?)
彼の愁いを止めようと(3)。

〔エポドス〕

とにかくわたしにとって
もっとも安全な途は［際まで突き詰めること。
なぜなら花咲くナイルの岸辺にまで
虻に刺された］イオは
お腹にゼウスの］子エパポスを宿しながらも
行き着いたからだ。そこで彼女は彼を［産み落とした、
麻衣まとう［エジプトの民の(?)］王子を、
この上ない［栄誉に］満てる存在《もの》として。
そして［人の族《やから》のうち］最大の［一族を世に現わした。
七つ門のテバイで
セメレの父となったアゲノルの子カドモスも、
この流れを汲む。

(1) ヘルメス。
(2) ヘルメス。
(3) オウィディウス『変身物語』一-六七二以下参照。ヘルメスが羊飼の笛の音でアルゴスを眠らそうとするくだりがある。

信徒に生気吹き込むディオニュソス、
かの花冠を戴く合唱隊の主人《ぬし》を
産み落としたあのセメレの。

パピルス (P. Lond.)

二〇（ディテュランボス 六）

『イダス』(1) ラケダイモンの人々に

〔ストロペ〕

今は昔、土地広きスパルタで
黄金の髪のラケダイモンの〔娘らが
かような歌の一節を〔口にした、
大胆不敵なイダスが
頬美わしき娘、
菫色の髪の〕(2) マルペッサを〔奪っての帰りみち

死の［末路も］無事免れたときのこと、
それは海神ポセイドンが［車駕と

〔アンティストロペ〕

速きこと風のごとき馬を［彼に与えて
造りもよろしきプレウロンの
黄金の楯もつアレスが子[3]のところへと……

〈以下欠損〉

パピルス（P. Lond.）

（1）アパレウスあるいはポセイドンとアレネの子。リュンケウスの兄弟。人間の族のうち最強の男とされる。アイトリアのプレウロンの王エウエノスの娘マルペッサを奪い去った。

（2）六－九行はジェブの読みをとる。

（3）エウエノス。

二一（1）

どれほどにマンティネイア（2）人《びと》は
ポセイドンの三叉の戟を凝った造りの
青銅の楯の面に浮かせて……
〈判読不能〉
〈以下欠損〉

ディデュモス（3）いわく、マンティネイアはポセイドンの聖地であると。そして以下のバッキュリデスの詩句を引いている、【本断片】。

ピンダロス『オリュンピア祝勝歌』一〇-八三aへの古注

二六

〔『パシパエ』[4]?〕

〔エポドス〕

〈判読不能〉

パシパエ……
キュプ〔リスが植えつけた、
焦がれる想いを〔
エウパラモスの息子、

(1) 以下二一、二六の二篇はディテュランボスもしくはエピニキオン(祝勝歌)の断片。
(2) ペロポンネソス半島中央部。アルゴス西方の地。
(3) アレクサンドリアの文献学者。前八〇―一〇年頃。
(4) クレタのミノス王の妻。牛と交わってミノタウロスを生んだ。

〔ストロペ〕

工匠《たくみ》のなかの第一人者
ダイダロスに彼女は告げた、［人には言えぬ（？）
その病を。そして固い誓約を［取りつけたうえで、木で
　牛の形を］作るようにと命じた、
己の身が剛《つよ》い］牛と交われるようにと、
夫には添い寝のことは隠して、
弓矢が武器のミノス

〔アンティストロペ〕

クレタ人《びと》の将なる人には。
こちらはこの話を嗅ぎつけて
不安な気持ちに捕われた、［恐れたのだ
　］妻の［

パピルス（P. Oxy. 2364 fr. 1）

断　片（抄）

祝勝歌（エピニキオン）

一

はっきり言えば、いかに堅かろうと
人の心を打ち崩すのは利欲。

バッキュリデス『祝勝歌』から。【本断片】。
ストバイオス『詞華集』第三巻一〇‐一四（「不正について」）

讃　歌（ヒュムノス）

一B　ヘカテに寄す

松明掲げるヘカテよ、
聖なる［
懐深い夜の女神の娘御、
汝は……［
〈判読不能〉

パピルス（P. Oxy. 2366. 3-8）

二

あわれわが子よ[1]、
現われたるは嘆くには大きすぎる禍、口には言えぬほどのもの。

バッキュリデス『讃歌』から。【本断片】。

ストバイオス『詞華集』第四巻五四-一（「嘆きについて」）

パイアン（アポロン讃歌）

四 ［ピュトのアポロンのためアシネ(2)に寄せて］

〔エポドス 一〕

〈一―二〇行欠損〉

（Ⅰ）

彼(3)、石の敷居に立ちなずみ
皆が饗宴《うたげ》の仕度に勤《いそ》しむところへこう告げた、
招かれずとも正義の人は
卓れし人の豊潤なる宴席へ
赴く、と。

(1) デメテルがペルセポネに？
(2) アルゴスの町。
(3) ヘラクレス。身内でもあり友人でもあるケユクスの家に至りて。

〈以下五行欠損〉

〔ストロペ 二〕

(Ⅱ)

〈以下八行欠損〉

］……ピュト［
］……終わり［

〔アンティストロペ 二〕

ポイボスは戦上手と誉《ほまれ》の高いアルクメネの息子(1)に、
彼らを（?）］ 神殿と ［臍石のところから（?）
退かせるように］ と命じた。
だが彼がこの地(2)に
］……葉［
］オリーブの樹をねじり……
］彼らをアシネ人《びと》と
呼んだ。］ そして……の時に

］……ハリエイス[3]人《びと》から……［
アルゴスから予言者メランプス、

〔エポドス　二〕

アミュタオンの子、来りて
ピュトの仁のために祭壇を築いた。
それを始源《はじめ》として神聖なる神域も
できることになったのだ。そしてこの社に
アポロンは特別な名誉を
与えたもうた。そこでは祝祭が
　花と咲き、歌声朗々と
］……おお、主人《ぬし》よ、……［
］……汝、［幸《さきわ》いを与えよかし

(1) すなわちヘラクレス。
(2) アシネ。
(3) アシネ南東の町。

〈判読不能〉

〔ストロペ　三〕

（Ⅲ）

平和は死すべき者らのために
　高潔なる富と
また蜜の言葉もつ歌の花々を生み、
そして神々のためには巧緻凝らした祭壇の上、
黄色に燃える炎で牛や
毛並み美しい羊らの腿肉を焼くことを、
また体育場に集う若者らには
笛と祭り行列に心向けることを生みもたらす。
金具で留める楯の握りの上には炎の色した
蜘蛛が巣をかけている。

〔アンティストロペ　三〕

穂先するどい槍と

両刃の剣は錆びついたまま
〈以下二行欠損〉
青銅《あおがね》の喇叭の音も絶え、
心温める明方の
甘い眠りが眼《まなこ》から
引きはがされることもない。
街路《とおり》は至るところ賑やかな酒宴、
童子《わらべ》らの歌、炎となって舞い上がる。
〈八一―九〇行欠損〉

アテナイオス『食卓の賢人たち』第五巻一七八b
パピルス（P. Oxy. 426）
ストバイオス『詞華集』第四巻一四-三
プルタルコス「対比列伝」『ヌマ』二〇

五

他人から盗んでこそ上達の道、
今も昔も変わることなし。
いまだ言われざる言の葉の戸を
見つけ出すのは（易からぬことゆえ）。

アレクサンドリアのクレメンス『雑録』第五巻六八-五

六

近くにいる熊の足跡を辿るべからず。

【本断片】。この諺は臆病な猟師のことを言ったもの。バッキュリデスがそのパイアンで述べている。

ゼノビオス『俚諺集』二-三六

行列用頌歌（プロソディオン）

一一、一二

人の身で幸せの境遇に至るのに、規範、途はただ一つ、
心に憂いなく生涯を全うできれば
それがそう。だがあれこれ
　よしなしごとに心塞がれている輩は
日夜行く末のことを案じ
心痛めて寧日なし、
　得るのは実を結ばぬ苦労だけ。
……………………………………
できないことを嘆いて
　胸のうちを揺すぶっても
なんで気が休まろう。

ストバイオス『詞華集』第四巻四四−一六、四六

一三

〈なぜなら（?）〉死すべき輩にはみな、神が
労苦を各自《めいめい》に分けて定めたのだから。

ストバイオス『詞華集』第四巻三四-二四

舞踊歌（ヒュポルケマ）

一四

というのは、リュディアの石[1]は
黄金であることを判定するが、
　有徳の士なるか否かは、知と
全能なる真実とがこれを
試すものだから。

五

ストバイオス『詞華集』第三巻一一-一九

一五

坐り込んでぐずぐずしている場合ではない、
　黄金造りの楯もつイトニア[2]の
造りもよろしき神殿のもとへ馳せつけ
　ひと節絶妙の〈歌を〉披露すべきとき。

ハリカルナッソスのディオニュシオス『文章読本』二五

一六

おお、ペリクレイトスよ、汝には
　明らかなることに目をつぶってほしくない。

ヘパイスティオン『韻律要綱』一三-七

（1）試金石として用いられた。
（2）テッサリア、ボイオティア、アモルゴス地方でのアテナ女神を指す名。

恋　歌（エロティカ）

一七

彼女[1]、白き腕《かいな》を振り上げて
この若者らのため、手首を返してそれを投げる
とき……

彼らはap' agkylēs（手首から）なる用語を、コッタボス[2]の投射を言う場合に使った。投げ捨てる際に右手を彎曲させたことによる。また別の説では、angkyleとは酒盃の形相を指すのだという。バッキュリデスの恋歌にこうある。【本断片】。

アテナイオス『食卓の賢人たち』第十五巻六六七c

一八

じっさいテオクリトスはすばらしい。
そう思うのは君ばかりではない。

ヘパイスティオン『詩について』七-三

一九

おまえは下着を纏うただけで
愛しの妻のもとへ逃げ帰る。

」戦闘で
〈欠損〉
〈判読不能〉
客を」裏切る輩や中傷屋
……偽証者。
おまえは下着を纏うただけで

（1）宴会に侍るヘタイラ（芸妓）か笛吹き女か。
（2）宴会で盃に残ったワインを水盤に投げ捨てる技を競うシケリア島起源のゲーム。

愛しの妻のもとへ逃げ帰る。

ヘパイスティオン『詩について』七-三
パピルス（P. Oxy. 2361）

〈頌　歌（エンコミオン）？〉

二〇A

〔ストロペ　一〕（I）

〈三行欠損〉
］腰を落ち着けて
］……［　］……［　身］体
］そして父親をひどく嫌い、

〔ストロペ　二〕（II）

彼女は［苦悩に苛まれつつ（？）］願いをこめる、

哀れな女子は冥界の呪いの女神アライ(1)に
彼がさらに厳しい、そして忌まわしい
老年を終えるようにと、[娘を(?)
ひたすら家に閉じ籠めて [結婚させなかったがゆえに
頭の髪が白く [変われども。

〔ストロペ 三〕

(Ⅲ)

話ではこの父こそ黄金の前立てのアレスが子、
青銅の鉢巻きを締めた
大胆な腕もつ血なまぐさい
エウエノス(2)、裳裾長い衣《きぬ》着た乙女
花の蕾のような目をしたマルペッサが
父親とのこと。だが彼を

(1) アラ(イ)は呪詛を意味するが、ここでは擬人化されている。しばしばエリニュエスと混同される。

(2) アレスとデモニケの子。

〔ストロペ　四〕

（Ⅳ）時が制した、それに強い報復の
必然が、望まぬ彼を。
陽が［上るや
ただちに］ポセイドンの
脚速き］馬を駆りつつ
アパレウスの恵まれし子イダス[1]は［やって来た。

〔ストロペ　五〕

（Ⅴ）勇士は髪美わしき乙女をば
その望むがままに拉し去った。
〈判読不能〉
］美しき髪紐《リボン》の女神[2]の［（神域から？）
〈欠損〉
］美わしき踝の娘が……脚速き使者は………

〔ストロペ 六〕

］……やって来た

（Ⅵ）

〈三二一―三五行欠損〉

〈判読不能〉

〔ストロペ 七〕

〈判読不能〉

（Ⅶ）

］ 夫（?）

〈欠損〉

〈以下三行判読不能〉

〔ストロペ 八〕

（Ⅷ）

激［昂］が父親を［堤の

頂から……［突き落とした

（1）マルペッサに恋をし、彼女を奪い去る。

（2）アルテミス。

娘［　　］……［

マルペッサ［　　］……［

金髪の［　　］……［

〈判読不能〉

〔ストロペ　九、一〇〕

〈以下八行判読不能〉

（IX）（X）

パピルス（P. Oxy. 1361 frr. 5 al.＋2081(e)）

二〇B

〔『アミュンタスの子アレクサンドロス[1]に』〕

〔ストロペ　一〕

（I）

わが琴よ、もうはや懸け釘[2]にかかずらうのはやめにせい。
玲瓏と鳴る七色の音は止まったままではないか。

ここ、このわたしの手に来い。わたしはアレクサンドロスの殿に
ムーサらの黄金の翼を贈りたいと思っている、

〔ストロペ 二〕（Ⅱ）

月の二十日《はつか》の日の酒宴の飾りとなる贈物を。
そこでは忙《せわ》しい酒盃の遣り取りによる甘い強制が
若者の柔らかな心を暖めるのだ、
そしてキュプリスへの欲望が彼らの心を揺すぶるのだ、

〔ストロペ 三〕（Ⅲ）

ディオニュソスからの贈物と混ぜあわされて。
酒は人の心を昂ぶらせるもの、
たちまちに城市《まち》の胸壁を毀《こぼ》ち、
誰もが独裁君主になった気分。

（1）マケドニア王。前四九八―四五四年在位。

（2）琴を壁に懸けるための。

〔ストロペ　四〕（Ⅳ）

屋敷は黄金と象牙に光り輝き
穀物運搬船はきらめく海を越えて
エジプトから大量の富を運んでくる。
酒呑みの描く夢がこれ。

〔ストロペ　五〕（Ⅴ）

おお、［大言壮語する］アミュンタスの［栄光に］満ちたる息子よ、
〈判読不能〉
……彼らは勝ち取った。なぜなら人の身にどれほどの大きな
利得があるというのだ、心を美しきもので満足させること以上に。

〔ストロペ　六〕（Ⅵ）

〈以下二行判読不能〉
深い］闇……。人の身で誰ひとり、生涯の［長い期間を］通じて
全き］富を［手に入れた者はいない。

〔ストロペ　七〕（Ⅶ）

善悪双方の分け前を］等しくもつ人こそ

〈判読不能〉

］……［　　］……基盤［

……［　］かつて……［

〔ストロペ　八〕（Ⅷ）

……［　］……神聖なる［

〈判読不能〉

］半神たち［　］……［

〈判読不能〉

］……のときはいつも……［

］……酒［　　］……［

］というのは、どんな［　］……［

〈三六－四六行欠損〉

〈判読不能〉

花冠を戴いた若者ら［の歌うパイアンが
そのとき一斉に［鳴り響いた
彼らはリュラをよくするポイボスと
（ムーサらとを寿ぎ歌った？）

パピルス（P. Oxy. 1361 fr. 1）
アテナイオス『食卓の賢人たち』第二巻三九e―f

二〇c

『シュラクサイのヒエロンに』

〔ストロペ　一〕

（Ⅰ）

玲瓏たる音の琴を［眠らせるのは
しばし待て、多［彩な調べをもつ］ムーサらの贈物、
その［新しい］精華《はな》一輪、愛らしい一節ができたから
栗毛の馬で［（名高い？）

ヒエロンの君に捧げたいと思うのだ。
それに造りもよろしきアイトナ(1)なる

〔ストロペ 二〕 (Ⅱ)

かの人の宴席に侍る人らにも。
以前《まえ》にわたしは歌ったことがある、その速脚で
デルポイと」アルペイオス川の傍《はた》(2)で勝利した
ペレニコス(3)のことを、
かの御仁《おひと》の意に添おうと。
〈判読不能〉

〔ストロペ 三〕 (Ⅲ)

そのときわたし[とともに]乙女らと

(1) 前四七五年にヒエロンによって建設された町。シケリア島東部。

(2) オリュンピアを指す。前四七六年の勝利。

(3) ヒエロンの持ち馬の競走馬。

若者ら、］その皆してゼウスの黄金満つ［神域を
お祝い騒ぎで一杯に］した。
〈判読不能〉
人間の族《やから》の誰であれ
］……臆病でない……［

〔ストロペ　四〕（Ⅳ）

少なくともすべての技は無限にある。
だがわたしは神の援けを得て、あえて申す、
白馬に跨る暁の女神《エオス》が
　人間のもとに光をもたらし来たるとき、
その生涯のこれほどまでに卓れし人を
人のうち他に見ることはあるまいと。

〔ストロペ　五〕（Ⅴ）

〈二五―二八行欠損〉

］優雅［ 三〇

〈判読不能〉

〔ストロペ　六〕

］神より送られし……彼らは歌った (Ⅵ)

〈以下四行判読不能〉

］……そして自然[1]［　］……［ 三六

］……髪……［　］……［

黄金満つ［　］……

〈以下七行判読不能および欠損〉

パピルス（P. Oxy. 1361 frr. 4 al.）

（1）「性格」とも読める。

二〇D

高みから跳んで、［パリスの］見目美わしき配偶者《つれあい》の
オイ［ノネ(1)］、この世の最後の［道を］急いだ。

かの痛ましきニオベすら［そこまでの目には遭わなかった、
レトの［卓れた］子供ら(2)に
十人の若者と［十人の髪美わしき］娘とを
尖端《さき》の長い矢で殺された彼女ですら。
これを高御座《たかみくら》に坐す［父なる］ゼウス
天上から見そなわし、不治の痛みに［苛まれている姿を
　憐れみ給いて、これを鋸状の石にと変え
耐えがたき［苦難を］終えさせておやりになった。

〈以下三行判読不能〉

〈二行欠損〉

〈三行判読不能〉

〈以下二行判読不能〉

パピルス (P. Oxy. 2362 fr. 1 col. ii＋1361 fr. 36＋2081 (e) fr. 2)

二〇E

〈判読不能〉

青銅の［

］黒い［

］……運命［

(1) ニンフ。パリスが羊飼をしていた頃彼に愛された。薬草の知識をもち、パリスがピロクテテスの弓に射られた折、治療可能であったがそうせず、のちそれを悔いて自殺した。

(2) アルテミスとアポロン。子供の数を誇って母レトを蔑ろにしたニオベを殺した。

すべてを与える、不死の（？）
〕……彼はかち得た。

電戟強き最高神〔が「眠り《ヒュプノス》」と「死《タナトス》」とを
雪を冠った〕オリュンポスから〔送ってよこした、
闘争《たたかい》を〔恐れぬ
サルペドン（1）へと、穀物稔る〔リュキアの
統治者の。〕そして金髪の〔遠矢射る神アポロンが
〕……言葉を発した〔
〕人間ども……〔
〕……不死なる〔
〕……終末……

彼は流れ止まぬシモエイス（2）〔の川辺に倒れた、
無情の〕青銅の〔武具に撃たれて。
〈二行欠損〉

］……時……
］……心……［
］……意気……［
］相異なる……［
〈判読不能〉

パピルス（P. Oxy. 2362 fr. 1 col. iii＋1361 fr. 21）

二一

ここには牛の肉塊も、黄金も
深紅の敷物もございません。
ございますのは接待の心意気、
楽しきムーサ、それにボイオティアの大盃に

（1）ゼウスとラオダメイアの子。トロイアの援軍リュキア勢の将。
（2）トロイアの川。

盛られた美酒《うまざけ》。

バッキュリデスは以下のように「ボイオティアの大盃（スキュポイ）」について言及している。ディオスクロイに呼びかけて二人を宴席に招待しているところである。【本断片】。

アテナイオス『食卓の賢人たち』第十一巻五〇〇a－b

出典不明断片

二三

彼ら（神々）は酷い病に
冒されることもない。不死の身である。
人間とはまったくちがうのだ。

ではもう一度抒情詩人バッキュリデスが神について言うところに耳を傾けてみよう。【本断片】。

アレクサンドリアのクレメンス『雑録』第五巻一一〇-一

二四

人である身には、富も頑な諍いも
またもの皆すべてを滅ぼす内乱も、
　勝手に選り分けるわけにはゆかぬ。
この土地またあの土地と、時を変えて
雲を張りめぐらすは、万物の送り手運命の女神アイサ。

ストバイオス『詞華集』第一巻五-三

二五

だが人の族《やから》でもわずかな者だけが神慮を享けて
生涯をつつがなく過ごし、何の憂き目に遭うことなく
小鬢《こびん》に霜置く老境に達することができるのだ。

アレクサンドリアのクレメンス『雑録』第六巻一四-三

二六

なぜならば、裏があるように響く言葉を人に伝えることはないのだから、腕の冴えさえあれば。

アレクサンドリアのクレメンス『訓導』第三巻一〇-二

二七

道は広い。

プルタルコス「対比列伝」『ヌマ』四-一一

二九

イタカの男[1]の墨染めの亡霊姿（エイドロン）

エイドロン（亡霊）。「影のような像、あるいは似姿」。バッキュリデスにもあるような、なにかぼんやりとした影。【本断片】。

『真正語源辞典』

三〇

嵐知らずのメンフィス[2]と
葦の豊かなナイルとを

アテナイオス『食卓の賢人たち』第一巻二〇d

三三

（リュディアの石[3]で）人間は純金を知る。

（1）オデュッセウスのこと。
（2）ナイル川三角州の根元近くの町。
（3）試金石のこと。

プリスキアヌス『テレンティウスの韻律について』三‐四二八‐二一

三四

人の気質は十人十色。

ヘシュキオス『辞典』四‐二〇一七

三五

大海《わたつみ》の潮の流れを逃れ来て

『大語源辞典』六七六‐二五

三九

塔のような角をした

アポロニオス・デュスコロス『副詞について』五九六

五〇

リュンダコス

【本断片】。リュンダコスとはプリュギアの川。バッキュリデスにある。

ロドスのアポロニオス『アルゴ船物語』一‐一一六五aへの古注

五一

山の銅

【本断片】。一種の銅（黄銅鉱）。ステシコロス[1]およびバッキュリデスにもこの言い方がある。

ロドスのアポロニオス『アルゴ船物語』四‐九七三への古注

（1）断片二六〇参照。

真偽不明断片

五三a

薔薇の蕾で
燃えたつ冠

プルタルコス『食卓歓談集』第三巻一-二

五四

誰ひとりとして生涯通じて富み栄える者はいない。

ストバイオス『詞華集』第四巻三四-二六

五五

というのは、ムーサからの激しい争奪の的となる贈物は
それを持ち去ろうとして来たりし者らの
けっして自由にはならないのだから。

アレクサンドリアのクレメンス『雑録』第五巻一六‐八

五六

なぜなら長所は誉められると樹木のように伸びるものだから。

アレクサンドリアのクレメンス『訓導』第一巻九四‐一

五七

真実は神々と同郷人、
彼女のみが神々と住居を同じくする。

六〇

〔アンティストロペ〕

〈判読不能〉
］……身体
〈欠損〉
〈以下三行判読不能〉
われらの［　　］のために
］……［馬車（?）を］抑えた
敵方の［　］われらは耐えた
とめどなくしつこい
苦しみのために身動きもならず。
というのは、冷たい戦のさなか
〈判読不能〉

彼ら二人はやって来た……［ ］［ ］……
父親の……［ ］……
彼らに……［ ］……［ ］……
花咲き乱れ［る ］……［ 自由……
神々（?）を知らぬアケロンに
愛しき［ ］……［ ］……
　また冥土《ハデス》の……［ ］……

〔エポドス〕

そのような声がまさに［あがった。
彼がイリオンの郷《さと》から
密生する樹木で蔭の濃い岬へと
船を運び来たりし折、
ある神のはっきりと
　［申されていわく
その場に停《とど》まる［ ］……

また破滅もたらす死をば
逃れ出る……と。
予期せぬ喜びに
次から次へと［女たちの］叫ぶ声が
天まで上った……
また座にある男たちの口が
声を洩らさぬということも
なかった。
そして乙女らは祈りの声をあげていた……
イエ、イエと。

パピルス（P. S. I. 10, 1181）

六一

『レウキッポスの娘たち(1)』

菫の瞳のキュプリスがため
われら、新たな調べの雅びな舞い
ひとさし舞うて……

〈以下欠損〉

パピルス (P. S. I. 10, 1181)

六四

〈判読不能〉

---

(1) カストルとポリュデウケスの妻たち、すなわちヒラエイラとポイベ。

アルクメネ［の息子[1]
そして［カリュドン］から連れ来たる
……そこから［
運び渡すところへ［
なに知らぬ薔薇色の腕の娘を
　その手に［抱き上げて委ねる。
一方自らは］川を突っ切り
馬上に［わが子を］抱いて（?）行く。
ところが彼が［岸に着いたとき
アプロディテの［妄念に満たされた

ケンタウロスは［若き女性《にょしょう》に襲いかかった。
ダイアネイラ[2]は（?）］悲鳴をあげ
愛しの夫に助けを求める、
急ぎ来たれと……［
妻の……［

火と燃えあがる眼《まなこ》［
死とそして……［
名状しがたき……。……なく［
闘いのさなか……［
その右手で［
巨《おお》きな棍棒を［振るって
野蛮な獣人の［
耳の［上の頭の］真中を［打ちつけ
そして［力まかせに頭部を］打ち砕いた
目からも［
眉毛からも［
足で……［恐れを知らぬ
〈判読不能〉
馬］男の［

（1）ヘラクレス。

（2）ディアネイラのこと。ドリス方言形。

〈判読不能〉

パピルス（P. Berol. 16140 col. ii）

六六

……心に
］……力ずくで……［

〔アンティストロペ？〕

］心塞《ふた》ぎ［
〈判読不能〉
またもや（?）彼はやって来た［
彼はこう言った……［
わが心嘆かい……［
おのずから……［

好もしき宴の席へ
山棲みのケンタウロス
彼、われに娘をくれと〔
マレアへと連れ行くことを
望んで。だがわれの

〔エポドス？〕

気に染まぬのを、さらに厳しく〔嚇した
……「そいつはひどくまずいやり方だぞ」と
（だがわれ、汝……？）
どうか……非難されぬ……ように

パピルス（P. Oxy. 2395 fr. 1）

献　詞（エピグラム）

一

世に名高きパラスの娘御、ニケの女神よ、
汝、つねにクラナオス(1)が子らの愛らしき舞い歌を
心寄せて見そなわし、ムーサの業の慰みの場で
ケオスの人バッキュリデスに幾度も冠を被らせたもう。

『パラティン詞華集』六－三一三

二

エウデモス、この社をば己が土地に建て
すべての風のなかでも最も豊かな西風《ゼピュロス》に寄進せり。

それは、彼の祈りに応えて援けに馳せつけてくださったからだ、
熟れた穂から実をいち早く選り分けられるようにと。

『パラティン詞華集』六-五三

（1）大地より生まれたアッティカの王。その子らとはアテナイ人を指す。

解説

はじめに

古代ギリシアで一時期隆盛を誇った合唱抒情詩の一部をお届けする。もとより詩は解説さるべきものではない。ここに供されたものは読者諸賢の自由な賞味に任されている。今から二千五、六百年も前に歌われたものながら、現代のわたしたちの心をも捉えるものがあるのではないか、そう思ってささやかな饗宴にお誘いするのである。

ただここに紹介した五人の詩人の作品は、まとまった形のものが少ない。シモニデスの一部とバッキュリデスの約二〇篇を除けば、ほとんど断片ばかりである。しかも引用断片が多い。残念ながら、賞味するにはいささかいびつにすぎる形でしか供することができないのである。そして各断片が拾い上げられ後世に伝えられてきたのは、いつも芸術上の要求に従ってそうされてきたわけではなかった。経緯はまちまちである。引用者は各自の都合でこれを引いている。本書では、前後の脈絡を知るために引用者の文章も訳出しておいたが、それは詩句の賞味には必ずしも役立つものではないかもしれない。かえって不要と感じられる場合もあろう。しかし引用に至る経緯がどのようなものであったにせよ、それらはいずれもそのときそのときの引用者それぞれの胸の引き出しに秘蔵されていたものであったことは確かである。わたしたちは人の心をうつ詩文が、文学作品というものが、時間の流れを乗り越えていくときの一つの形態《かたち》をここに見ることができるのである。

片言隻句まで拾い上げて訳出したのは、散乱したモザイクのどの一片も全体像を再構築するのに欠かせない一片と思うからである。その一片に往時スパルタやシケリアの町々を吹き抜けていたイオニア海の風の息吹が託されていそうにも思えるからである。ミロのヴィーナスも、腕をもがれているからこそかえってその美しさを増す。ここに集められたモザイクは元の像を構築しなおすにはあまりに少なすぎるかもしれないが、わたしたちはわたしたちなりにその先に一つの像を結ばせることはできるのではないか。

ただしあまりにも欠損部が多く、訳出しても文としてあるいは語として意味をなさないような断片は割愛せざるをえなかった。したがってここに訳出したものは、五人の詩人の残存作品のすべてではない。正確に言えばこれは「断片選」である。この旨一言お断わりしておきたい。

以下、饗応の介添えに、古代ギリシア合唱抒情詩に関する情報を乏しい資料の中から手短に提供して解説に代えたい。

合唱抒情詩について

われアトレウスが子らのことを
またカドモスがことを歌わんと思えども、
わが琴の緒は
恋の調べを奏でるのみ。

〈以下略〉　　アナクレオン風歌謡（1）

一　叙事詩から抒情詩へ

右の歌は、古代ギリシア文学史において、叙事詩から抒情詩へ、詩＝韻文という文芸ジャンルが時の経過とともにその形と内容を変えていく様を軽妙に告げている。神話伝承上の英雄たちから生身の人間の恋へ。歌う対象の新たなる発見であり、見方を変えていえば、芸術的欲求が生み出した新たなる表現手段の発見であるともいえた。前七世紀初頭の頃である。

暗黒時代が明けて五〇年余、ギリシアにおける新しい胎動はますます強まっていた。古い氏族社会が崩壊し、新しい共同体が整備されてくる。政治の権力は英雄時代以来の王族たちから大土地所有者の手に移り、王は名ばかりの存在と化す。一方で都市が生まれ、商工業が発展してくる。職人や商人たちが新興勢力として抬頭する。一般庶民が都市住民として自己主張を始める。王に代わる大土地所有者たる貴族たち相互の闘争、および貴族と民衆との闘争の間隙を縫って僭主（テュランノス）が登場する。僭主という存在は、この時代が創出した最も偉大なる個性であるといえた。そしてこの僭主こそ、のちに述べる合唱抒情詩の発展とと くに深い関係をもつものとなるのである。

新たな胎動はエーゲ海域において顕著であった。ことに小アジア沿岸部に点在するギリシアの植民都市は海上交易によって経済的発展の途上にあり、経済の興隆による物資の流通は、同時に情報の流通をも促した。地中海内外各地の情報をいち早く手にできるこの地域には、本土に先駆けて新しい文明が息吹き始めていた。英雄時代の痕跡を残す豪族たちのいる本土とちがい、植民都市は新世界である。古い保守的な門地門閥が幅を利かす本土とは無関係な個人の才知だけが頼りの新開地である。そこにあるのは新興階級である商人や職人が中心の市民共同体である。そうしたなか、地中海世界各地から吹いてくる新しい風が個の自立、個の覚醒を促したのである。

進取の気風は新しい価値観を生み出す。ホメロスで歌われた英雄譚は今や背景に退き、それに代わって新たな人間像が歌うことの対象とされる。すでにヘシオドスはホメロスと同じ叙事詩というジャンルに拠りながらも、歌の素材を英雄から一般の人間界の出来事へ変えて歌ってみせたが、これに続く詩人たちは素材、

（1）前六世紀の抒情詩人アナクレオンの詩風を模倣して後世多くの小歌謡の製作が試みられた。これを総称してアナクレオン風歌謡という。上掲歌は残存する全六二歌のうち第一三番に挙げられているもの。読み人知らず。

対象のみならず、表現形式も従来とはちがう形で自らの関心事を歌い始めるのである。抒情詩の誕生である。その抒情詩人たちのうちでも先駆けをなす一人、エーゲ海の真ん中パロス島生まれの詩人アルキロコスの詩を、いま一つ引用しよう。

あの楯はいまごろサイオイ人[1]の誰かの誉れとなっていよう。
見事な業物《わざもの》だったが、心ならずも藪蔭に捨ててきた。
だがおかげで俺は命を拾った。あんな楯がなんだ、
どうとでもなるがよいわ、もっといいのを買うまでだ。

アルキロコス「断片」一三

ここに見られるのは、かつての時代の英雄主義への痛烈な批判と、それと対極をなす赤裸々な人間讃歌、生命讃歌である。ホメロスの世界では、死を恐れ武器を捨てて敵に背中を見せることは戦士にあるまじき卑劣な行為とされた。それをいまアルキロコスは公然と口にし、そこまでしても命長らえることのほうを讃美する。視点は一八〇度転回する。抒情詩は新たな価値観を紡ぎ出す。いや、新しい環境を得て新しい価値観に目覚めた詩人たちが、新しい表現手段として抒情詩を生み出したのである。個の覚醒こそ抒情詩の母胎である。

二　抒情詩とは

さてしかし、抒情詩とは何であろうか。抒情詩の「抒」なる語は心の内の思いを述べるとの意である。こ

こから作者自身の感動や情緒を主観的に述べた韻文作品と、いちおう定義できそうである。しかしこれはあくまで現代風の定義というべきであって、古代ギリシアの抒情詩を語る場合、これをそのまま当てはめるわけにはいかない。抒情詩と翻訳された元の言葉、英語の lyric（独 Lyrik, 仏 lyrique）が示すように、元来は弦楽器の竪琴リュラ（lyra）に合わせて唱われた歌がいわゆる抒情詩である。冒頭に挙げたアナクレオン風歌謡にその実態の一端を窺うことができよう。

リュラを伴奏に朗唱することは、叙事詩の場合もした。楽人デモドコスがアルキノオスの宮廷でトロイア攻めの一節を弾唱したのがそれである（ホメロス『オデュッセイア』第八歌六二以下）。楽器伴奏による歌唱は抒情詩だけの特権ではない。では叙事詩と抒情詩とを区別するものは何か。すでに右で述べてきたように、歌う対象が異なるという点がまず挙げられる。抒情詩は、英雄たちのことはもう歌わない。恋を歌うのである。しかしこの言い方も十全ではない。のちに見るように、抒情詩人と目される詩人、ことに合唱抒情詩の詩人の作品には、叙事詩と同じ古い神話伝承に取材したものが少なくなくあるからである。そこにはヘラクレスやオレステス、イオカステ、ヘレネ、あるいはゲリュオンといった人物たちが登場するからである。

いま一つ異なる点、そしておそらく両者の違いを最も鮮明に際立たせる点は、韻律と詩の構造であろう。周知のように叙事詩の韻律はダクテュリック・ヘクサミーター（長短々六脚韻）である。そしてこの韻律で書かれた一行が蜿々と続いて長篇の詩を形作っている。たとえばホメロスの両詩篇はいずれも一万行をはるか

（1）トラキアの一部族。

に超える。抒情詩の場合は、ダクテュロスだけにとどまらない。イアンボス（短長格）、トロカイオス（長短格）、クレティコス（長短長格）等々、多様な韻律が採用され、かつ一篇の詩の構造も複雑化している上に、叙事詩に比べてはるかに短いのがふつうである。

さらにこうした詩の構造のあり方は、同じ抒情詩でもいわゆる独唱抒情詩と合唱抒情詩とに分類する一つの大きな基準となる。古代ギリシアの抒情詩には、作者自身が自ら作詩し自ら歌う独唱抒情詩と、作者自ら作詩作曲した歌を合唱隊を指揮してこれに歌わせ、かつ振付けをして踊らせる合唱抒情詩とがあった。合唱抒情詩では詩の構成パタンが独唱詩のそれよりも複雑化する。独唱抒情詩の場合、一篇の詩を構成するいくつかの節（スタンザ）は短く、また単純化した形のものが多い。一方、合唱抒情詩では、たとえばステシコロスの詩に見られるように、ストロペ（正旋舞歌）、アンティストロペ（対旋舞歌）、エポドス（結びの歌）という三つ組形式を一単位とするものに変容している。使用される言語も、独唱抒情詩の場合は各詩人の生まれ育った地域の方言がそのまま使用されるのがふつうであるが、合唱抒情詩ではホメロス以来の叙事詩で使用されていた人工的な詩語に加えて、ドリス方言が主として用いられている。スパルタおよびその植民都市（南イタリア、シケリア島）一帯がこの合唱抒情詩製作の中心地であったからである。ドリス方言の使用はやがて規範化し、他地域出身の詩人でも合唱抒情詩製作に携わる場合にはドリス方言を用いて製作した。

独唱詩も合唱詩も、しかしその淵源は一つであったろう。古代の宗教的儀式、祭式、あるいは婚礼、葬礼、また私的な酒宴等で自然発生的に生じた歌――これには舞踊が伴うのがふつうであった――がそれである。わたしたちはその実態をホメロスの残した詩句から推測することができる。『イリアス』第十八歌、新調されたアキレウスの楯を描写するなかに、笛と竪琴の伴奏によって祝婚歌が歌い踊られる情景が出てくるし（四九〇行以下）、また葡萄の収穫を祝って少年が竪琴を弾じながら「リノスの歌」[1]を独唱し、それに合わせて若い男女が声あげて踊りつつ収穫物を運ぶという情景も出てくる（五六一行以下）。同じく『イリアス』第二十四歌七二三行以下、ヘクトル葬送の場では、アンドロマケ、ヘカベ、ヘレネのあげる嘆きの声に女たちが唱和して嘆き悼む様が描写されている。挽歌である。各々の場で、いわば自然発生的に生まれたこのような歌――民間歌謡とでも言ってよいもの――が名人上手を得、その名人上手が己の技倆を自覚して専門化していき、それがさらには時の経過とともに彫琢されて文学作品化するのは自然の理である。

　こうしたなか、歌う対象を主として自分の身近な事物、あるいは心中の思いに限定して歌った詩人たちが出てくる。独唱抒情詩の詩人たちである。この詩人たちは、その活躍の場が各自の出身地に限定されていたから、「地域の詩人」と称されてよい人たちである（これに対して合唱抒情詩の詩人たちは各地の宮廷を仕事場としたところから、「旅の詩人」と呼ばれる）。アルキロコス、サッポー、アルカイオス、アナクレオン、あるいはソロンといった人たちの名を挙げることができる。この独唱抒情詩こそ近世以降のいわゆる抒情詩の源流となるものであり、その個性あふれる内容――自然との交感、人間相互の交情、とりわけ失恋、失意、嘆き、非難、罵倒、涙、その癒しとしての酒――は、いまにわたしたちの感興を強く刺激するものである。しかし残念ながらここはそれに触れる場ではない。わたしたちがいま取り上げるべきは合唱抒情詩というジャンルで

（1）音楽に巧みな美少年リノスの死を悼む悲歌。元来はセム起源の、往く夏を惜しむ挽歌であったと想定されている。

ある。その合唱抒情詩に触れる前に、ここで抒情詩全般の形態について簡単にまとめておきたい。

抒情詩は形態上四つに分類される。

(1) エレゲイア（Elegeia）。ダクテュロスのヘクサミーター（長短々六脚韻）の間にダクテュロスのペンタミーター（長短々五脚韻）を挿み込んだ二行一連を単位として、これを繰り返すもの。二種の韻律が交叉するため叙事詩のように叙述が先々へと進まず、ペンタミーターの部分で立ち止まり静思する趣が生じる。したがって主観的な内心の思いを述べるのにふさわしい詩型といえる。テオグニスが代表的詩人。

(2) イアンボス（Iambos）。短長格を最小単位とする。これはギリシア語の日常会話に近い調子である。そのためきわめて個人的な感情表出に適し、罵倒や悪口にも用いられた。アルキロコスが代表的詩人。

(3) メロス（Melos）。元来四肢を意味する語であるが、転じて詩の一部分の意となり、のちに音楽に合わせて歌う詩を意味するようになった。伸縮自在で種々雑多な詩型を有し、エレゲイアやイアンボスよりも歌唱の度が強い。抒情詩といえばふつうこれを指す。アルカイオス、サッポー、アナクレオンらが有名。

以上の三つはいずれも独唱抒情詩である。これに加えていま一つ合唱抒情詩がある。

三　合唱抒情詩

おそらくは独唱抒情詩と源を同じくする合唱抒情詩は、時の経過とともに独唱抒情詩との相違を、言い換えればその特徴を明らかにしてくる。まず第一に、右で触れたように、それは公的な場で歌われた公的な歌であったということである。その淵源においても、元来は宗教的なもの――パイアン（アポロン讃歌）、ディテュランボス（ディオニュソス讃歌）など――であったろう。祝婚歌、祝宴歌、祝勝歌、権力者への頌詩と、次第に歌われる対象は拡大し多様化するが、いずれも複数の人間が参加する公の場で歌われたものであった。第二に、それは弦楽器（リュラ、キタラ）および笛（アウロス）の伴奏と舞踊を伴うものであったということである。楽器伴奏は独唱抒情詩の場合もそうであったが、舞踊の有無は両者を分ける大きな相違点である。

　この合唱抒情詩が一つの文芸ジャンルとして確立するのは前七世紀末から六世紀初頭にかけてのことであるが、その頃の合唱隊の構成人数はほぼ一〇人前後から五〇人程度（ヘロドトス『歴史』第六巻二七は一〇〇人構成の合唱隊に言及しているが、これは例外的なものであろう）、構成員は歌の内容に応じて青年男子、少年、少女と、いろいろであった。そして文芸ジャンルとして確立して以後は、しばしば複数の合唱隊による競演という形（公の競演会の場）で発表された。

　合唱抒情詩に用いられる言語は、これも先に触れたとおり、ドリス方言色の濃い詩的人工語でほぼ統一されている。シモニデス、バッキュリデスはイオニア系住民の住むケオス島の出身であったにもかかわらず、この規範に従って自らの作品を製作している。ドリス方言の濃い点は、この詩形式が栄えたスパルタを中心とする西部ギリシア、ドリス系の植民都市が散在する南イタリア、シケリア島という地域性を反映するものであり、また詩的人工語という点は、題材の多くをホメロスと共通する神話伝承――たとえばトロイア戦争にまつわるもの――に負うているということからも首肯できるところである。韻律も叙事詩と同じダクテュロスの使用が根強く踏襲されている。

詩の構成も独唱抒情詩の場合とは異なる。独唱抒情詩は基本形となるスタンザ（節）をいくつか重ねて一篇の詩とするものであり、各スタンザはおおむね短く単純であるが、合唱抒情詩の場合はそれがより複雑化する。すなわち、スタンザに代わってストロペ（正旋舞歌）、アンティストロペ（対旋舞歌）、エポドス（結びの歌）という三部分から成る、いわば三つ組形式を基本単位とし、この基本形がおおむね複数（一つだけのものもある）連なって一篇の詩を構成する。現存するステシコロスの詩には、この基本形が一〇個以上繰り返される長大なものもある。そして構造も韻律も作品によってすべて異なり、同一のものは一つとして存在しない。

　ストロペ、アンティストロペ、エポドスはそれぞれ詩に伴う舞踊と対応している。合唱隊は二つのグループに分かれ、それぞれが旋回しつつ歌い踊る。まず第一のグループが舞い歌うのがストロペ、次に第二グループがそれに対抗して舞い歌うのがアンティストロペ、最後に両者合同して一緒に舞い歌うのがエポドスである。

　ストロペとアンティストロペは詩の行数、および各行の音節数が同一であり、各行の韻律も正確に対応している。エポドスは、この両者とまったく異なる構造、韻律をもつ。

　以上のような形式に従って詩人は詩を作り、曲をつけ、さらに舞踊の振付けまで担当した。

　この合唱抒情詩の詩人としてわたしたちに知られているのは、アルクマン、ステシコロス、イビュコス、シモニデス、ピンダロス、バッキュリデスらの人々である。アルクマン以前にも、この詩のジャンルの先駆者として、オリュンポス、エウメロス、テルパンドロス、タレタス、ポリュムネストスという人々の名が伝えられているが、彼らに関しては伝承以外にその人と作品を知る具体的な証言に乏しく、かつまた作品もほとんど残存するものはない。いわば伝説的な詩人たちである。簡単に触れておこう。

オリュンポスは、プリュギア出身のアウロス（笛）奏者。各種の新しい旋律の開発者で、のちのステシコロスにことに影響を与えたとされている（伝プルタルコス『音楽について』二九）。ほぼ前八世紀後半から七世紀前半の人とみなされるが、この名には初代、二代と二人のオリュンポスがいたとされ、事跡に不明な点が多い。

エウメロスは、前八世紀後半コリントスの人。彼にはメッセニア人のために作ったデロス詣での祭礼行列歌の一部、「なぜならイトメに坐す神（ゼウス）にはお気に召したのだ、浄らで自在な鞋《くつ》を履くムーサ」なる詩行が残っていて、これがギリシア抒情詩残存詩篇の最初のものと目されている。

テルパンドロスは、レスボス島に生まれ、スパルタへ渡り、前七世紀前半に活躍期を迎えた詩人。七弦の竪琴の考案者といわれる。またスパルタ人の間に生じた内紛を音楽によって鎮めた人とされ（伝プルタルコス『音楽について』四二）、さらに音楽に関するさまざまなことを組織化した最初の人ともされる（第二の組織化をしたのはタレタスらとも。同『音楽について』九）。

タレタスは、前七世紀の人。クレタ島に生まれ、のちデルポイの神託に従ってスパルタへ赴き、蔓延していた疫病を音楽の力で平癒し、人々を解放したといわれている。クレタの旋律をギリシアに導入し、パイアン、ヒュポルケマ（舞踊歌）に改良を加えた人ともされる。

ポリュムネストスは、前七世紀半ばの人。小アジアのコロポンの生まれ。のちスパルタへ来訪。行列歌の創始者とされている。

　これより以下は、本書に訳出した五人の詩人たち、アルクマン、ステシコロス、イビュコス、シモニデス、バッキュリデスの人と作品について、その概略を述べたい。

合唱抒情詩人群像

一　アルクマン　〃調べもよき絃にドリスの歌を織りなした……[1]〃

(a) 人と生涯

伝承は種々あるが、古代人の場合の常で正確さは期しがたい。ことに生地についてはスパルタか、あるいは小アジアのサルディスかで古来論議が喧しく、いまだ決着を見ない。まず『スーダ辞典』(後十世紀成立の古代文学辞典。以下『スーダ』)の伝えるところによって、彼の人と生活のあらましを見ておきたい。

　メッソア[2]出身のスパルタ人。クラテス[3]は彼のことを誤ってサルディス出身のリュディア人としている。抒情詩人ダマスあるいはティタロスの子。第二十七オリュンピア紀(前六七二—六六八年)の頃に生存。アリュアッテスの父アルデュスがリュディア王の時代である[4]。彼はきわめて艶っぽい人間で、好色な詩を作った最初の人である。その先祖は家内奴隷であった。六冊の本を書いた。抒情詩と『水に潜る女たち』である。また彼はヘクサミーター以外の韻律で詩を作ることを始めた最初の人であった。またスパルタ人のするようにドリス方言を使用した。

右の引用文の冒頭に見えるように、『スーダ』は詩人の生誕地をスパルタとしている。しかしこの『スーダ』よりも古い資料には生地をリュディアとする説も強くある。たとえば『パラティン詞華集』のうちのある詩篇(七-一九)は、詩人をリュディア生まれであるとし、同じく詩人自らに歌わせる形で「わが父上の古の住処《すみか》サルディスよ」としている詩篇(七-七〇九)もある。両説を並行させて紹介している資料もある(『オクシュリンコス・パピルス』一三八九および二五〇六)。

以上のものはすべて後世の、しかも第三者による証言であるが、内部資料というべき彼自身の詩句の中にリュディアと関連するものがある。それは本書に訳出した断片一六「サルディスの高地から来た男」なる一行である。ただしこの詩中の男が作者自身すなわちアルクマンその人を指すものであるとする確証はない。わたしたちはヘシオドスが父親の出身地小アジアのキュメを詩に歌い込んだ事例を知っているが、いまの場合も同類のものとして処理できるのかどうか。量の限られた断片は「サルディスの高地から来た男」なる詩句に如何ような解釈をも許すのである。

(1) クリストドロス作(『パラティン詞華集』二-三九三以下)。
(2) スパルタの都市を構成する村落の一つ。
(3) ペルガモン図書館の司書。前一六八年頃活躍。
(4) 実際はアルデュスの治世は前六五二年頃から六一九年で、サデュアッテスがその息子。アリュアッテスは孫に当たる。

リュディア生まれとする説は、後世のアテナイを中心とする勢力のスパルタに対する対抗意識、偏見もしくは嫌悪感のなせる業とする見方もある。武辺一辺倒のスパルタに典雅な詩風はそぐわないということであろうか。しかし前七世紀のスパルタは後世のような武勇のみの国柄ではなく、異邦人を排斥する閉鎖的な国風でもなく、コリントスと並んでギリシア本土の文化の一大中心地となっていたのである。アルクマンの生地として、けっして不足というわけではなかった。

生地の件は未決定のまま現在に続いている。しかしその決定は必ずしも重要ではないであろう。重要なのは、生地がどこであれアルクマンの詩人としての活躍の場はスパルタであったということである。この点は疑う余地はない。そして功成り名遂げたのち、スパルタの地に葬られた。これは確かのようである（パウサニアス『ギリシア案内記』第三巻一五–二）。

生没年については不明である。『スーダ』は前六七〇年前後を年代設定の一つの目安に挙げているが、その活動時期はおそらく前七世紀半ばから後半にかけてというところであろう。これはアルデュス王の実際の治世（前六五二頃–六一九年）と釣り合う年代である。前六三〇年頃に生まれたとされるステシコロスよりも先輩であったことは確かである。

『スーダ』は彼の出自が奴隷身分の家柄であったと伝える。これについては別に、アルクマン本人を「アゲシダスなる人物の家内奴隷であったが、その才能のゆえに解放されて詩人となった」とする説（ヘラクレイデス・レンボス『アリストテレス「アテナイ人の国制」抜萃』）もある。

父親の名前が二つ挙がっている。ダマスもしくはティタロスというのであるが、特定は困難である。

なかなか健啖家であったらしい。自らそう証言している詩句がある（訳出断片一七）。
『スーダ』およびその他の資料から拾い出せるアルクマンの人柄、生涯の事跡は以上である。

(b) 作品

先の『スーダ』は、アルクマンには全六巻の作品があったことを告げている。抒情詩作品と『水に潜る女たち』なる作品（不詳）である。ただし両者あわせて六巻であるのか、抒情詩六巻プラス『水に潜る女』（とも読みうる）とすべきかで、少し議論がある。いずれにせよかなりの分量の作品が産出されながら、現在わたしたちが手にすることができるものには一つとして完全なものはなく、あるのはわずかなパピルス断片と若干の引用断片にすぎない。

なかで白眉とされるのは、通常「乙女歌（パルテネイオン）」と称される一〇〇行余りのルーヴル・パピルスと、同じく八五行余りのオクシュリンコス・パピルスの伝える合唱抒情詩（歌い手は一〇人の少女たち）である（訳出断片一および三）。前者すなわち第一パルテネイオン（「乙女歌㈠」）の断片は、その解読しうる範囲から推測するに、ヘラクレスに敗れたスパルタ王ヒッポコオンの息子たちにまつわる神話の終末近くに始まり、次いで話題は合唱隊のリーダーであるアギド、ハゲシコラ讃美へと移っていく。そこにはまた、夜の引き明けに癒しと平和を求めて神に祈願する初々しい乙女子らの姿が、しかもまた他の合唱隊と歌を競いあう姿が歌い込まれている。

詩の形式は、一四行からなるスタンザが一〇個連なるものであったと想定される（のちのステシコロスに見られる三つ組形式はまだ確立されていない)。過剰な形容詞をもつ文体、あるいは用語、さらに韻律(ダクテュロス)などの点で、まだホメロスの影響の強いことを感じさせる。

ところで訳出断片三の第二パルテネイオンでは、美わしの乙女アステュメロイサへの熱い思いが切々と歌われているが、その六一行目に「四肢を解きほどく[1](憧れ心)」という語が使われている。この語自体はすでにホメロスにある。しかしそれは「眠り」の修飾語としてである(『オデュッセイア』第二十歌五七および第二十三歌三四三)。これを「エロス」の修飾語として使用したのはヘシオドスが最初であった(『神統記』一二一および九一一)。下って抒情詩人たちがこれを恋愛感情を表出し、修飾する語として競って使用し始める。アルキロコス(「断片」八五)にもサッポー(「断片」一三〇)にも、その例をわたしたちは見つけることができる。いまのアルクマンの場合もその一例である。一つの語が使用される環境によって新しい意味をもち始める好例として、留意しておきたい。

訳出断片五には、ポロス、テクモル、闇、日、月といった語が散見される。注釈書がこれらの語につけた説明文から、わたしたちはそこにヘシオドスの『神統記』と同様の宇宙生成を歌いあげる壮大な詩篇の存在を窺い知ることができる。ただ生成を担う媒介物がヘシオドスのそれよりも非人間的傾向の強いものである点は、むしろ小アジアに発生した自然哲学の提唱する無機物に通じるものを感知せしめよう。このことは小アジアの哲学的思考の及ぼす影響がイオニア地方だけにとどまらず、西部ギリシアにまで及ぶものであったことを意味する。あるいは哲学と詩が根本のところでは不可分のものであることを示すものである、と言ってよいかもしれない。

『スーダ』は、アルクマンは「きわめて艶っぽい人間で、好色な詩を作った最初の人」であると伝える。先の訳出断片三および二六、五八、五九aなどはそうした豊かな愛の情感あふれる詩篇、その一端とみなしてよかろう。そこでは「四肢を解きほどく憧れ心」が歌われ、また「わが心をとろけさすエロス」が歌われている。

しかしながらアルクマンの手がけた詩は恋愛詩ばかりではない。むしろ叙事詩的テーマに題材を借りたものが多いのである。たとえばトロイア陥落、ヘラクレスの功業、ニオベ、タンタロス、オデュッセウスを歌ったものがそれである。韻律も、イアンボス、トロカイオスという新しい韻律をも採用しながら、一方で相変わらぬダクテュロスへの偏愛はホメロスとの近親性を示すものと言いうる。反面、合唱抒情詩に取り入れられたホメロス的素材は、新しい韻律を得て彫琢され変容していく。そしてそれは次の時代のステシコロスに引き継がれるのである。

最後に訳出断片三九を取り上げたい。この詩を引用したアテナイオスの注釈に拠るまでもなく、ここでアルクマンは自らの歌が鳥（鷓鴣《しゃこ》）の鳴き声に触発されて会得したものであることを、自らの名において宣言している。古来、詩人歌人は詩神ムーサからの霊感を受けて言葉を紡ぎ出すものとされた。ホメロスもヘシオドスも、その詩篇の冒頭でまずムーサへの祈願を口にすることから歌うことを始めている。アルクマンは、しかしここで詩の技倆がムーサの神からの贈物ではなく、自らの知的能力のなせるものであることを明示し

（1）ギリシア語で「リュシメレイ（lysimelei）」。

ているのである（アルクマンもムーサへの祈願を口にすることがないわけではない。訳出断片一四がその例である）。ここにわたしたちは、自らの芸術的手腕に自覚と誇りをもつ新しい創造者の出現を看取することができるであろう。

二　ステシコロス　〝叙事詩の重みを抒情詩のリュラで支えた……〟[1]

(a) 人と生涯

同じく『スーダ』の記述を借りてその生涯のあらましを辿りたい。

　エウポルボスあるいはエウペモス、また他の人の言うところによればエウクレイデスあるいはエウエテス、またはヘシオドスの子。シケリア島の町ヒメラ出身。そこでヒメラの人と呼ばれてはいるが、一説ではイタリアのマタウロス出身とも言われる。[2] またある人たちによれば、彼はアルカディアのパランティオンを追放されたのちカタナ[3]へ来て、そこで死去し、のちにステシコロス門と呼ばれた門の前に埋葬されたという。年代的には抒情詩人アルクマンよりも後世の人間である。生まれが第三十七オリュンピア紀（前六三二―六二八年）であるからである。没年は第五十六オリュンピア紀（前五五六―五五二年）であった。幾何学に卓《すぐ》れたマメルティノスという兄弟と、もう一人立法家のヘリアナクスという兄弟がいた。彼自身は抒情詩人であった。その作品はドリス方言で書かれ、全二六巻に及ぶ。伝承では、ヘレネのことを悪しざまに書き綴ったために盲目となったが、夢に着想を得て前言取り消しのヘレネ頌詩を作ったところ視力が戻ったという。彼がステシコロスと呼ばれているわけは、キタラに合わせて歌う合唱隊（コロス choros）を最初に組織（ステサイ stēsai）した人である
からである。元来はティシアスという名前であった。

まず出自である。ステシコロスは誰の子供なのか。父親として計五つの名前が挙がっているが、なかにヘシオドスの名が見える。『神統紀』、『仕事と日』のあの詩人である。事実だとすれば、古代ギリシア文学界に大きな地歩を占める創作者の家系が一つ誕生することになる。しかしながらステシコロスの生没年を『スーダ』の記述どおりとすると、ヘシオドスと年代的に繋がらない。ヘシオドスの没年は前七世紀初頭（六八〇年頃か）と想定されるからである。

この件に関しては他にも証言がある。ツェツェスは、アリストテレスがそう言ったと、同様の情報を紹介しつつも、しかしステシコロスはピュタゴラス（前五八〇年頃生まれ）やアクラガスの僭主パラリス（前五七〇／六五頃―五五四／四九年在位）と同時代の人間であることを指摘して、年代的に整合性のないことを示唆している（ツェツェス『ヘシオドスの生涯』一八）。それではというわけであろうか、ステシコロスはヘシオドスの娘の子供、すなわち孫に当たるとする説をキケロは伝えている（『国家について』第二巻二〇）。

これには、両者ともに本土のロクリス地方と縁がある（とされる）ことが関係しているかもしれない。ヘシオドスは少女凌辱の罪でロクリスのオノイエで殺されたと伝えられるし、他方ステシコロスはラケダイモン

（1）クインティリアヌス『弁論家の教育』第十巻一‐六二。
（2）ビュザンティオンのステパノス『地名辞典』参照。マタウロスは南イタリアのレギオン北方の町。
（3）シケリア島シュラクサイ北方の町。

式の警句をロクリス人宛てに発した（アリストテレス『弁論術』第二巻第二十一章）とか、またロクリス人のあいだに不和内紛が生じたとき仲裁役を買って出た（ピロデモス『音楽について』第一巻三〇-三一）とか言われているのである。そもそも生地の一つと言われるマタウロスはロクリス人の植民都市であった。

右のキケロの情報はまたステシコロスの没年がシモニデスの生年と同年であったことを告げているが、それが事実でなくてもこうした形で著名作家を関連づけると同時にそれによって両者の対蹠性を際立たせる作業は、古代にあっては格別珍しくない文学史的操作であった。いまのヘシオドスとステシコロスの場合もその類に属することと解してよいと思われる。

では誰の子供か。ヘシオドス以外のどの名前が父親を指すのか。残された他の資料はエウペモスをそれとする説が多い（プラトン『パイドロス』二四四A、ビュザンティオンのステパノス『地名辞典』）。『ギリシア碑文集』が告げるのはエウクレイデスである。特定することは不可能である。そしてまた必ずしも必要であるともいえない。

生地はシケリア島の町ヒメラ（もしくは南伊マタウロス）。埋葬地は同じくシケリア島のカタナであるから、ほぼその生涯をシケリア島とその周辺の地域で過ごしたと見られるが、右に触れたロクリスとの関連や、『スーダ』の記述にあるアルカディアのパランティオンとの関連でギリシア本土にも一時期滞在していたらしいことが推測される（パウサニアス『ギリシア案内記』第八巻三-二参照）。アリストテレスは、ヒメラの市民がアクラガスの僭主パラリスをヒメラの僭主に選ぼうとしたとき、ステシコロスがその危険性を警告したことを伝えている（アリストテレス『弁論術』第二巻第二十章）。彼の本土への渡航はこの件とあるいは関係があるかもしれない。その渡った本土でも追放の憂き目に遭って、またシケリア島へ帰参することになった。これには、彼の作品『オレステス物語』で物語の舞台をアルゴスに代えてスパルタとしたことが(1)、テゲアの人々の反感を買ったせいであろうとの推測もなされている(2)。

生没年はほぼ『スーダ』の記述どおりとしてよいようである。アルクマンの後を継ぐ合唱抒情詩の詩人である。『パロス島大理石碑文』では、アイスキュロスが悲劇上演に初優勝し、エウリピデスが産声をあげた年、前四八五年にステシコロスがギリシア本土に姿を現わしたとされているが、これでは時代が下がりすぎる。著名な三者を系譜づけようとする試み、あるいはステシコロスとギリシア悲劇との関連を強調しようとする試みであるのかもしれないが、年代設定としては無理があると思われる。

兄弟の一人が幾何学者であったことについては、他にも証言がある。プロクロス(3)はその『エウクレイデス「原論」注解』で、タレスに次ぐ幾何学者としてステシコロスの兄弟マメルコスなる名を挙げているし、ヘロン(4)もタレスに次ぐ者としてステシコロスの兄弟マメルティオスなる名を挙げている。

生涯にかかわる事件として、『スーダ』はステシコロスが一時期失明状態に陥ったことがあるとの伝承を

(1) エウリピデス『オレステス』四六への古注によれば、「劇の舞台がアルゴスに設定されていることは明らかである。しかしホメロスはアガメムノンの館はミュケナイにあったとしているし、またステシコロスとシモニデスはスパルタであったとしている」。

(2) W.G.Forrest, *A History of Sparta 950-192BC* 参照。

(3) 新プラトン派の哲学者。四一〇頃－四八五年。

(4) アレクサンドリアの数学者、技術家。一世紀（？）の人。

告げている。この伝承はプラトンが伝えるものであるが（訳出断片一九二）、イソクラテスも同様の話を残している（『ヘレネ頌』六四）。この失明伝説は、彼の主題設定の革新的ともいえる斬新な趣向を示唆するための象徴的表現に類するものなのか、あるいはそうした伝説を生み出す母胎となるような事実が実際にあったのか、おそらく前者であろうが、詳細は不明のままである。

日食に言及した詩篇の断片が残っている（訳出断片二七一）。これは前五五七年に起きたそれのことであろうと推測されている。

(b) 作　品

詩人はドリス方言で二六巻におよぶ作品を書いたと、『スーダ』は告げる。しかし残存するのは僅少のパピルス断片と、あとは多様な人の手になる引用断片にすぎない。一つとして完璧な作品が残っていないのは、アルクマンの場合と同じである。

さてその残された作品から判断するに、作品全体の傾向としてまず第一にいえることは、神話伝承に取材した叙事詩的主題のものが非常に多いということである。ヘラクレス伝説にまつわる『ゲリュオン譚』、『ケルベロス』、『キュクノス』、トロイア戦争にまつわる『イリオン攻略』、『帰国譚』、『ヘレネ』、テーバイをめぐる『エリピュレ』、さらには『オレステス物語』、カリュドンの『猪狩人』、アルゴ船にまつわる『ペリアスの葬送競技』などがそれである。他に土着の民話に取材した『カリュケ』、『ダフニス』がある。主題だけではない。用語の点でもホメロスの影響は強い。枕詞（エピテトン）の使用、慣用句の頻出などの点でも叙事詩的痕跡は濃いと言わねばならない。

しかし合唱抒情詩は叙事詩ではない。その違いを最もよく示すものは、韻律と詩の構造である。ダクテュロスは用いられるがヘクサミーターではない。ミーターは複雑多彩である。詩の構造も、すでにアルクマンで用いられていたスタンザの連結方式がより整備され、スタンザに代わってストロペ、アンティストロペ、エポドスの三部で一組のいわゆる三つ組形式（英語でいう triad）が確立し、これがいくつか繰り返されて一篇の詩を構成する（ストロペとアンティストロペは詞は異なるものの、韻律は同じものを繰り返す。このあとに続くエポドスは、詞はもちろん、韻律もまったく異なる部分である）。叙事詩的主題を自由な韻律と構造で歌い直したもの、それがステシコロスの合唱抒情詩であるといえようか。

形式だけではない。叙事詩的素材は自由に作り替えられる。例を一つ挙げよう。『ゲリュオン譚』に、ゲリュオンの死に際の様子を罌粟《けし》の花が茎を折られて傾《かし》ぎ花弁を散らす様に喩えて描写した箇所がある（訳出断片補遺一五）。わたしたちはここであのプリアモスの息子、容姿端麗なゴルギュティオンの死の場面（ホメロス『イリアス』第八歌三〇六―三〇八）を思い出す。そこでは春雨に濡れて頭を垂れる庭先の罌粟の花が比喩として用いられていた。凄絶な美と的確な写生力をもつこの比喩を、ステシコロスは踏襲しつつ若干の変容も試みる。ホメロスの詩句から春雨は削除され、代わって花弁の落下する様態が加えられる。描かれているのは眉目秀麗の若武者ではない。三頭三身の怪物ゲリュオンである。そこには本歌にはない異化効果的な味わいが感得されるであろう。

何よりも、この死に至るまでの詩行を読み進むわたしたちには、怪物ゲリュオンに立ち向かうヘラクレスに英雄としての勲《いさおし》、雄々しさよりも狡猾で残酷な冷血漢としての姿を感知させられ、むしろ死にゆく怪物ゲリュオンのほうに人間的共感を覚えさせられるのである。ここには叙事詩的価値観、叙事詩的手法に替えて新しい価値観、新しい思考を自由で柔軟性のある器に盛り込みたいとする詩人の意気込みが窺えよう。

その意気込みを端的に示すと思われるものが、例の『歌い直しの歌（パリノディア）』をめぐる逸話である。先にも触れたとおり、プラトンはステシコロスがヘレネのことを悪しざまに歌ったために両眼の視力を失ったが、前言取り消しの歌を書いたところ視力が回復したとの伝承を、その取り消しの歌の一部とともに紹介している（プラトン『パイドロス』二四三A、また『国家』五八六C、イソクラテス『ヘレネ頌』六四参照）。この逸話から読み取れるものは何か。失明という現象は（それが実際に起きたか否かは問題ではない）創作の場で新風を起こすことの困難さを、そしてそうした困難な状況が新しい創作への一つの契機となりうることを示す象徴的事件として理解されはすまいか。ステシコロスは、神罰による失明という災難を奇貨として、神話伝承に大胆な改変を施したのである。これは新風に賭ける詩人の熱意と意気込みの強さを示すものであろう。

ところでステシコロスの作品はいずれもかなりの長篇であったと推測されている。たとえば『オレステス物語』は、アレクサンドリア時代には二巻本の形態であったとされるが、一巻一〇〇〇行としても二〇〇〇行になる。また『ゲリュオン譚』は、新発見のパピルス断片の余白に一三〇〇という数字が書き込まれていて、行数を示すものと考えられている[1]。とすると篇末まで一五〇〇行近くあったであろう。

この「長さ」は一つの問題を提起する。はたして実際に舞踊を伴う合唱歌として上演されたかどうかということである。一曲の悲劇作品ほどもあるこの詩篇の上演にはかなりの時間を要するであろう[2]。ここから、これは合唱隊のためのものではなく、作者自ら竪琴を弾じながら歌ったものではないかと想定する説も生まれてくる。[3] しかしステシコロスなる名前（綽名）は、「コロス（合唱隊）をステサイ（設立）する者」に由来している。合唱隊が歌いつつ舞う、そういう表現形式を確立した者、それがステシコロスであったと理解できるのである。疑問の余地は少なくないとはいえ、彼はその種の詩の作者であったと、わたしたちはそう理解しておきたい。

先に述べたように、詩篇は叙事詩的素材に拠りながら吟遊詩人の朗唱とは異なり、独創的な歌作りとなっている。しかも独唱叙情詩人のそれとも異なり、物語性に富む長篇である。こういう点を捉えてであろうか、クインティリアヌスはステシコロスを「叙事詩の重みを叙情詩のリュラで支えた詩人」であるとした。[4] これは叙事詩と合唱抒情詩との関係、前者から後者へのジャンル上の推移、あるいはステシコロスの詩の特徴をはしなくも言い当てている。

そしてまたステシコロスの作品は次代の悲劇にも影響を与えたことを、わたしたちは忘れてはならないであろう。神話伝承の解釈の仕方、素材を捉える視点、その柔軟性に富む手法は、充分のちの悲劇詩人たちの

（1）行数の算定の仕方によって、これを半分の数に読み取る可能性があることも指摘されている。T.B.L.Webster, *The Greek Chorus*, Methuen, 1970, p. 76 参照。半数としても六五〇行であるから、ピンダロスの最長の詩篇『ピュティア祝勝歌』第四歌の二九九行のそれでも二倍強である。

（2）四時間という数値が算出されている。*The Cambridge History of Classical Literature* I, p. 187 を参照。

（3）*The Cambridge History of Classical Literature* I, p. 187 および M.L.West, Stesichorus, *CQ* 21 (1971), p. 309 参照。

（4）五〇五頁註（1）を参照。

先蹤たるに恥じないものがある。訳出断片二一七についているパピルスによる注釈はこのことをはっきりと告げている。加えてステシコロスの『テーバイ物語』（? 訳出断片二二二b）とエウリピデス『フェニキアの女たち』との近親性、またステシコロスの『歌い直しの歌（パリノディア）』におそらくは着想を得たエウリピデスの『ヘレネ』の例を挙げれば充分であろう。まさにステシコロスの合唱抒情詩は、叙事詩から劇詩へと繋がる道程の重要な中間地点をなすものといえるのである。

三　イビュコス　〝少年たちの花を摘み取る者よ……[1]〟

(a) 人と生涯

まず『スーダ』の記述を借りて生涯のあらましを辿りたい。

ピュティオスの子。一説にメッサナの歴史家ポリュゼロスの子。またケルダスの子とも。生まれはレギオンとの説もある。そこからサモスへ渡ったが、それは僭主ポリュクラテスの父（アイアケス）の治世下のことであった。これはまたクロイソスの時代でもあり、第五十四オリュンピア紀（前五六四－五六〇年）に当たる。イビュコスは異常なまでの少年愛愛好者であり、また三角形をしたキタラの一種、いわゆるサンビュケを最初に考案した人でもあった。作品は全七巻に上り、ドリス方言で書かれている。彼は人気《ひとけ》のないさびれた場所で盗賊たちに捕まるという目に遭ったが、そのときこう言った、いま頭上に飛んでいるあの鶴たちがわたしの仇討ちをしてくれようと。彼は殺されてしまった。ところがのちに盗賊の一人が町で鶴の飛ぶ姿を見て言った、見ろ、イビュコスの仇討ちどもだ。これを耳にした者がその盗賊を問い詰めた。旧悪を暴露された盗賊たちは罰を受ける羽目になった。「イビュコスの鶴」という諺はここからできたものである。

生没年ともに不明である。生まれたのは前六世紀前半の早い頃であろう。アクメー（人生の絶頂期、四〇歳頃を指す）を前五四〇年前後とする資料がある（エウセビオス『年代記』）。

生地は南イタリアのレギオン、もしくは対岸のシケリア島メッサナ（ザンクレ）。父の名前がいくつか挙がっているが、出自はそれなりの家柄であったろうと推測される。「イビュコスよりもさらに旧弊な」という諺があり、これは愚鈍な徒輩を諷するのに用いられるものであるが、もとは僭主としての地位を約束されながらそれを捨ててサモス島へ渡った彼の行動を揶揄することに始まるとされている。

愚かであったかどうかは別として、彼は故郷を発ってイオニアのサモス島へ赴く。『スーダ』はこれを前五六〇年頃のこととしているが、わたしたちのもつわずかな資料のうちサモスに関するものはポリュクラテス治下（前五三三―五二二年）のもので、したがって渡航と宮廷詩人としての活動時期との間に時間的な間《ま》がありすぎる感がしないでもない。サモス訪問は詩人として一定の名声を得たのちのことでなくてはならなかったろうし、また約束された僭主の地位を捨てたという先の伝承が事実なら、出奔時すでに僭主の地位を約束されるだけの人格識見を備えていたことになり、いずれにしても若年ではありえないことである。前半生を故郷で送り、後半生をサモスで過ごしたとみるのが自然ではないか。ポリュクラテスの宮廷では、時を同

（1）『パラティン詞華集』九―一八四―六。

じくして招かれ滞在していた独唱抒情詩人アナクレオンと同席したはずであるが、両者の交遊関係は不明である。前五二二年、ポリュクラテス政権は失墜するが、その後イビュコスはどうしたのか、消息は知られていない。

以上のほか、その残存作品から生涯の足跡がわずかに辿れる。シケリア島ではオルテュギア（訳出断片三二一）、カタナおよびヒメラ（断片三四三）、レオンティノイ（断片補遺二二〇）が、ギリシア本土ではシキュオン（訳出断片補遺一五一、断片三〇八、同三二二）、スパルタ（訳出断片補遺一六六、同一七六、訳出断片三三九）などの地が彼との関与のほどをしのばせる。

彼が少年愛愛好者であったことは『スーダ』も触れているが、『パラティン詞華集』に「イビュコスよ……少年たちの花を摘み取る者よ」なる無名氏の一行があることをつけ加えておきたい[1]。

その死については、古来『スーダ』の伝える盗賊による非業の死と鶴による仇討ちの逸話が広く人口に膾炙している。この鶴による復讐譚は、イビュコスと鶴（イービス）とを懸けたもので、いかにも作り話めいているが、不慮の死という事実はあったものかもしれない。墓は生地レギオンにあるという（『パラティン詞華集』七-七一四）。

(b) 作品

作品は全七巻あったというが、残存するのはわずかなパピルス断片、および後世の引用断片である。そのうちの一部は先輩ステシコロスと同様に、あるいは彼に倣って叙事詩的題材を用いて書かれた物語詩である。

トロイア戦争に材を取るもの（訳出断片補遺一五一、同二二四）、ヘラクレスの功業に関するもの（訳出断片補遺一七六、訳出断片二八五）、メレアグロスに関するもの（断片二九〇）などがそれに当たる。

残りは愛の歌と言ってよい。しかも少年愛を歌ったものであったらしい（訳出断片二八七、断片二八四、二九六、二九七、三〇九など参照）。彼が異常なまでの少年愛愛好者であったとは、『スーダ』の言うところであるが、キケロがまたそれに触れ、アルカイオスよりもアナクレオンよりもなお勝る少年愛愛好者であって、その種の詩を書き残していると証言している（キケロ『トゥスクルム荘対談集』第四巻七一）。神話伝承上の人物たちもそうした視点から捉えられている。デイポボスとイドメネウス（断片二九七［ホメロス『イリアス』一三-五一六への古注］）、ガニュメデス、ティトノス（断片二八九a［ロドスのアポロニオス『アルゴ船物語』三-一一四-一一七bへの古注］）、ラダマンテュスとタロス（断片三〇九［アテナイオス『食卓の賢人たち』第十三巻六〇三d］）などがそうである。素材は叙事詩的なものであるが、対象を捉える視座はしごく人間臭いものである。そして歌われる対象は、次第に外なるものから内なるものへと変容する。激しく身を灼く恋の思いを歌った絶唱（訳出断片二八六）、老残の身で恋（エロス）に魅惑されるわが身を凝視する歌（訳出断片二八七）などがそれである。ここにイオニアの風の影響が、アナクレオンの影響があったか否か、確としたことはわからない。レスボスの両詩人も含めて、その影響が皆無ということはないであろう。ただ一点、イビュコスは恋は歌っても、アナクレオンのようにそれを酒と結びつけて歌うことは知らなかった。独唱抒情詩の詩人は、アルカイオス

（1）五一三頁註（1）を参照。

にしても内面の告白を歌にする場合、しばしば酒の酔いを伴わせるものであるが、それに類するものはイビュコスの詩には残されていない。

詩の形式は、モチーフ、用語、ダクテュロスという韻律も含めてステシコロス以来の三つ組形式を継承している。ただステシコロスを中間に置いているだけ、精神的にも様式の点でも次第にホメロス的なものから離反し、イオニアの独唱抒情詩へ接近しつつあることは否めない。

彼が書いたのはステシコロス以来の物語詩、それに個人的な色彩の濃い恋愛詩だけではない。宮廷詩人としてのパトロンへの頌詩（訳出断片補遺一五一）もあり、さらに祝勝歌（訳出断片補遺二三一）もある。祝勝歌の創始者はシモニデスとされるが、このパピルス断片（補遺二三一）は、彼よりもイビュコスに先陣の栄誉を与えるかと思われる。

四　シモニデス

〝シモニデス風（歌曲）。「人工の、精巧なもの。たとえば讃歌、パイアン、行列歌、その他類似のもの」(1)〟、また〝わたしはあのヒュリコスの裔ケオスの詩人がしたように、ムーサの女神を銭稼ぎ女に仕立てることはしないから(2)〟

(a) 人と生涯

イビュコス以後に登場してくる合唱抒情詩の詩人は、シモニデス、ピンダロス、バッキュリデスらである。これらの詩人こそ合唱抒情詩というジャンルの完成者と言ってもさしつかえなく、彼らを抜きにしてギリシアの合唱抒情詩そのものを語ることは不可能である。

前六世紀後半から前五世紀にかけて、合唱抒情詩の取り扱う対象は大きく拡がりをみせる。前六世紀後半各地に盛んに姿を現わした僭主という新たな権力者の宮廷を舞台にしたその権力者への頌詩、讃歌（エンコミオン）、オリュンピアをはじめ各地で催された競技会の優勝者を称えるために作られ歌われた祝勝歌（エピニキオン）(3)、また前六世紀後半アテナイの僭主ペイシストラトスが大ディオニュシア祭協賛の競演会を設立することによって盛んとなったディテュランボスがそれである。ディテュランボスは元来酒神ディオニュソスの事跡を寿ぐ酒神讃歌であったが、前五世紀に入ると主題、内容は自由化し、さまざまな英雄伝説を物語る合唱抒情詩と化した。新分野はいずれもイビュコス以前にその萌芽をみせていたが、右に挙げた三人の詩人によってそれは大きく開花することになる。

その一番手、シモニデスの人と生涯を『スーダ』に拠って辿りたい。

> シモニデス。レオプレペスの子。ケオス島の町イウリスの出身。抒情詩人。ステシコロスより後代の人。その詩のもつ甘美さゆえにメリケルテス(4)と呼ばれた。また記憶術の発見者でもある。さらに長母音（エータ＝長いエ、オーメガ＝長いオ）と二重子音（クシー、プシー）、およびリュラの第三の楽音を創始した。生まれたのは第五

---

(1) アリストパネス『鳥』九一七以下への古注。

(2) カリマコス「断片」二二二（イアンボス）。

(3) 競技会に優勝して祝勝歌を注文する者は、時の権力者、僭主たちが多かった。

(4) 「メリ」には蜂蜜の意がある。

十六オリュンピア紀（前五五六－五五二年）。第六十二オリュンピア紀（前五三二－五二八年）との説もある。第七十八オリュンピア紀（前四六八－四六四年）まで生存したというから、享年八九歳ということになる。ドリス方言を使って書き残した作品には、『カンビュセスとダレイオスの治世』、『対クセルクセス海戦』、『アルテミシオンの海戦』のエレゲイア詩、また抒情詩『サラミスの海戦』、挽歌、讃歌、碑銘詩、パイアン（アポロン讃歌）、悲劇その他がある。このシモニデスという人は記憶力のことに卓れた人であって……（以下欠損）。

ケオス島はアテナイの南方スニオン岬突端の東海上に浮かぶ島である。シモニデスはここに生まれた。したがって元来彼はアテナイを中心とするアッティカ文化圏に属していたことになる。しかし合唱抒情詩の作者として身を立てた彼は、自らの才能を披瀝する場を求めてギリシア各地を遍歴することになる。前六世紀末にアテナイを支配した僭主ヒッパルコスの館、あるいはギリシア中部テッサリアのクランノンの豪族スコパス家、そしてシケリア島シュラクサイの僭主ヒエロンの宮廷など各地にその足跡をとどめている（先に触れたように、合唱抒情詩はその使用言語をドリス方言としている。スパルタを中心とするギリシア西部地域、およびスパルタの植民都市の多い南イタリア、シケリア島がその本拠地であった）。九〇年になんなんとする長い生涯を遍歴の詩人として過ごしたわけであるが、その晩年アテナイを出て（前四七六年）シケリア島に渡り、そこで生涯を閉じたとされる。墓は島の西部アクラガスにあるという。

シモニデスが詩人としてどのような出発をしたか、詳らかではない。故郷のケオスを出たのはいつ頃のことか、定かではない。わたしたちが気づいたときには、彼はもうアテナイにいる。前五二〇年のオリュンピア競技祭の拳闘の部で優勝したカリュストス（エウボイア島南部）のグラウコスを称える祝勝歌が残っているが、これはそのアテナイ時代の作品であろう。彼が僭主ペイシストラトスの息子ヒッパルコスの時代にアテナイにいたことは確かとされているが、ヒッパルコスがアテナイで時めいていたのは前五二七年（父ペイシストラトスの死）から暗殺される前五一四年のあいだである。この間、シモニデスはヒッパルコスに招かれてアテナイに身を置いていた。[1] ヒッパルコスは父ペイシストラトスの死後、兄のヒッピアスと共同でアテナイの統治に当たったが、芸術家気質の強い僭主で、そのサロンに多くの文人詩人を集めていた。ホメロスの叙事詩の朗唱大会をアテナイの地で始めたのも彼である。[2] このときシモニデスに加えて独唱抒情詩の詩人アナクレオンも居合わせたという。[3] ただし二人の交友関係の詳細は伝えられていない。ポリス・アテナイは、前五世紀半ばには政治的社会的また文化的な面で全ギリシアの中心的地位を築き上げることになるが、その文化的発展の素地はすでにしてこのヒッパルコスの宮廷にあったと言ってもよい。そもそもヒッパルコスの父ペイシストラトスその人が前五三四年に大ディオニュシア祭協賛の演劇コンテストを創始した人であった。この僭主一族が古典古代アテナイの文化的発展興隆に果たした役割には少なからぬものがあると言わねばならない。

　閑話休題。シモニデスである。前五一四年ヒッパルコスの死によってそのサロンが閉じられると、シモニデスはテッサリアへ赴き、クランノン市のスコパス家に滞留する（訳出断片五四二参照）。そのテッサリア時

（1）伝プラトン『ヒッパルコス』二二八C、またアリストテレス『アテナイ人の国制』一八-一参照。

（2）伝プラトン『ヒッパルコス』二二八C参照。

（3）アリストテレス『アテナイ人の国制』一八-一参照。

代の興味深い一挿話を、わたしたちはキケロの残した文章によって知ることができる（『弁論家について』第二巻八六-三五一—三五三）。概略はこうである。

あるときスコパス家の宴席でシモニデスは当主スコパスを称える頌詩を作ったが、作中に双子神カストルとポリュデウケスをも詠み込んだ。するとスコパスは契約の半分の報酬しか払おうとせず、残り半分はカストルとポリュデウケスに払ってもらうようにと言った。ちょうどそのときシモニデス宛に二人の来客ありとの知らせが届き、いますぐ館の玄関まで会いに出てきてほしいとのことであった。何事かと出ていったが、客の姿は影も形もない。と、突然さきほどまでいた宴会場の天井が崩落して、スコパスはじめ全員が死んでしまった。シモニデスは間一髪命拾いをした。スコパスの身内の者が葬儀のため死者の身許確認をしようとしたが、誰が誰やらわからない。シモニデスは各人の宴席の順番を覚えており、その記憶にしたがって全員の身許が知れた。シモニデスはここから記憶とは順序であるということを発見したのであると。

右の逸話は古来シモニデスについて喧伝されているその人物像の特異な二点を、あらためて明確に知らせてくれる。一つは、彼が自ら製作した作品の報酬として金銭を受け取るいわゆる職業詩人であったということである。彼以前にも作品と引き換えに物質的見返りを受けた詩人たちはいた。ギリシア各地を遍歴したホメリダイ（ホメロスの叙事詩吟誦詩人）たちからしてそうであった。ホメロスの詩の朗唱と引き換えに寄留先の豪族の館で一夜の食と宿の提供を、彼らは受けたのである。各地の朗唱コンテストで賞品を獲得することも、そうした行動の一部とみなされてよいかもしれない。ヘシオドスもエウボイア島カルキスでの歌競べで優勝し、賞品として三脚釜を獲得した。もっともそれは自家用に使用されず、ヘリコン山のムーサに奉納したと伝えられる。
シモニデスの場合は少し様子が異なる。彼は相手の要請を受けて（あるいは彼のほうから売り込む場合もあったかもしれない）、詩作品を創作し、それを提供相手との交渉によって値をつけ、商品として提供した。彼は自らの作品を商品化した。しかもそのことを明確に認識していた。自らの詩作品を商品として提供し、そのことによって生活の資を得たシモニデスは、まさに職業詩人といってよい存在であったのである。この項の冒頭に掲げたカリマコスの詩は、彼を評して、ムーサの女神を銭稼ぎ女に変えた詩人と言っているが、それはこの間の事情をやや誇張し揶揄したものとみなしてよかろう。

職業詩人としての自覚の上に立ってのことか、彼は金銭の授受に関して厳しくまた細かかったといわれる。右の逸話ではスコパスの吝嗇ぶりがむしろ印象深く描かれているが、一般にはシモニデスの性向を吝嗇と評する逸話は古来枚挙に暇がないほどにある。[1] しかしシモニデスはそう評価されることに格別の異議は唱えなかったようである。それは自らの性向を潔く認めていたためであるかもしれないが、一方でまたそれは職業詩人としての矜持の現われであったととれないこともない。

さて、先の挿話から窺えるいま一つの特異点は、シモニデスの衆に卓れた記憶術である。彼が記憶術の発見者と呼ばれ、その能力を高く評価されていたことについても、これまた多くの証言が残されている。いや、

（1）アテナイオス『食卓の賢人たち』第十四巻六五六d－e、プルタルコス『老人によって政治は行なわれるべきか』五（七八六B）など。

彼自身も自らの口を通してその卓越ぶりを誇っている（訳出詩篇「哀歌」一四）。この技術の要諦は「順序」であるとされたり（右の逸話）、あるいは「繰り返し」であるとされたり（プリニウス『博物誌』第七巻二四-八九）するが、要するに彼のもつ理知的な性格こそがこの技術を生み出す最大の要因であったろう。彼は古来賢人との世評が高かった[1]。

理知的、理性的というこの彼の性格は抒情詩の製作と一見相容れないようにみえるが、けっしてそうではない。彼の抒情詩は情を歌いながら情に溺れるところがない。挽歌にしても哀歌にしてもそうである。死者を悼みながら激することなく的確に言葉を紡ぐ。それでいて及ぼす効果のほどは冷静に計算されている。そこには職業詩人としての意識、商品（作品）を媒体として生産者と消費者とのあいだに等価関係を築こうとする意識、あるいはまた代価と引き換えに相手に満足のいく商品を提供しようとする意識もおそらく働いているかにみえる。

さて、このスコパス家の倒壊事件後シモニデスはまたアテナイへ戻ったようである。アテナイはテミストクレスの時代に入っていた[2]。シモニデスはこのテミストクレスとも親交があったらしく、彼に記憶術を伝授しようとしたエピソードが残されている。もっともテミストクレスのほうは忘れたいことを忘れられる忘却術のほうが望ましいと言って、記憶術のほうは断わったという（キケロ『善と悪の究極について』第二巻三二-一〇四）。

文壇ではアイスキュロス、プリュニコスらが悲劇の分野で活躍していた。シモニデスはしかし悲劇にはほとんど手を染めず、もっぱらディテュランボスその他の分野で活躍したようである。その姿の一端を自ら詠んだ歌が残っている（訳出詩篇「碑銘詩」一一八）。引用者シュリアノスの添書によると、シモニデスが前四七六年春、齢八〇歳にしてディテュランボスの競演で優勝したこと、そしてさらにその年の夏にシケリア島シュラクサイの僭主ヒエロンの招請を受けて渡航したことが知られる。

　ヒエロンの宮廷には同じく合唱抒情詩人で後輩に当たるピンダロス、また甥のバッキュリデスも同時期滞在していたとされる（後二者については疑問視する向きもある）。いずれにせよ、三者はサロンの主ヒエロンの愛顧を奪いあうライバルであったと目される（訳出断片六〇二参照）。シモニデスは非政治的人間であったようであるが、晩年のこの時期に一度シケリアの政変に関係したことがあったらしい。ヒエロンとその兄弟のテロンとのあいだの抗争を仲介して事無きに至らしめたという(3)。シモニデスはここに一〇年間滞在し、前四六六年（『パロス島大理石碑文』によれば前四六八／七年）、齢九〇歳で長逝した。遺体は島の西部アクラガスに葬られた。

　容貌は卓れなかったらしい。そのくせ自分の彫像をたくさん作らせたと、テミストクレスが嗤ったという。プルタルコスにある（「対比列伝」『テミストクレス』五）。

（1）プラトン『国家』第一巻三三五E参照。

（2）前四九〇年代。テミストクレスは前四七二年（頃）に陶片追放に遭うまでアテナイの国力の伸長、ことに海軍力の増強に力を尽くした。

（3）ピンダロス『オリュンピア祝勝歌』二-一五への古注。

(b) 作　品

先の『スーダ』にも見えているとおり、シモニデスは祝勝歌、挽歌、讃歌、哀歌、碑銘詩など、多種多様な作品を残した。なかでも人口に膾炙し後世に名高いのは、挽歌、哀歌、碑銘詩に分類されるものである。挽歌では、人の世の無情をペシミスティックに謳いあげた詩篇（訳出断片五二〇、五二一、五二二。なかでも人生のはかなさを蜉蝣《かげろう》に喩えた五二一番が名高い）、そしてテルモピュライでの戦死者を謳った絶唱（同五三一番）などが挙げられる。

哀歌（エレゲイア）では、同じく人の世の無情を謳った訳出詩篇八番、一三番などが読む者の心をうつ。そして碑銘詩（エピグラム）では、前四八〇年に侵攻してきたペルシアの大軍を迎え撃ち、テルモピュライの戦闘で斃れたスパルタの兵士を追悼する作品（訳出詩篇一二二）に止めを刺す。「異国《とつくに》の人よ、スパルタの郷《さと》人《びと》に伝えてよ、／われら言われしままに掟を守り、ここに眠ると」というのがそれである。これはヘロドトスの引用するところによって後世に残されたものであるが、この詩ほど時代を問わず人口に膾炙しているものはなかろうと思われる(1)。

職業詩人は需要に応じて作品（商品）を生産する。シモニデスが祝勝歌を作ったのは、前六世紀後半各地の競技会で優勝した選手を表彰する風潮があり、そしてその業績を詩の形にして残したいという要求がある一定の社会階層にあふれていたからである。そしてシモニデスはその質を文学作品にまで高めた。職業詩人は時代の風に敏感である。ディテュランボス（酒神ディオニュソス讃歌）という祭礼歌がアテナイで大ディオニュシア祭と結びついて隆盛となると、その競演に参加する。現在わたしたちがもっているディテュランボス作品はすべて後輩のバッキュリデスおよびピンダロスのもので、シモニデスの作品は伝わらないが、古代においては彼はディテュランボス作家として最も有名な存在であったといわれる。彼自身、競演会で五六回優勝したと述べているほどである（訳出詩篇「碑銘詩」一七）。

シモニデスの作品に碑銘詩が多いのも時代風潮との密接な関連を示すものと考えられる。周知のように前五世紀初頭は、ギリシアは戦乱の地であった。二度にわたって侵攻してきたペルシア軍を迎え撃って、各地で戦闘が行なわれた。その戦死者を悼む詩が数多く作られているが、これまた時代の要請するものに詩人が応えたということにほかならない。そこでは従来の作品のように遠い時代の神話伝承に場を借りることなく、直接身近に起きた事件があるがままに歌われている。これは彼が自らを、自らの作品を経済的報酬の対象とする職業詩人であると意識していたことと無関係ではあるまいと思われる。そうした職業詩人は注文主の意向あるいは聴衆（読者）の意のあるところ、さらには時代の要求するものに無関心ではいられなかったのである。もちろんそうしたものに臨機応変に対処する能力にはじゅうぶん自信があったろう。

シモニデスの詩に一貫するのは深い知性である。先に挙げたアリストパネス『鳥』の古注によれば、「シモニデス風」という言い方が古代においてすでに定着していて、それは「人工の、精巧なもの」を指したと

（1）その一例として、この詩篇一二一（b）と先の大戦におけるドイツの若き学徒兵とを絡めて描いたH・ベルの短篇『旅人ヨ、スパルタノ地ニ赴カバ、彼ノ地ノ人ニ……』を挙げておきたい。この日本語の題名は青木順三訳による（『ハインリヒ・ベル短篇集』岩波文庫）。元のベルの題名はシラーの翻訳（『逍遥』）に拠るもののようである。

いう。彼の詩は、歓びを歌う場合（祝勝歌）も、また哀しみを歌う場合（哀歌、挽歌）も、情感は知性に制御され、過度に流れることはない。自然を歌っても冷静で周到な観察に裏づけられた的確な描写がある。春の到来を告げる燕を歌った断片五九七（訳出）、ふと起こる風の様子を描写した断片六〇〇（訳出）、「モノス・ハーリオス・エン・ウーラノー（天空《そら》にはただ日輪）」と、わずか四つの単語（原語）でさまざまな想念を一点に凝縮し去った感のある断片六〇五（訳出）などがそれに相当しよう。

人間観察でも理知的でいくぶんシニカルな歌いぶりが目立つ。とはいえ、しかしそこに冷たさはない。むしろ彼の詩のもつ甘美さを称揚する人は多い。『スーダ』に見える彼の綽名メリケルテスのメリとは蜂蜜の意である。ダナエの受難を扱った断片五四三（訳出）は、非運の母親ダナエの幼児ペルセウスに注ぐ母親の情愛を切々と歌いあげて聴く者の胸をうつ。そしてここには夜の闇の黒、船の鋲の青銅、波の飛沫の白、赤子を包む衣の深紅といった多彩な色が詠み込まれていて、詩人の絵画的感覚の豊かさも窺われるのである。プルタルコスの伝えるところによると、シモニデスは絵画を沈黙の詩、詩を陳述の絵画と呼んだという（『アテナイの栄光について』三）。これは自らの作品のもつ豊饒な絵画性、あるいは視覚性を意識してのことであったかもしれない。

作詩の動機が何であれ、それがたとえば賞のかかった競演会のそれであれ、また請負いの賃仕事であれ、彼は対象に対してはつねに真摯であり、自らの才能を惜しみなく傾注し一個の作品に仕上げた。それこそ職業詩人としての矜持のなせる業であった。しかもけっして抽象にはしらず、つねに具象性を重んじ、そして軽快で生気あふれる歌調、人間に対しても自然に対しても透徹した観察眼、そしてそれに基づく深い人間的共感、それがシモニデスの詩業であったといえるのではないか。

　最後に一点触れておきたい。シモニデスの碑銘詩（エピグラム）の中には、詩人の生涯（前五五六頃－四六八年頃）と詩篇の製作予測年代（後代、おおむねヘレニズム期）とが整合せず、真作とは考えられないものが幾篇もある。しかし各種の校本は、これをシモニデス作として収録するのが慣例で、本書もこれに倣う。疑わしいものは、判明するかぎりこれを註記して示している。

五　バッキュリデス　〝そしてバッキュリデスはその唇から甘い声を発した[1]〟

(a) 人と生涯

例によって『スーダ』の記述を借りる。

> バッキュリデス。ケオス人。ケオス島のイウリスの町の出身……。メイドンの子。メイドンの父は運動選手バッキュリデス。抒情詩人シモニデスの親族。彼自身も叙情詩人。

これは簡単にすぎる。しかしこれ以上の情報を与えてくれる資料はなかなか見つからない。かなりの量の

（1）『パラティン詞華集』九-五七一-四。

作品を残した有名詩人でありながら、その事跡は必ずしも明らかではない。生没年とも不詳である。[1] シモニデスとは叔父・甥の関係であったとされるが（ストラボン『地誌』第十巻五-六）、そのシモニデスが晩年にシュラクサイの僭主ヒエロンの宮廷に招かれた折、バッキュリデスもライバルのピンダロスともども一緒に滞在していたと考えられている。[2] ほぼ同時代を生きたこの合唱抒情詩人三者の関係については、次のような証言がある。

ピンダロスはシモニデスの弟子といわれている。シモニデスよりも若かったが、バッキュリデスよりは年長であった。

エウスタティオス『ピンダロス注解』序

彼（ピンダロス）は謎めかした言い方でバッキュリデスとシモニデスのことに言及している。おのれ自身をば鷲、彼ら二人のことは腕のたつ術師のカラスと言って。

ピンダロス『オリュンピア祝勝歌』二-八六以下への古注

彼（ピンダロス）は謎めかした言い方で、いつも自分のことをヒエロンに中傷していたバッキュリデスを指して言っているのである。

ピンダロス『ピュティア祝勝歌』二-五二以下への古注

ふたたびバッキュリデスに言及したもの。この節のよってきたるところは、ヒエロンがバッキュリデスの詩のほうを好むからという点にある。ピンダロスは運のめぐり合わせに耐えなければならぬと言っているのである。

ピンダロス『ピュティア祝勝歌』二-九〇以下への古注

バッキュリデスが叔父シモニデスとどこまで行をともにしたか不明であるが、シモニデスがシケリアで客死（前四六八年）したのちは、バッキュリデスはその作品発表の場をアテナイに置いたようである。シモニデスの死の翌年（前四六七年）パトロンのヒエロンも没し、そのサロンも自然消滅したからである。エウセビオス『年代記』の告げるところを三点挙げる。

(1) 第七十八オリュンピア紀第一年（前四六八／七年）。バッキュリデスと無神論者ディアゴラスの盛名上がる。

(2) 第八十二オリュンピア紀第二年（前四五一／〇年）。喜劇詩人クラテスとテレシラおよび抒情詩人バッキュリデスの名声高し。

(3) 第八十七オリュンピア紀第二年（前四三一／〇年）。歌謡作家バッキュリデスの名、人口に膾炙。

残された作品からその足跡を辿るとすれば、バッキュリデスはギリシア中・北部、テッサリアやマケドニアにまでも足を伸ばした形跡がある（「祝勝歌」第十四歌、また断片一五、二〇Bなど。ただし身は運ばず、作品だけを求めに応じて送った可能性も考えておかねばならない）。また祝勝歌第一、二、六、七、八歌から判断すれば、前四六四－四六〇年、および前四五二年当時は、故郷のケオス島にいたとも考えられる。

（1）シュミット／シュテーリンの『文学史』は、彼の作品がアレクサンドリア図書館にも収納され、紀元後もエジプトでよく読まれたが、ギリシア語文化圏では格別評価されず、むしろローマ人たちのほうがこれを重んじたことを告げている。W. Schmid u. O. Stählin, *Geschichte der Griechischen Literatur*, I, München, 1974 (1929), S. 538-539 参照。

（2）内田次信氏は、ピンダロスに関しては、必ずしもシケリアへは渡らず、作品だけを送り届けさせた可能性もあったことを示唆しておられる（内田次信訳『ピンダロス 祝勝歌集／断片選』解説四三三頁。京都大学学術出版会、二〇〇一年）。じつはバッキュリデスもシュラクサイに滞在したのかどうか、確証はないのである。高名な『ヒエロン讃歌』も、ケオスからシュラクサイへ作品だけを送付したものかもしれないのである（「祝勝歌」第五歌一〇－一二行参照）。

さらにプルタルコスの伝えるところによると（『追放について』一四）、バッキュリデスは追放刑を受けてペロポンネソスに身を移したことがあるという（前四五八年前後か）[1]。事実とすれば、「祝勝歌」第九歌、「ディテュランボス」第六歌などはそのときの作品であろう。

しかしながら詩人の所在地を作品から割り出すことは、実際にはむつかしい作業である。身はどこにあろうと製作の注文に応じることは可能であるからである。けっきょくバッキュリデスはその後半生、その所在地とは関係なく当時のギリシア文化の中心地アテナイにおいて文名大いに上がり、周辺各地から作品の注文も相次いだということになろうか。

その人柄についてもよくわからない。格別なエピソードも残されていない。叔父であり、おそらく師匠でもあったであろうシモニデスとの関係も、そうした関係であったこと以外のことはわかっていない。ライバルであった（と想定される）ピンダロスとの関係は、先に挙げたピンダロスの古注者の証言からその間の事情がいくぶんか知られる。しかしそこにはパトロンであるヒエロンの寵を奪いあうピンダロスの側のいささか過剰な意識は窺えるものの、バッキュリデスの側の思いがどのようなものであったかということは不明である。それについては古注者は沈黙している。それがピンダロスの作品の注釈であるがゆえに当然のことではあろう。

祝勝歌というジャンルでライバル関係にあったピンダロスだけではない。それ以外の当時のアテナイの文人たちとの仲も皆目つかめない。先のエウセビオスは、前五世紀半ばの人気作家としてバッキュリデスと並べて喜劇詩人クラテスの名を挙げている。しかしこれは両者のあいだに交流があったことを、必ずしも示すものではない。訳出詩篇の一つ（「ディテュランボス」第四歌）は、その形式（アイゲウスと合唱隊との対話形式と目されるもの）からして当時隆盛をきわめていた文芸ジャンルである悲劇の、彼バッキュリデスへの影響を示すもののように思えるが、悲劇詩人たちとの交遊のほどはこれまた不明である。

生死の正確な年月も不明である。生年は前五二四／二一年か。没年のほうは「祝勝歌」第六歌（前四五二年の第八十二オリュンピア競技祭優勝者を詠ったもの）製作直後の頃であろう。

(b) 作　品

十九世紀も押しつまった一八九六年という年はバッキュリデスにとって画期的な年であった。いや、この言い方は正確ではない。バッキュリデスの読者であるわたしたちにとって画期的であったと言うべきであろう。エジプト中部のアル・クシヤー近郊でバッキュリデスの作品のパピルスが大量に発見されたのである[2]。現在刊行されている彼の作品の大部分（祝勝歌一四篇とディテュランボス六篇）は、このときの発見によるものである。それまでは、その盛名とうらはらに彼の作品は引用断片によるわずか百行程度のものしか知られていなかった。この発見によってその華麗な世界がふたたびわたしたちのものとなったのである。それはどん

---

(1) 前四五八年のデロス島のアポロン神を祀るパイアンの製作を、ケオス人らは同朋のバッキュリデスではなくピンダロスに依嘱していることから、そう推察されるのである。ピンダロス『パイアン第四歌』参照。メーラーは追放の事実はほぼ認めながら、その時期については不明であるとしている。H. Maehler, *Die Lieder des Bakchylides*, erster Teil 1, Leiden, E.J. Brill 1982, S. 9. 参照。

(2) 現在それは大英博物館に保存されている。

なふうであるのか。順次瞥見してみたい。

まず一四篇の祝勝歌である。第一、二歌は故郷ケオスの少年拳闘士アルゲイオスがイストミア競技祭に勝利したのを称えて歌われたものである。

第三、四、五歌はいずれもシュラクサイの僭主ヒエロンの勝利を称えるもので、第三歌は前四六八年オリュンピア競技祭の戦車競技での勝利を、第四歌は前四七〇年ピュティア競技祭の戦車競技での勝利を、また第五歌は前四七六年のオリュンピアでの馬競べの勝利をそれぞれ歌ったものである。

第六歌はケオスのラコンがオリュンピア競技祭で少年の部の競走に勝利（前四五二年）したのを寿ぐもの。

第七歌も同じラコンを歌ったもの。

第八歌はケオスのリパリオン讃歌。

第九歌はペロポンネソス北東部の町プレイウスのアウトメデスがネメア競技祭で五種競技に優勝したのを称えるもの。

第十歌はイストミア競技祭で競走に勝利したアテナイのアグラオスを称えるもの[1]。

第十一歌はイタリア半島南端のメタポンティオンのアレクシダモスが、ピュティア競技祭の格闘技《レスリング》少年の部で勝利したのを寿ぐもの。

第十二歌はネメア競技祭で格闘技に勝利したアイギナ島のテイシアスを称えるもの。

第十三歌は、同じくアイギナのピュテアスがネメア競技祭でパンクラティオン（拳闘とレスリングを取り合わせた競技）に勝利したのを称えるもの。

そして第十四歌は、テッサリアのクレオプトレモスがテッサリアのテンペで催された巌石のポセイドン競技祭で戦車競技に勝利したのを寿ぐものである。また第十四歌Bは、テッサリアのラリサの町のアリストテレスを称えるものである。

祝勝歌というジャンルは、あるいはその作品は、競技祭があり、その競技祭に優勝した者がそれを記念するための作品を詩人に注文してはじめて成り立つものであるが、いま一四篇の題目を見るとその注文主は多岐にわたっていることがわかる。シュラクサイの僭主ヒエロンは格別として、それはいずれも各地の有力者であったろう。シュミット／シュテーリンは前四五〇年頃に突然ケオス島から各地の競技祭への参加者が途絶えたことを指摘し、これはケオス島の民主化という政変のあおりを受けてのことであろうと推測しているが[2]、このジャンルにはそうした経済的にも政治的にも力の卓れた有力者の存在を前提とする、そういう側面があったのである。それはけっして一般大衆のための歌ではなかった。先に挙げたプルタルコスの記述にあるバッキュリデスのペロポンネソスへの亡命も、どうやらこのケオス民主化のときのことと思われる。旧体制側の人間とみなされたのであろう。

祝勝歌には一定の型がある。まず勝利者の名が呼ばれ、その業績が称えられたあと、神話の中から選ばれたエピソードが続き、ふたたび勝利者讃歌へ戻り、最後は詩人の人生感（おおむね穏当なる人生訓）の披瀝があって一篇が閉じられる。

（1）本篇の勝利者名は不詳ともされる。

（2）シュミット／シュテーリン前掲書 S. 528 参照。

例を挙げよう。第五歌はオリュンピア競技祭で馬競べに勝利したヒエロンを歌ったものであるが、冒頭にヒエロンを呼び出した詩人は、自らをムーサイ（ムーサたち）の一人ウラニアの僕《しもべ》であると規定し、その仕事はヒエロンを称えることであると明言する（一六行）。次いでこのたびの勝利の立役者となった名馬ペレニコスへと筆先を転じ、その勝利によって人も羨む運勢を神から授けられたヒエロンの至福を誉め称える（五五行）。

五六行で舞台は神話世界へと移る。以下一七五行まで、冥界へ降りたヘラクレスがそこでメレアグロスの亡霊と出会い、カリュドンの猪狩りにまつわる彼メレアグロスと母アルタイアとの確執の故事が語られる。母の手で奪われた若い盛りの命を嘆くメレアグロスに、ヘラクレスは「人の身に最善は生まれぬこと」と諭す。これは古代ギリシア人の意識に通底するペシミスティックな人生感である。二人の邂逅はメレアグロスがヘラクレスに妹デイアネイラを妻にもらってほしいと懇望するところで終わる。

一七六行以下、ムーサイの一人ウラニアが呼び出され、神ゼウスと、ヒエロンに勝利をもたらしたオリュンピアの地とを寿ぐようにとの祈願がなされる。そして最後に詩人は、神の恵みを得て幸運の簇葉《むらば》の冠を授かったヒエロンの栄光を、自分はいつでも誉め称える用意があることを宣言して一篇を歌い収める。

詩中の大部分を占める神話〝ヘラクレスの冥界降り〟は叙事詩的内容をもつ。しかしそれを扱う詩人の筆さばきは柔軟かつ臨場感あふれるものとなっている。メレアグロスをして「最後の息を吐き、惨めにも泣けた、／輝かしい若さこそこの世の名残と」（一五三―一五四行）と自らの臨終の場面を自らの口を通して語らせる箇所は、ことにその感が深い。英雄メレアグロスは、ここではもうか弱い一個の人間と化す。「人の身に最善は生まれぬこと」という箴言めいた一行よりも、この涙するメレアグロスこそこの一篇を魅力あらしめるものとしている、と言いうるのである。

同じことは「祝勝歌」第三歌においても指摘できる。本篇ではクロイソスの逸話を扱った中心部分が詩篇に一段の輝きを与えるものとなっているのであるが、そこで詩人は火葬の薪の上にクロイソス夫妻に加えて幼い娘らをも配し、火が上がると同時に悲鳴をあげさせ、母親の懐へと走らせる。臨場感あふれる描写は一幅の絵のごとくわたしたちの網膜に焼きつけられる。シュミット／シュテーリンはこのバッキュリデスのクロイソス・エピソードの使用にピンダロス『ピュティア祝勝歌』第一歌九四行の影響をみているが、[1] たとえピンダロスの一行がバッキュリデスのクロイソス・エピソードへの何がしかの契機となったとしても、一行から切り拓かれたバッキュリデスの豊饒な世界は、単なる影響関係をはるかに超えたものとなっているといえるであろう。ついでながら、詩篇の末尾で詩人はヒエロンの栄光を誉め称えつつ、それを後世に伝える語り部としての己の存在を抜かりなく誇示することを忘れてはいない。

一八九六年発見のパピルスには六篇のディテュランボス作品も含まれていた。これは現在わたしたちがもつディテュランボス作品のほぼすべてである。シモニデスはディテュランボスの大家とみなされた存在であったが、その作品は散佚した。ピンダロスもディテュランボスを製作した。その一部が残存する。[2] シモニ

(1) シュミット／シュテーリン前掲書 S. 532 参照。
(2) 上掲の内田次信訳『ピンダロス 祝勝歌集／断片選』にディテュランボス第二歌が訳出されている。

デスは祝勝歌もディテュランボスも手がけた人であるが、前者はピンダロス、後者はバッキュリデスと、それぞれ後輩たちのほうがのちにその第一人者と目される結果となった。

　このディテュランボスなるものは、元来悲劇の淵源をなすものと考えられているものである。悲劇はこのディテュランボス、すなわちディオニュソス神にまつわる歌に各地の英雄伝説が次第に歌い込まれていき、一定の筋書きをもつものへと発展したものと推測することができる。一方、それが悲劇というジャンルに発展あるいは変容せず、そのままの形を保持しながら残ったものもあった。それは、前五世紀末に至るまで悲劇同様に大ディオニュシア祭に関係する国家的行事として合唱コンクールの形をとりながら残存したのである。バッキュリデスの残存ディテュランボスはこの類のものである。

「ディテュランボス」第一歌は『アンテノルの裔、あるいはヘレネ返還要求』と題されるもの、第二歌は『ヘラクレス（あるいはデイアネイラ？）』、第三歌は『若人ら、あるいはテセウス』、第四歌は『テセウス』、第五歌は『イオ』、第六歌は『イダス』とそれぞれ題されている。

　なかでも興味深いのは『テセウス』と題された第四歌であろう。それは、アテナイ王アイゲウスの子でありながら父親と別れてトロイゼンで成長したテセウスが怪物や盗賊が跋扈する危険な陸路を辿ってアテナイへと上る道すがらの冒険模様を、その報告を受けたアイゲウスと合唱隊（と推定される）両者の対話形式で話を進めるという形をとっている。このような対話形式をとるものは、現存作品ではこれ一つである。これはかつてディテュランボスから悲劇が発展してきたその過程を推測せしめるもののようにも思えるが、実際は逆であろう。この当時隆盛をきわめていた悲劇作品に個有の対話形式のもつドラマチックな躍動性に刺激されたバッキュリデスが、己の分野にも試みに取り入れた一つの趣向と解されるべきものであろうかと思われる。

後世の口さがない読者は、同じ祝勝歌でもピンダロスのそれの華麗なるメタファーを称揚する。しかしバッキュリデスも負けてはいない。残された作品すべてに共通する色彩感あふれ、そして時に読む者の意表をつく用語の妙は、ヒエロンの寵を競いあったピンダロスに嫉妬の情を催せしめたその詩才の片鱗を窺わせる。パイアンの断片四から引こう。平和の到来を心の底から喜びあう様子が歌われる中に、「金具で留める楯の握りの上には炎の色した／蜘蛛が巣をかけている」（六九―七〇行）とあり、また「青銅《あおがね》の喇叭の音も絶え、／心温める明方の／甘い眠りが眼《まなこ》から／引きはがされることもない。／街路《とおり》は至るところ賑やかな酒宴、／童子《わらべ》らの歌、炎となって舞い上がる」（七五―八〇行）とある。歓びの歌は炎となって舞い上がる、のである。

おわりに

さて、このあとには本来ならばピンダロスが取り上げられるべきである。しかし本書はピンダロスの翻訳は含まない。ゆえに解説も彼にかかわる部分は割愛したい[1]。ただ一言触れておくとすれば、ピンダロスも

（1）すでに幾たびか触れたように、ピンダロスの詩業は内田次信氏の手によって見事な日本語に移されている（五二九頁註（2）参照）。その巻末にこれまたたいへん行き届いた解説が付されてある。それを参照されたい。

劇詩の中にその展開の一つの途を見つけたと言ってもよいのである。神話伝承という叙事詩的素材を、その全体の筋書きは変更しないまま、その中の一つの事件を対象に作者独自の解釈を示しつつ自由に作品化する仕方は、まさに悲劇詩人たちの作劇術の先駆けをなすものと言いうるのである。

一例を挙げれば、ステシコロスの『オレステス物語』のわずかに残った断片の一つにクリュタイメストラが血に汚れた大蛇を夢見る場面をわたしたちは見つけるが（訳出断片二一九）、ドゥヴルーの指摘[2]をまつまでもなく、これはのちのアイスキュロス、ソポクレスの悲劇に見られる〝クリュタイメストラ夢見の場〟の祖型と言いうるものであろう。エウリピデスの『ヘレネ』が扱った〈幻のヘレネ〉というトリックは、ステシコロスの『歌い直しの歌（パリノディア）』に想を借りたものらしいことは先に触れた。

ステシコロスだけではない。また素材の扱い方だけの問題ではない。形式も劇的な型へと変容する。バッキュリデスの作品には、これまた先に触れたように、あたかも劇詩の中の台詞のように対話形式を取り込んだものがある（「ディテュランボス」第三、四歌）。これは合唱抒情詩から悲劇への移行を示す一つの証左ということができる。いや、時代的に見ると、移行というよりも逆にすでに大きく発展してきていた悲劇の側からの、合唱抒情詩への影響の強さを示す現象であると言ったほうが当たっていよう。爛熟期を迎えた合唱抒情

（1）ただしバッキュリデスの作品はパピルスが発見される十九世紀末までほとんど知られていなかった。先述のとおりである。

（2）G. Devereux, *Dreams in Greek Tragedy. An Ethnopsychoanalytical Study*, Oxford, 1976, p. 171ff 参照。

詩は衰微していく一方で、また変容をも余儀なくさせられたのである。

かくして、ピンダロスの祝勝歌のような特異な一頂点を極めたもの以外は、合唱抒情詩は叙事詩と劇詩のあいだに架橋する役割を果たしたのち、徐々に悲劇にその場を譲っていくのである。いや、ピンダロスの祝勝歌も例外ではない。「知的な文化の時代には、運動競技における勲功の果たす役割は小さくなったのであろう。しかし何より、民主政治の発展によって、貴族的な祭典に続くものとして、集まった全市民を観客かつ審判者とする芸術上の行事が登場することになるのである」とはJ・ド・ロミィの言であるが、[1] この間の経緯を的確に要約したものとして意義深い。

文　献（抄）

(1) テクスト

Campbell, D.A., *Greek Lyric Poetry*, Macmillan, 1967.

Campbell, D.A., *Greek Lyric* Ⅱ, Loeb C.L. Harvard UP, 1988.

Campbell, D.A., *Greek Lyric* Ⅲ, Loeb C.L. Harvard UP, 1991.

Campbell, D.A., *Greek Lyric* Ⅳ, Loeb C.L. Harvard UP, 1992.

Davies, M., *Poetarum Melicorum Graecorum Fragmenta*, Vol.I, Oxford, 1992 (1991).

Irigoin, J., Duchemin, J., Bardollet, L., *Bacchylide*, Les Belles Lettres, Paris, 1993.

先輩のシモニデス、後輩のバッキュリデスと競いあうようにして各地の有力者のサロンを遍歴しつつさまざまな種類の合唱抒情詩を製作したということ、そしてその名声を確立したのは今日までもほぼ完全な形で残る祝勝歌四五篇によってであるということである。

この三人の詩人たちが活躍した時代を合唱抒情詩の完成期あるいは爛熟期と呼ぶのは、その作品それぞれの完成度の高さもさることながら、前の三人（アルクマン、ステシコロス、イビュコス）の場合と比較して残存作品の量とまとまりに優れ[1]、そのため合唱抒情詩というものがジャンルとして統一的に見渡せることも手伝っていると思われる。

しかしピンダロス、バッキュリデスにおいて頂点に到達した合唱抒情詩は、次の段階への展開を見通せないまま衰微の局面を迎える。前五世紀半ば以降のことである。ピンダロス、バッキュリデスの作品で、現在知られているかぎり最後となる作品の年代がほぼその頃になるのである。前五世紀後半から四世紀にかけて活躍したディテュランボス詩人として、メラニッピデス、キネシアス、ティモテオスらの名が挙げられるが、その作品は伝わらない。

その一方ですでに前六世紀末から、ディテュランボス同様にペイシストラトスの手によって国家的行事となった競演会のおかげもあって、悲劇詩というジャンルが抬頭しつつあった。合唱抒情詩は前五世紀に入ってもシモニデス、ピンダロス、バッキュリデスらによってその作品が生み出され爛熟期を迎えたが、またその一方で前五世紀は劇詩というジャンルが興隆し、ついには最盛期に到達した時代でもあった。そして右に見たように、その悲劇に対して合唱抒情詩の中でもとくにステシコロスの作品は大きな影響を与えた。いや、

Maehler, H., *Die Lieder des Bakchylides,* 1. Teil, Ⅰ, Ⅱ, E.J. Brill, Leiden, 1982.
Page, D.L., *Poetae Melici Graeci,* Oxford, 1962.
Page, D.L., *Supplementum Lyricis Graecis,* Oxford, 1974.
Page, D.L., *Further Greek Epigrams,* Cambridge UP, 1981.
Page, D.L., *Lyrica Graeca Selecta,* Oxford, 1992 (1968).
Snell, B., *Bacchylides,* Teubner, Leipzig, 1949.
Snell, B., Maehler, H., *Bacchylides,* Teubner, Leipzig, 1992.

(2) 翻訳

Adrados, F.R., *Lírica Griega Arcaica,* Gredos, Madrid, 1986 (1980).
Higham, T.F. & Bowra, C.M., *The Oxford Book of Greek Verse in Translation,* Oxford, 1953 (1938).
呉茂一『世界抒情詩選 ギリシア・ラテン』河出書房、一九五二年。
呉茂一『ぎりしあの詩人たち』筑摩書房、一九五六年。
呉茂一・高津春繁『世界名詩集大成（一）古代・中世篇』平凡社、一九六〇年。

(1) J・ド・ロミィ（細井敦子・秋山学訳）『ギリシア文学概説』叢書・ウニベルシタス 六〇一、法政大学出版局、一九九八年、七八頁。

呉茂一『花冠』紀伊國屋書店、一九七三年。
呉茂一『ギリシア・ローマ抒情詩選』岩波文庫、一九九一年。

(3) 参考文献

Adrados, F.R., *Orígenes de la lírica griega,* Revista de Occidente, Madrid, 1976.

Adrados, F.R., *El mundo de la lírica griega antigua,* Alianza Editorial, Madrid, 1981.

Barron, J.P., Ibycus: To Polycrates, *Bulletin of the Institute of Classical Studies* 16 (1969), pp. 119-149.

Bowra, C.M., *Greek Lyric Poetry from Alcman to Simonides,* Oxford, 1961.

Easterling, P.E. & Knox, B.M.W., *The Cambridge History of Classical Literature* Ⅰ, Cambridge UP, 1990 (1985).

Lesky, A., *Geschichte der Griechischen Literatur,* Francke, München, 1971.

Page, D.L., Stesichorus: The Geryoneïs, *The Journal of Hellenic Studies* 93 (1973), pp. 138-154.

Parsons, D.J., The Lille 'Stesichorus', *Zeitschrift für Papyrologie und Epigraphik* 26 (1977), S. 7-37.

Schmid, W.u. O.Stählin, *Geschichte der Griechischen Literatur* Ⅰ, München, 1974 (1929).

Webster, T.B.L., *The Greek Chorus,* Methuen, 1970.

West, M.L., Stesichorus, *The Classical Quarterly* 21 (1971), pp. 302-314.

Woodbury, L., Ibycus and Polycrates, *Phoenix* 39 (1985), pp. 193-220.

訳者略歴

丹下和彦（たんげ　かずひこ）

大阪市立大学大学院文学研究科教授

一九四二年　岡山県生まれ

一九七〇年　京都大学大学院文学研究科博士課程中退

一九九三年　和歌山県立医科大学助教授、教授を経て現職

主な著訳書

『ギリシア悲劇全集・5、6』（共訳、岩波書店）

『ギリシア悲劇全集・別巻』（共著、岩波書店）

『ギリシア悲劇研究序説』（東海大学出版会）

カリトン『カイレアスとカッリロエ』（国文社）

『女たちのロマネスク――古代ギリシアの劇場から』（東海大学出版会）

ギリシア合唱抒情詩集《がっしょうじょじょうししゅう》　西洋古典叢書　第Ⅱ期第25回配本

二〇〇二年十一月二十五日　初版第一刷発行

訳　者　丹《たん》下《げ》和《かず》彦《ひこ》

発行者　阪上　孝

発行所　京都大学学術出版会

606-8305　京都市左京区吉田河原町一五-九　京大会館内

電　話　〇七五-七六一-六一八二

FAX　〇七五-七六一-六一九〇

http://www.kyoto-up.gr.jp/

印刷・土山印刷／製本・兼文堂

ISBN4-87698-141-8

固有名詞索引

説明文のあとのアラビア数字は本書頁数を示す。

ア　行

アイアコス (Aiakos)　ゼウスとアソポス河神の娘アイギナとの子。　113, 387, 389, 395, 396

アイアス (Aiās)　サラミスの王テラモンの子。トロイア遠征に従軍。アキレウスの武具をめぐる争いでオデュッセウスに負け、自殺した。　47, 154, 256, 390

アイアティオス (Aiātios)　テッサリアの人。祝勝歌の依頼人。　197

アイガイオン (Aigaiōn)　エーゲ海のこと。　154

アイギアロス (Aigialos)　ペロポンネソス半島北部の海岸地方。アカイアの古名。　74

アイギス (Aigis)　山羊皮の楯。ゼウス神の持ち物。　94, 413

アイギナ (Aigīna)　アソポス河神の娘で、アイアコスの母。またその名にちなむサロニカ湾の島。　194, 271, 281, 362, 370, 382, 384, 388

アイゲウス (Aigeus)　アテナイ王パンディオンの子。テセウスの父。　218, 424, 426

アイサ (Aisa)　運命の女神。モイラに同じ。　6, 467

アイトナ (Aitna)　シケリア島東部の町。前475年にヒエロンによって創建された。　459

アイトラ (Aithrā)　トロイゼン王ピッテウスの娘。アイゲウスによってテセウスを得た。　416

アイトリア (Aitōlia)　ギリシア中西部の地。王アイトロスにちなむ。　124, 345, 357

アウトメデス (Automēdēs)　プレイウス出身の五種競技選手。　358, 360

アウリス (Aulis)　エウボイア島に面したボイオティアの港。トロイア遠征軍はここに集結し、出立した。　154

アカイア (Akhaia)　ペロポンネソス半島北部、コリントス湾に接する地方。　124, 154, 363, 381, 382

アガトクレス (Agathoklēs)　ラリッサのアリストテレス一族の祖。　403

アギド (Agidō)　合唱隊の美少女。　8, 10, 12

アキレウス (Akhilleus)　プティア王ペレウスと海の女神テティスとの子。トロイアへ出征したギリシア軍随一の勇将。パリスに射られて戦死した。　154, 390, 391, 392

アクソス (Axos)　クレタ島中央部の町。　292

アグラオス (Aglaos)　アテナイの競走選手。　367

アグラポン (Aglaphōn)　画家ポリュグノトスの父。　284

アクリシオス (Akrisios)　アルゴス王アバスの子。ダナエの父。ペルセウスの祖父。双生の兄弟プロイトスと王位を争い、アルゴスの王位を得た。　129, 377

アゲノル (Agēnōr)　シリアのテュロスまたはシドンの王。カドモスの父。　431

アゲラオス (Agelāos)　メレアグロスの兄弟。　345

アケロン (Akherōn)　冥界を流れる川。転じて冥界そのものも指す。　296, 475

アサナイ (Asānai)　アテナイに同じ。　30

アシア (Asiā)　ヘレスポントス海峡以東の地を指す。　266, 282

アシネ (Asinē)　アルゴス湾東岸の町。　439, 440

アステュメロイサ (Astymeloisa) 娘の名。 16

アソポス (Āsōpos) プレイウスの近くを流れ、コリントス湾に注ぐ川。 361

アッソス (Assos) トロイア南方、レスボス島に南面する海岸の町。 76

アデイマントス (Adeimantos) 前480年のペルシア侵攻に対して戦ったコリントスの将。 255

アデイマントス (Adeimanthos) 前476年頃のアテナイの執政官。 270

アテナ (Athēnā) ゼウスの娘。ギリシア神話中最大の女神。また処女神。 96, 110, 116, 134, 157, 174, 263, 266, 293, 343, 397, 404, 410, 413

アテナイ (Athēnai) アッティカ地方の主邑。現アテネ。 131, 244, 249−252, 256, 262, 265, 266, 268, 270, 277, 278, 282, 284, 288, 367, 368, 419, 422, 427, 428

アトラス (Atlās) ティタン神族の一人で、天空を支える巨人神。アフリカのアトラス山脈に住むとされる。 219

アドラストス (Adrastos) アルゴス王。テバイ攻め七将の総帥。 106, 129, 155, 180, 294, 359

アトレウス (Atreus) ペロプスの子。兄弟のテュエステスとミュケナイの王位を争う。アガメムノン、メネラオスの父。 115, 153, 277, 381, 405

アナウロス (Anauros) イオルコス近郊の川。 86, 221

アナクサンドロス (Anaxandros) 人名。不詳。 108

アナクシラオス (Anaxilaos) レギオンの住人。騾馬競争に勝利し、シモニデスに祝勝歌を依頼した。 200

アナクレオン (Anakreōn) ギリシア抒情詩人 (前570頃−前5世紀中頃)。 186, 295, 296

アバス (Abās) アルゴス王。プロイトスとアクリシオスの父。 375, 377

アパレウス (Aphareus) イダスとリュンケウスの父。 452

アパレス (Apharēs) アルタイアの兄弟。カリュドンの猪狩りに参加。 346

アプロディテ (Aphrodītē) 愛、美、豊穣の女神。 6, 44, 112, 166, 210, 223, 258, 293, 421, 478

アポロン (Apollōn) ゼウスとレトの子。アルテミスの双生の兄弟。音楽、医術、弓、予言などの権能を司る。また光明の神として「ポイボス Phoibos (輝ける)」なる呼称を有し、太陽と同一視される。 40, 112, 115, 121, 126, 133, 165, 197, 261, 262, 268, 274, 319, 326, 330, 332, 334, 393, 410, 439, 441, 464

アマルシュアス (Amarsyas) テセウスがミノタウロス退治に出かけた折の船の舵手ペレクロスの父。 218

アミュクライ (Amȳklai) スパルタ南部の聖地。 21

アミュンタス (Amyntās) マケドニアの王。アレクサンドロス (大王とは別人物) の父。 454, 456

アライ (Arai) 元来は呪いの意。擬人化されて「破滅、復讐」を表わす女神。 451

アラクサイ (Araxai. アラクソイ Araxoi とも) イリュリア (現ユーゴあたり) の部族名。 75

アリスタルコス (Aristarkhos) 文献学者。アレクサンドリア図書館長 (前180−145年頃)。 24, 50

アリステイデス (Aristeidēs) アテナイ市民クセノピロスの子。シモニデスのディテュランボスのコレーゴス (合唱隊の世話役) を務め、優勝に貢献した。 270

アリストゲイトン (Aristogeitōn) ハルモディオスの友人。協力してアテナイの僭主ヒッピアスとヒッパルコス兄弟の暗殺を図り、後者の殺害には成功したが、自らは捕えられ拷問を受けて死んだ。 249

アリストディコス (Aristodikos) アルケシラオスの父。 292

アリストデモス (Aristodēmos) エリス出身の格闘技選手。 286

アリストテレス (Aristotelēs) テッサリ

アの町ラリッサ出身の運動選手。 403
アリストメネス (Aristomenēs) 競走選手ラコンの父。 353, 354
アリュアッテス (Alyattēs) リュディアの王 (前610－560年在位)。クロイソスの父。 328
アリュッバス (Arybbās) 部族名。 75
アルカディア (Arkadia) ペロポンネソス半島北部一帯。 56, 252, 379
アルクマン (Alcmān) 合唱抒情詩人。 20, 22－24, 28－31, 33, 34, 36, 38, 41－47, 49, 50, 52－60, 63, 66－79, 180
アルクメオン (Alkmeōn. またアルクマイオン Alkmaiōn とも) アンピアラオスとエリピュレの子。第2回目のテバイ攻めの際のいざこざで、父の命令で母を殺し出陣することになる。 106
アルクメナ (ネ) (Alkmēnē) エレクトリュオンの娘。アンピトリュオンの妻。ゼウスによってヘラクレスを生んだ。 196, 248, 342, 440, 478
アルゲイオス (Argeios) ケオス出身の拳闘選手。 331, 318, 322
アルケシラオス (Arkesilaos) 彫刻家。 292
アルケナウテス (Arkhenautēs) クサンティッペの夫。 275
アルケモロス (Arkhemoros) ヒュプシピュレが養育係となっていた幼児。テバイ攻めの七将の軍がネメアの近くを通った際、泉への道案内を乞われたヒュプシピュレが傍らを離れたすきに大蛇に殺された。ネメアの競技祭はその鎮魂の儀に由来する。 219, 359
アルゴス (Argos) 多数の眼を全身に有する巨人。牝牛に変えられたイオを看視しているところを、ゼウスの命をうけたヘルメスに殺された。 42, 429, 430
アルゴス (Argos) ペロポンネソス半島東部の町。 129, 151, 154, 274, 279, 294, 358, 369, 377, 378, 405, 429, 441
アルコン (Alkōn) スパルタ王ヒッポコオンの息子の一人。 6
アルコン (Alkōn) クレタ出身の拳闘選手。 306
アルタイア (Althaiā) カリュドン王オイネウスの妻。 345
アルテミシオン (Artemisiōn) エウボイア島北部の岬。 207, 256
アルテミス (Artemis) ゼウスとレトの子。アポロンの双生の姉妹。処女神、また狩りの女神。 41, 80, 112, 145, 260, 292, 344, 375
アルペイオス (Alpheios) オリュンピアのほとりを流れる川。 324, 339, 350, 352, 357, 374, 384, 397, 459
アレイオス (Areios) スパルタ王ヒッポコオンの息子の一人。 6
アレクサンドロス (Alexandros) マケドニア王アミュンタスの子。同じくマケドニア王 (前498－454年在位)。 454, 455
アレクシダモス (Alexidamos) メタポンティオン出身の格闘技 (レスリング) 選手。 372, 373
アレス (Arēs) 戦の神。ゼウスとヘラの子。 6, 90, 107, 182, 223, 259, 276, 282, 283, 317, 338, 346, 362, 381, 393, 407, 427, 433, 451
アンカイオス (Ankaios) メレアグロスの兄弟。 345
アンテノル (Antēnōr) トロイアの長老。プリアモス王の相談役を務める。 404
アンニコロン (Annikhoron) 小アジアの地名。 74
アンピアラオス (Amphiarāos) アルゴスの英雄。予言能力をもち、テバイ攻めの失敗を予知して七将の出陣に反対した。 86, 107, 132
アンピトリテ (Amphitrītē) ネレイスの一人。海神ポセイドンの妻。 420
アンピトリュオン (Amphitryōn) ヘラクレスの父 (本当の父親はゼウス)。 343, 348, 410
イオ (Īō) イナコスの娘。ヘラの女神官。ゼウスがこれを寵愛したが、ヘラ

の怒りを恐れて彼女の姿を牛に変えた。ヘラは虻を送ってこれを苦しめ、世界中をさまよい歩かせた。　428, 431
イオニア (Iōnia)　小アジア西部、エーゲ海沿岸地方。　34, 158, 412, 422
イオルコス (Iōlkhos)　ギリシア中北部の町。　86, 221
イオレ (Iolē)　オイカリアのエウリュトス王の娘。町を攻略したヘラクレスの愛人となった。　411
イストモス (Isthmos)　コリントスの地峡部。　131, 257, 274, 280, 323, 356, 424
イストロス (Istros)　ドナウ川の古名。　297
イダ (Īdā. イデ Īdē とも)　トロイア東南の山。　76, 341, 414
イタカ (Ithakē)　ギリシア本土の西、イオニア海上の島。オデュッセウスの故国。　468
イダス (Īdās)　アパレウス (または神ポセイドン) とアレネの子。人間では最強の男とされる。　432, 452
イトニア (Itōniā)　テッサリア、ボイオティア、アモルゴス地方でアテナ女神を指すときの名称。　447
イナコス (Īnakhos)　アルゴリスのイナコス川の河神。アルゴスの伝説的創建者。　294, 429
イノ (Īnō)　カドモスとハルモニアの娘。アタマスの妻。先妻の子を憎み亡き者にしようとしたことから、自らも不幸な運命に苛まれる。海の女神レウコテアと同一視される。　163
イピオン (Īphiōn)　コリントス出身の画家。　272
イピクロス (Īphiklos)　プレウロン王テスティオスの子。アルタイアの兄弟。カリュドンの猪狩りに参加した。　346
イベニア (Ibēnia)　リュディアと同義か。　10
イリオン (Īlion)　トロイアの別名。　108, 154, 164, 165, 222, 284, 391, 475
ヴェネティス (Venētis)　イタリア半島北部のアドリア海沿岸部 (現ヴェネティア地方)。　9, 81
ウラニア (Ūraniā)　詩女神ムーサたちの一人。　334, 337, 352, 409
ウラノス (Ūranos)　天空神。ガイアの子。クロノスの父。ゼウスの祖父に当たる。　197, 372
エイオン (Ēiōn)　トラキアのストリュモン河畔の町。　278
エウアゴラス (Euagorās)　拳闘家カスミュロスの父。　272
エウエノス (Euēnos)　プレウロンの王。マルペッサの父。　451
エウクサンティオス (Euxantios)　ミノス王の子。ケオスの伝説的王。　317, 323
エウテイケス (Euteikhēs)　スパルタ王ヒッポコオンの息子の一人。　6
エウデモス (Eudēmos)　人名。不詳。　482
エウノミア (Eunomiā)　「秩序」の意。その擬人化された女神。　396, 408
エウパラモス (Eupalamos)　工匠ダイダロスの父。　435
エウボイア (Euboia)　ボイオティア地方東沖に浮かぶ大島。　251, 260, 369
エウリポス (Eurīpos)　エウボイア島と本土とを分かつ海峡。　250
エウリュディケ (Eurydikē)　ネメアの王リュクルゴスの妻。アルケモロスの母。　219
エウリュトス (Eurytos)　スパルタ王ヒッポコオンの息子の一人。　6
エウリュメドン (Eurymedōn)　小アジア南部 (キュプロス島対岸) を流れる川。　283
エウロタス (Eurōtās)　スパルタを流れる川。スパルタの名祖スパルテはこの川の河神エウロタスの娘。　21, 158
エウロパ (Eurōpē)　ミノス王の母。　317
エオス (Ēōs)　曙の女神。　339, 415, 460
エキドナ (Ekhidona)　上半身女で下半身が蛇の怪物。　341

エテオクレス（Eteoklēs）　オイディプスとイオカステの子。兄弟ポリュネイケスとテバイの王位を争い、一騎討ちをしてともに果てる。　129

エトルリア（Etrūria）　イタリア中部地方。　302

エナルスポロス（Enarsphoros）　スパルタ王ヒッポコオンの息子の一人。　5

エニュアリオス（Enyalios）　軍神アレスの異称。　144, 182

エパポス（Epaphos）　イオとゼウスとの子。　431

エピダウロス（Epidauros）　アルゴリス地方の町。　281

エピュラ（Ephyra）　コリントスの古名。　244

エリス（Eris）　「不和、争い」の擬人化された女神。　178

エリス（Ēlis）　オリュンピア北西の地方、また町。　286

エリピュレ（Eriphȳlē）　アルゴス王タラオスの娘。アドラストスの姉妹。アンピアラオスの妻。アルクマイオンの母。　106

エリボイア（Eriboia）　サラミスの王テラモンの妻。アイアスの母。　390

エリボイア（Eriboia）　クレタ王ミノスに言い寄られたアテナイの少女。　413

エリュシケ（Erysikhē）　ギリシア中西部アカルナニア地方の町。のちのオイニアダイ。　28

エロス（Erōs）　恋の神。アプロディテの息子。　44, 172, 223, 288

エンデイス（Endēïs）　アイアコスの妻。ペレウスとテラモンの母。アキレウスの祖母。　389

オイオリュケ（Oiolykē）　ヘカトンケイル（百手巨人）の一人ブリアレオス（別名アイガイオン）の娘。　175

オイカリア（Oikhalia）　エウボイア島東部の町。　410

オイクレス（Oiklēs）　アンピアラオスの父。　132, 359

オイヌス（Oinūs）　スパルタ近郊の地。　55

オイネウス（Oineus）　カリュドンの王。メレアグロスの父。　344, 345, 349, 368

オイノネ（Oinōnē）　薬草の知識をもつニンフ。トロイアの王子パリスに愛された。のちトロイア戦争で負傷したパリスを救うことを拒否し、それを悔いて自ら命を絶った。　462

オッサ（Ossa）　テッサリア北東部の山。　298

オデュッセウス（Odysseus）　イタケの王ラエルテスの子。トロイア戦争に出征し、知将として勝利に貢献したあと、帰路10年間漂流と冒険を重ね、出征以来20年目にして故郷へ帰着し、荒らされていたわが家の再建を果たした。　50, 115, 116, 405

オトリュアダス（Othryadēs）　テュレアの戦い（前546年頃）のスパルタ側存命者。　294

オノグロイ（Onogloi）　スパルタ近郊の地。　55, 56

オピス（Ōpis）　アテナイの工芸家。　293

オプス（Opus）　ロクリス地方の町。　266

オリュンポス（Olympos）　マケドニアとテッサリア国境にそびえるギリシア最高峰。その山頂にギリシアの神々が住居する。　14, 91, 241, 350, 372, 464

オリラス（Orillas）　騾馬曳き競走の御者。　200

オルペウス（Orpheus）　ホメロス以前の伝説的詩人、また音楽家。オルペウス教の創設者でもある。　222

カ 行

カスタリア (Kastalia)　デルポイの泉。　326
カストル (Kastōr)　ゼウスとレダの子。双子の兄弟ポリュデウケスと合わせてディオスクロイ (ゼウスの息子たち) と呼ばれる。　14, 18, 157
カスミュロス (Kasmylos)　ロドス島出身の拳闘家。　272
カッサンドラ (Kassandrā)　トロイア王プリアモスとヘカベとの娘。予言能力をもつが、その予言は誰にも信じてとらえないという宿命をもつ。トロイア陥落後アガメムノンの側女としてギリシアへ渡るが、クリュタイメストラによってアガメムノンともども謀殺される。　111, 152, 176
カドモス (Kadmos)　フェニキアのテュロスの王アゲノルの子。ギリシアへ来てテバイ市を建て、ゼウスからアプロディテとアレスの娘ハルモニアを妻として与えられ、一族の祖となった。　128, 176, 431
カリアス (Kalliās)　人名。不詳。　248
カリアス (Kalliās)　運動選手 (?)。　162
カリオペ (Kalliopē. またはカリオペイア Kalliopeia)　詩女神ムーサたちの一人。叙事詩を司る。　31, 134, 350, 429
カリス (Kharis. 複数はカリテス Kharites)　美と優雅を表徴する 3 人の女神。　7, 119, 166, 173, 336, 370, 407, 428
カリテス　→カリス
カリュストス (Karystos)　アルカディア近郊の地。　55, 56
カリュドン (Kalydōn)　ギリシア中西部アイトリア地方の町。またその地の名祖。　146, 344, 478
カリュブディス (Kharybdis)　海の渦巻きが擬人化された女の怪物。　203
カリロエ (Kallirrhoē)　オケアノスの娘。クリュサオルの妻。ゲリュオンの母。　90
ガルガロス (Gargaros)　トロイア地方、イダ山地の町。　76
カルキス (Khalkis)　ギリシア中西部アイトリア地方のコリントス湾岸の地。　250, 251
カレス (Kharēs)　ロドス島リンドスの人。ロドスの巨像の製作者。　289
カレス (Kharēs)　オピスの父。　293
キオス (Khios)　エーゲ海中東部の島。　66, 242, 300
ギガス (Gigās. 複数形はギガンテス Gigantes)　巨人族。　408
ギガンテス　→ギガス
キタイロン (Kithairōn)　アッティカ地方とボイオティア地方を分ける山。　298
キニュラス (Kinyras)　キュプロス島の伝説上の王。　16
キモン (Kimōn)　画家。　273
キュアラス (Kyarās)　ペルシア帝国創建者キュロス (Kȳros) のことか。　182
キュクロプス (Kyklōps)　一つ目入道の怪物。ティリュンス市の大城壁の構築者とされる。　378
キュドニア (Kydōniē)　クレタ島北西部の町。　103
キュトン (Kytōn)　コリントスの運動選手。　292
キュプリス (Kypris)　アプロディテのこと。アプロディテ崇拝の中心地キュプロス島にちなむ。　44, 132, 152, 171－173, 258, 291, 349, 364, 413, 435, 455, 477
キュプロス (Kypros)　地中海最東の島、アプロディテ女神の生誕地。　6, 42, 282
キュベレ (Kybelē)　アナトリア地方 (小アジア) の大地女神。　290
キラ (Kirrha)　デルポイの麓にある町。　335, 373, 403
キルケ (Kirkē)　アイアイア島に住む魔術に長けた女神。オデュッセウスの一行が漂着した際、部下を豚に変えたが、オデュッセウスには失敗し、のち一年間彼と同棲した。　50
クサンティッペ (Xanthippē)　アルケナウテスの妻。　275
クサントス (Xanthos)　小アジア南部リ

ュキア地方を流れる川。　13
クセノピロス (Xenophilos)　ディテュランボスのコレーゴス (合唱隊の世話役) を務めたアリステイデスの父。　270
クナカロス (Knakalos)　アルカディア地方の山。アルテミス女神の崇拝地。　81
クノ(ッ)ソス (Knōs(s)os)　クレタ島の主邑。　317, 415, 421
グライケス (Graikes)　ギリシア人の意。　77
グラウコス (Glaukos)　シシュポスの子。エピュラ、のちのコリントスの王。　244
グラウコス (Glaukos)　拳闘家ピロンの父。　271
グラウコス (Glaukos)　不詳。シノペのテオグニスの友人。　304
クラナオス (Kranaos)　アテナイの伝説的王。大地より生まれたとされる。　482
クリオス (Krios)　オリュンピア競技祭に出場し、負けた格闘技 (レスリング) 選手。　194
クリュサオル (Khrȳsāōr)　ポセイドンとメドゥサの子。オケアノスの娘カリロエと交わってゲリュオンの父となった。　90, 92, 161
クリュメノス (Klymenos)　アイトリアの部族クレテスの一人。　347
クレイオ (Kleiō)　九柱の詩女神ムーサたちの一人。歴史を司る。　224, 324, 382, 384, 399
クレイステネス (Kleisthenēs)　キオス島の人。　300
クレウサ (Kreūsa)　アテナイ王アイゲウスの母。異伝ではアイゲウスの母はピュリア。クレウサはクストゥスの妻で、アポロンによってイオンの母となったとされる。　423
クレエシッポス (Kleēsippos)　人名。不詳。　82
クレオデモス (Kleodēmos)　トラキアで戦死した兵士。　299
クレオナイ (Kleōnai)　コリントス南西の地。　131
クレオプトレモス (Kleoptolemos)　テッサリア出身の戦車競技の選手。　400, 401
クレオブロス (Kleobūlos)　ロドス島リンドスの支配者 (前600年頃)、七賢人の一人ともみなされる。　225, 226
クレオンブロトス (Kleombrotos)　スパルタのレオニダス王の兄弟。パウサニアスの父。　276
クレス (Kūrēs)　アイトリアの部族。カリュドン人の敵。　346
クレタ (Krētē)　エーゲ海最南部の大島。　59, 302, 306, 316, 412, 436
クレミュオン (Kremmyōn. あるいはクロミュオン Krommyōn)　コリントス、メガラ間の一地名。　424
クロイソス (Kroisos)　リュディアの王 (前560−546年在位)。　303, 326
クロノス (Kronos)　天空の神ウラノスと大地女神ガイアの子。レアを妻とし、デメテル、ヘラ、ハデス、ポセイドン、ゼウスらの父となる。　128, 197, 320, 350, 354, 369, 377, 388, 417, 418, 424
ゲー (Gē. ガイア Gaia とも)　「大地」の意。その擬人化された女神。　408
ケオス (Keos)　キュクラデス諸島の北、スニオン岬の東に浮かぶ島。　114, 239, 240, 306, 311, 322, 333, 352, 353, 355, 356, 412, 422, 428, 482
ケナイオン (Kēnaion)　エウボイア島北西端の岬。　410
ケペウス (Kēpheus)　アルカディアのテゲアの王アレオスの子。アルゴ遠征隊に参加。　48
ゲラネイア (Geraneiā)　メガラ西方の山脈。　297
ゲリュオン (Gēryōn)　ガデス (現カディス。イベリア半島南端) 付近のガデイラ島に棲む三頭三身の怪物。ヘラクレスに殺された。　87, 88, 95, 96, 99, 161, 164
ケール (Kēr)　死神、死霊、運命。　208
ケルキュオン (Kerkyōn)　盗賊。エレウ

シスとメガラの間の「ケルキュオンの格闘場」と呼ばれる場所で通行人に勝負を挑み、これを殺した。のちテセウスに退治された。 424
ゲロン (Gelōn) ゲラとシュラクサイの僭主 (前491/0－478年在位)。 271, 273, 274
コキュトス (Kōkȳtos) 冥界の川。嘆きの川の意。 341
コラクサイア (Kolaxaia) スキュティアと同義か。 10
コリントス (Korinthos) ペロポンネソス半島へ入る地峡部近くの町。 131, 144, 164, 216, 222, 244, 245, 256－258, 272, 275, 280, 281, 292
ゴルギッポス (Gorgippos) 人名。不詳。 304
コルキュラ (Korkyra. ケルキュラ Kerkyra とも) ギリシア北西部エペイロス地方沖の島。 271
ゴルテュン (Gortyn) クレタ島中部の町。 302

サ 行

ザキュントス (Zakynthos) ペロポンネソス半島北西部エリス地方沖の島。 230
サモス (Samos) ペロポンネソス半島北西部エリス地方の町。 143, 144
サモス (Samos) 小アジア南部イオニア地方のエペソスの沖合に浮かぶ島。 252
サラミス (Salamīs) アテナイの沖合、サロニカ湾に浮かぶ島。 256, 257, 260, 263
サルディス (Sardīs) 小アジア西部リュディアの都。 28, 326
サルペドン (Sarpēdōn) ゼウスとラオダメイアの子。リュキア勢を率いてトロイアへ出陣した。 464
シケリア (Sikeliē) イタリア半島南端の島。 270, 324
シニス (Sinis) コリントスの地峡部に住んでいた盗賊。二本の松の木を曲げてその間に旅人を結び、股裂きにして殺した。テセウスに退治された。 424
シノペ (Sinōpē) 黒海南岸の町。 304
シモエイス (Simoeis) トロイアを流れる川。 110, 464
シモニデス (Simōnidēs) 合唱抒情詩人 (前556頃－468年)。 86, 193－196, 199－201, 206, 215－224, 226－231, 233－237, 239－249, 252, 253, 260, 269－271, 284, 293, 294, 298, 306
シュラクサイ (Syrākūsai) シケリア島の都。 183, 324, 334, 336, 350, 458
シリウス (Sirius) セイリオス Seirios のラテン名。星座オリオンの猟犬。 10, 179, 180
スカマンドロス (Skamandros) トロイアを流れる川。 113, 395
スキュティア (Skythia) 黒海の北部地方。 69, 78, 297
スキロン (Skīrōn) ポセイドンあるいはペロプスの子。メガラの海岸に住み、通行人に自分の足を洗わせ、海中に蹴落して大亀に喰わせた。のちテセウスによって自分も同じ運命を辿ることとなった。 297, 424
スコパス (Skopās) テッサリアの豪族スコパス家の創建者。シモニデスのパトロン。 213
スコパス (Skopās) パロス島出身の彫刻家 (前4世紀)。 289
スタトゥモイ (Stathmoi) スパルタ近郊の地。 55, 56
ステュクス (Styx) 冥界を流れる川。 372
ストリュモン (Strȳmōn) トラキア地方の川。 278
スパルタ (Sparta) ペロポンネソス半島南部の主邑。 19, 20, 22, 37, 55－57, 59, 62, 206, 237, 253, 254, 261, 265, 266, 276, 294, 301, 432
スピンテル (Spinthēr) 人名。不詳。 306
スペルケイオス (Sperkheios) ギリシア中部テルモピュライの北を流れる川。 253

スメルディエス（Smerdiēs）　トラキアの少年。アナクレオンの少年愛の対象者。　296
セイリオス　→シリウス
セイレン（Seirēn）　上半身は女性、下半身は鳥の海の怪物。その歌声で人を魅了し死に至らしめる。　13, 32
ゼウス（Zeus）　神界の最高神。クロノスとレアの子。　7, 31, 32, 38, 39, 50, 80, 96, 101, 112, 114, 141, 142, 145, 151, 174, 175, 194, 195, 215, 236, 244, 259, 291, 294, 305, 311, 317, 325, 326, 329, 331, 337, 340, 342, 350－352, 354, 357, 358, 362, 366, 369, 372, 376, 377, 384, 386, 407, 410, 411, 414－419, 429－431, 460, 462
セメレ（Semelē）　カドモスとハルモニアの子。ゼウスによってディオニュソスを生んだ。　431, 432
ソポクレス（Sophoklēs）　悲劇作家（前496－406年）。　77, 178, 228, 286

タ　行

ダイアネイラ　→デイアネイラ
ダイダロス（Daidalos）　クレタの伝説的工人。　273, 436
ダイピュロス（Daïpylos）　クリュメノスの父。　347
タソス（Thasos）　エーゲ海北端の島。　284
タナイス（Tanais）　ドン川の古名。　297
ダナオイ（Danaoi）　ギリシア人の一呼称。元来リュビア王で、兄弟アイギュプトスとの争いから50人の娘とともにギリシアに来訪し、アルゴス王となったダナオスをその名祖とする。　112, 155, 222, 277, 393
ダナオス（Danaos）　元リュビア王であったが、兄弟のアイギュプトスとの不和からアルゴスへ移り住み、そこの王となった。ダナオイ人の名祖。　378
タラオス（Talaos）　アルゴス王アドラストスの父。　359
ダルダノス（Dardanos）　ゼウスとアトラスの娘エレクトラとの子。　111, 117, 151, 390
タルテッソス（Tartēssos）　イベリア半島南部、今日のカディス付近を流れる川（現グアダルキヴィル川）。　88
ダレイオス（Dāreios）　前521－486年。ペルシア王。前490年ギリシアへ侵攻。マラトンの決戦に破れて退却。　251, 252, 268
ダンディス（Dandis）　アルゴス出身の競走選手。　274
テアイロス（Theairos）　トラキアの川。　299
テアノ（Theānō）　トロイアのアンテノルの妻。　405
デイアネイラ（Dēianeira. またダイアネイラ Daianeira）　カリュドン王オイネウスとアルタイアの娘。ヘラクレスの妻。夫の愛情を取り戻そうとしてケンタウロス族のネッソスに貰った媚薬（実は毒薬）を使用し、ヘラクレスを死に至らしめ、自らも自死した。　349, 409, 411, 479
ディオドロス（Diodōros）　コリントスの三段櫂船の船長。　258
ディオニュシオス（Dionysios）　画家。　273
ディオニュソス（Dionȳsos）　別名バッコス。ゼウスとセメレの子。狂乱を伴う祭儀をもつ神。葡萄の神。酒の神。また演劇の神でもある。　46, 66, 240, 366, 402, 432, 455
ディオポン（Diophōn）　五種競技選手。ピロンの子。　280
ディケ（Dikē）　「正義」の意。その擬人化された女神。　166, 408
テイシアス（Teisias）　アイギナ島出身の格闘技（レスリング）選手。　382
ディデュモス（Didymos）　クレタのアルコンの父。　306
デイノメネス（Deinomenēs）　シュラクサイの僭主ゲロンとヒエロン兄弟の父。　274, 324, 335, 338
ディピロス（Dīphilos）　クレオデモスの父。　299

ティマシンブロタ (Tīmasimbrotā)　スパルタ王エウリュクラテスの娘。ポリュドロスの姉妹。　19
ティマルコス (Tīmarkhos)　人名。不詳。　298
ティメノル (Timēnōr)　人名。不詳。プロトマコスの祖父。　301
ティモクセノス (Timoxenos)　五種競技の選手アウトメデスの父。　366
ティモクレオン (Timokreōn)　ロドス出身の詩人 (前5世紀前半)。　275
ティリュンス (Tīryns)　アルゴス市南東の町。　376, 377
ディルケ (Dirkē)　テバイ王リュコスの妻。テバイの泉ディルケにその名を与えた。　127
ディルピュス (Dirphys)　エウボイア島の山。　250
テイレシアス (Teiresiās)　テバイの盲目の予言者。　128, 130
テオグニス (Theognis)　シノペの人。　304
テオグネトス (Theognētos)　アイギナ島出身の格闘家 (レスラー)。　271
テオクリトス (Theokritos)　人名。不詳。　448
テオス (Teōs)　イオニア地方のエーゲ海沿いの町。　295, 296
テオドロス (Theodoros)　人名。不詳。　303
デクシテア (Dexitheā)　ダモンの娘。ミノス王の妻。　317
テクモル (Tekmōr)　世界の終末。　20, 21
テゲア (Tegea)　アルカディア地方の町。　279, 281, 286, 287
テスティオス (Thestios)　プレウロン王。アルタイア (メレアグロスの母) など三男四女の父。その子プロカモンとクリュティオスは、カリュドンの猪退治のあと、甥のメレアグロスに殺された。　123, 346
テセウス (Thēseus)　アテナイ王アイゲウス (あるいは神ポセイドン) の子。アテナイの伝説的英雄。クレタのミノタウロスを退治した。　218, 412, 413, 418, 420, 422
テッサリア (Thessalia)　ギリシア中部地方。　27, 34, 198, 298, 400, 403, 427
テティス (Thetis)　創造を司るもの。　20
テバイ (Thēbai)　ボイオティア地方の主邑。　125, 130, 177, 281, 360, 431
テベ (Thēbē)　アソポス河神の娘。テバイ市の名祖。　362
テミス (Themis)　「掟」の意。その擬人化された女神。　159, 408
デメテル (Dēmētēr)　穀物など大地の生産物の女神。エレウシスがその聖地。　281, 324
デメトリオス (Dēmētrios)　ヘルメス像献納者。　281
デモクリトス (Dēmokritos)　ナクソス島の三段橈船の指揮官。　263
テュイアス (Thȳias)　酒神ディオニュソスの供をする女。バッケー、マイナスに同じ。　46
テュケ (Tykhē)　「運、めぐり合わせ」を擬人化した女神。　46, 47, 254
テュレア (Thyreē)　ラコニアとアルゴスの国境の町。　294
テュンダレオス (Tyndareōs)　スパルタ王。クリュタイメストラ、ヘレネの父。　22, 132, 157
テラプナイ (Therapnai)　スパルタ南方の地。ディオスクロイの崇拝地。　26
テラモン (Telamōn)　アイギナ島のアイアコスとエンデイス夫妻の子。ペレウスの兄弟。大アイアスの父。サラミス島の王。　154, 389
テルパンドロス (Terpandros)　レスボス島出身の音楽家。前7世紀前半の人。　24, 37
デルポイ (Delphoi)　ポキス地方の町。アポロン神の神託所で有名。　261, 262, 280, 326, 409, 410, 459
テルモドン (Thermōdōn)　黒海に注ぐ小アジアの川。　361
テルモピュライ (Thermopylai)　ギリシア中部ロクリス地方の地。前480年、侵攻してきたペルシア軍とレオニダス

王に率いられたスパルタ軍がここで対戦し、スパルタ軍は玉砕した。 206
テレマコス (Tēlemakhos) オデュッセウスとペネロペイアの子。父の消息を尋ねてスパルタのメネラオスの許を訪ねる。 116
デンティス (Denthis) スパルタ近郊の地。 55
トゥリオイ (Thūrioi) 南イタリアのギリシア植民都市。 285
トゥリュゲアイ (Trygeai) 地名。不詳。 25
トラキア (Thrākia) ギリシア北部、ヘレスポントス海峡西側一帯の地。 171, 240, 296, 299
トラシュス (Thrasys) 格闘技選手アリストデモスの父。 286
トラシュブロス (Thrasybūlos) シュラクサイの僭主ヒエロンの兄弟。 273
ドリエウス (Dōrieus) 南伊トゥリオイの運動選手、また政治家。 285
ドリュオプス (Dryops) ギリシア先住民族の王。その一族がドリュオプス人。はじめ彼らはパルナッソス近辺に居住していたが、ドリス人に追われて、テッサリアやエウボイア島、ペロポンネソスなどへ移住した。 124
ドリュクレス (Doryklēs) 戦士（?）。 48
トロイア (Troia) ヘレスポントス海峡入口のアジア側にある都市。ホメロス『イリアス』に描かれたトロイア戦争で名高い。 76, 104, 106, 108, 110, 112, 114, 115, 152－155, 277, 362, 392, 394, 405－407
トロイゼン (Troizēn) アルゴリス地方東端の町。 416

ナ 行

ナイアス (Nāias) 河泉のニンフ。 46, 155
ナイル (Neilos) エジプトの川。 361, 431, 469
ニオベ (Niobē) タンタロスの娘。レトに対し子供の数の多さを誇ったため、その怒りを買い、レトの子のアポロンとアルテミスによって子供たちを殺された。 462
ニケ (Nīkē) 「勝利」の擬人化された女神。 259, 338, 353, 372, 382, 386, 482
ニコディコス (Nikodikos) 人名。不詳。 302
ニコラダス (Nikolāidas) コリントス出身の運動選手。 280
ニソス (Nīsos) 伝説上のメガラ王。 260
ニュルシュラス (Nyrsylas) 地名か。不詳。 81
ネオプトレモス (Neoptolemos) アテナイの博愛家 (前4世紀中頃)。 288
ネッソス (Nessos) ケンタウロス族の一人。ヘラクレスに射殺されたが、いまわの際に傷口の血糊を媚薬と偽ってデイアネイラに与え、のちのヘラクレスの死を準備した。 412
ネメア (Nemea) アルゴス北方のゼウスの聖地。競技祭開催地。 274, 280, 286, 356, 358, 360, 365, 369, 382－384, 387
ネレイス (Nereīs. 複数形はネレイデス Nērēides) ネレウスとドリスから生まれた50人の娘たち。海のニンフ。 415
ネレウス (Nēreus) ポントス (海) とガイア (大地) の子。海神で予言能力をもつ。テティスをはじめとするネレイスたちの父。 311, 391, 420

ハ 行

パイアン (Paiān) アポロン讃歌。 58, 444, 458
パイスコス (Phaiskos) メタポンティオンの格闘技選手アレクシダモスの父。 373
パウサニアス (Pausāniās) スパルタの将。プラタイアでの対ペルシア戦 (前479年) におけるギリシア軍司令官。 261, 276
パクトロス (Paktōlos) リュディアの川。

328
ハゲシコラ (Hagēsikhorā)　合唱隊の美少女。　9－12
ハゲシダモス (Hagēsidamos)　デュメの女性合唱隊の長の名。ダモティモスの息子。　22, 23
パシパエ (Pāsiphaē)　クレタ王ミノスの妻。牡牛と交わってミノタウロスを生んだ。　435
バッキュリデス (Bakkhylidēs)　ケオス島生まれの合唱抒情詩人（前 6 世紀末－ 5 世紀後半)。　138, 434, 437, 438, 444, 448, 466, 469, 471, 482
バッコス (Bakkhos)　ディオニュソス神の別称。　286, 289
ハデス (Hādēs)　クロノスとレアの子。死者の国の支配者。転じて冥府の意も。　133, 296, 475
パラス (Pallas)　アテナ女神の別称。　133, 141, 142, 251, 404, 482
ハリエイス (Halieis)　アルゴリス地方南東部の町。　441
パリス (Paris)　トロイア王プリアモスの子。アレクサンドロスともいう。スパルタからヘレネを拉致し、トロイア戦争の因をつくった。　48, 152, 462
ハルパゴス (Harpagos)　俊馬。ポダルゲの仔。　85
ハルモディオス (Harmodios)　アリストゲイトンの友人。ともにアテナイの僭主ヒッピアスとヒッパルコス兄弟の暗殺を図り、後者の殺害には成功したが自らも殺された。　249
パロス (Paros)　エーゲ海南部キュクラデス諸島の一つ。　292
パン (Pān)　山野の精。上半身は人間で下半身は山羊。有髯、２本の角、蹄のある足をもつ。　252
パンアテナイア (Panathēnaia)　アテナイの祭礼の一つ。競技会が催された。　280
パンディオン (Pandīōn)　アテナイ王。アイゲウスの父。　413, 423
パンテイデス (Pantheidēs)　拳闘選手アルゲイオスの父。　319, 323
ピエリア (Pīeria)　オリュンポス山麓のマケドニア南東の地。ムーサ崇拝の発祥地。　167, 241, 311, 409, 428, 430
ヒエロン (Hierōn)　シュラクサイの僭主（前478－467年在位)。　242, 270, 273, 324, 330, 333, 334, 337, 340, 350, 351, 458, 459
ピタネ (Pitanē)　スパルタの部族あるいは集落の名。　56
ピッタコス (Pittakos)　レスボス島ミュティレネの支配者。ソロンやタレスとともにギリシア七賢人の一人とされる。　211
ピッテウス (Pittheus)　トロイゼンの王。アトレウス、テュエステスの兄弟。アイトラの父。　415
ヒッパルコス (Hipparkhos)　ペイシストラトスの子。前 6 世紀末、父の跡を継いでアテナイを支配した僭主。　249
ヒッピアス (Hippiās)　前 6 世紀後半アテナイを支配した僭主。父ペイシストラトスも高名なる僭主であった。　267, 268
ヒッポロコス (Hippolokhos)　ベレロポンテスの息子。リュキア人の将としてトロイアへ赴いたグラウコスの父。　48
ピテュオデイス (Pityōdeis)　ピテュウッサイ諸島（現バレアレス諸島)。　78
ビュザンティオン (Bȳzantion)　ボスポロス海峡部西に位置する都市。　276
ピュテアス (Pytheas)　アイギナ島出身のパンクラティオンの選手。ランポンの子。　384, 396
ピュティア (Pȳthia)　デルポイのアポロン神の祭礼。競技会が催された。　272, 286, 334, 372
ピュティアス (Pythias)　芸妓。　291
ピュト (Pȳthō)　デルポイの別名。　198, 274, 280, 330, 339, 356, 383, 410, 439－441
ピュトナクス (Pythōnax)　人名。不詳。メガリストスの子。　300
ヒュドラ (Hydrā)　毒をもつ水蛇。ヘラクレスに退治されたレルネの沼地のそ

れをとくに指す。 99
ヒュペリオン (Hyperīōn) ティタン族。ウラノスとガイアの子。ヘリオス、セレネ、エオスらの父。 100
ヒュペルボレオイ (Hyperboreoi) 極北に住む民族。 330
ピュリコス (Pyrrhikhos) テッサリアの戦車競技の選手クレオプトレモスの父。 402
ピュロス (Pyrrhos) ギリシア中西部エピルスの王家の創建者。 198
ピロン (Philōn) コルキュラ出身の拳闘家。 271
ピロン (Philōn) 五種競技選手ディオポンの父。 280
フェニキア (Phoenīkia) 中東の一地方。現シリア、レバノンあたり。 256, 282, 416
プシュラ (Psyra) エーゲ海中部、キオス島の西に浮かぶ小島。 66
プラクシテレス (Praxitelēs) アテナイの彫刻家 (前4世紀中頃)。 288
プリアモス (Priamos) トロイア王ラオメドンの子。トロイア戦争時のトロイア王。妃ヘカベをはじめ多くの妾たちから50人におよぶ子供たちを得た。 117, 151, 152, 176, 381, 406
ブリアレオス (Briareōs) ヘカトンケイル (百手巨人) の一人アイガイオンの別名。 175
プリウス (Phliūs) コリントス南西の町。 281
ブリセイス (Brīsēis) アポロンの神官ブリセウスの娘。アキレウスの愛人。 392
プリュギア (Phrygia) 小アジア北部トロイア一帯を指す地方名。 63, 68, 119, 357, 471
ブリュソン (Brysōn) アテナイの若者。 293
プリュネ (Phrynē) 高名な芸妓 (前4世紀中頃)。 288
プレイアデス (Pleiades. 単数はプレイアス Pleias) アトラスとプレイオネとのあいだの7人の娘。ゼウスによって星にされた。 10, 220

プレイウス (Phleius) ペロポンネソス半島、コリントス南西の町。 358
プレイステネス (Pleisthenēs) ペロプスの子。アトレウス、テュエステスの兄弟。時にアガメムノンとメネラオスの父と目されることがある。 117, 122, 153, 407
プレウロン (Pleurōn) アイトリア地方の町。カリュドンの北西。 348, 433
プロイトス (Proitos) アルゴス王アバスの子。双生の兄弟アクリシオスと王位を争い、アクリシオスはアルゴスの王に、プロイトスはティリュンスの王となった。 375, 377, 378
プロゲオス (Phlogeos) 俊馬。ポダルゲの仔。 85
プロコプタス (Prokoptās) ふつうプロクルステスの名で知られる盗賊。旅人を無理やり自分のベッドに寝かせ、身長が短い場合は身体を叩き伸ばし、身長が長すぎる場合は端を切り落としてベッドに合わせた。のちテセウスに退治された。 424
ブロタコス (Brotakhos) 人名。不詳。 302
プロトマコス (Prōtomakhos) 人名。不詳。 301
ペイシストラトス (Peisistratos) アテナイの僭主ヒッピアスの子。高名な祖父の名を継いだもの。 268
ペイト (Peithō) 「説得」の擬人化された女神。 173
ペイレネ (Peirēnē) コリントス市の名泉ペイレネの名祖。アソポス河神の娘。 363
ヘカテ (Hekatē) 地下の女神。松明を手に地獄の犬を従えて道端に姿を現わすと考えられている。 46, 438
ヘクトル (Hektōr) トロイア王プリアモスと后ヘカベの長子。トロイア戦争でのトロイア軍の総大将。 165, 390, 394
ヘシオドス (Hēsiodos) 前8世紀末頃のギリシアの叙事詩人。『仕事と日』、『神統記』で有名。 73, 106, 121, 134, 351

ヘスティア (Hestiā) 炉の女神。 403
ヘスペリデス (Hesperides. 単数はヘスペリス Hesperis)「夕べの娘たち」の意。世界の西端、オケアノスの流れの近くにある黄金の林檎の園の番人。 88
ペネイオス (Pēneios) テッサリアの川。 403
ヘパイストス (Hēphaistos) 火と鍛冶の神。ゼウスとヘラの子。 293
ヘブロス (Hebros) トラキア地方の川。 409
ヘメラ (Hēmerā) アルテミスの異称。 375
ヘラ (Hērā) ゼウスの妻。オリュンポスの女神中最高の女神。 251, 252, 343, 375, 380, 429
ヘラクレス (Hēraklēs) ギリシア神話伝承中最大の英雄豪傑。ゼウスの子。数多の難業を成し遂げ勇名を馳せたが、最後は妻デイアネイラに誤って毒薬を盛られて死んだ。 92, 102, 160, 175, 276, 358, 409
ペリアンドロス (Periandros) コリントスの僭主 (前625頃−585年頃在位)。 275
ヘリオス (Hēlios) 太陽神。ヒュペリオンの子。クレタ王ミノスの妻パシパエの父。 101, 416
ペリオン (Pēlion) テッサリア東部の町イオルコスの東に位置する山。 260, 298
ペリクレイトス (Perikleitos) 人名。不詳。 447
ヘリコン (Helikōn) ギリシア中部ボイオティアの山。ムーサの山として有名。 153
ペルシア (Persia) 前6世紀半ば以降オリエントの地に覇を唱えた一大王国およびその所領地。 74, 244, 256−266, 278, 282, 283, 326
ペルセウス (Perseus) アルゴスのアクリシオス王の娘ダナエとゼウスの子。ダナエは禁断の子を生んだとして、父アクリシオスによって子のペルセウスもろとも海へ流される。 214, 219, 385
ペルセポネ (Persephonē) ゼウスとデメテルの娘。冥界の王ハデスの妻。 304, 340
ヘルメス (Hermēs) ゼウスの末子。母は山の精マイア (ス)。 85, 219, 278, 279, 281
ペレイアデス (Pelēiades. ふつうはプレイアデス Plēiades) アトラスとプレイオネの7人の娘。マイアもその一人。のち星座となった。 219, 220
ペレウス (Pēleus) アイギナ島のアイアコスとエンデイス夫妻の子。テラモンの兄弟。アキレウスの父。 160, 389, 390
ペレクロス (Phereklos) テセウスがミノタウロス退治に出かけた折の船の舵手。 218
ペレス (Pherēs) テッサリアのペライ市の創建者。アドメトスの父。 332
ペレニコス (Pherenikos) ヒエロンの持ち馬の競走馬。 339, 350, 459
ヘレネ (Helenē) スパルタ王メネラオスの妻。トロイアの王子パリスに誘惑されて出奔し、トロイア戦争の因をなした。 103−106, 151, 404
ペレネ (Pellēnē) アカイア地方の町。 369
ペロプス (Pelops) タンタロスの子。ピサの伝説的王。ペロポンネソスは「ペロプスの島」の意。 312, 350, 354, 357, 374, 383
ペロポンネソス (Peloponnēsos) コリントスの地峡部以西の大半島部の地域。 265
ボイオティア (Boiōtia) ギリシア東部、テバイ市一帯の地。 124, 250, 251, 260, 351, 465, 466
ボイディオン (Boidion) 芸妓。 291
ポイニクス (Phoinix) フェニキア王アゲノルの子。エウロペの父 (または兄弟)。 414
ポイボス (Phoibos) アポロン神の異称。 40, 155, 301, 302, 306, 326, 440, 458
ポキス (Phōkis) ギリシア中部、デルポイの町一帯の地。 124

ボスポロス (Bosporos) 黒海入口の海峡。 251, 252
ポセイドン (Poseidōn) クロノスとレアの子。ゼウスに次ぐオリュンポスの神。海神。 25, 134, 164, 276, 368, 400, 401, 415, 417, 418, 433, 434, 452
ポダルゲ (Podargē) 疾風の精ハルピュイアイの一人。西風ゼピュロスと交わってアキレウスの戦車を引いた神馬バリオスとクサントスを生んだ。またディオメデスの馬プロゲオスとハルパゴスも彼女の仔であるという。 85
ホメロス (Homēros) 前8世紀の叙事詩人。『イリアス』『オデュッセイア』の作者。 42, 53, 73, 87, 104, 105, 121, 140, 176, 182, 188, 220, 221, 277
ホライ (Hōrai. 単数形はホラ Hōrā) 季節と秩序を表徴する3人の女神。モイラたち (モイライ) の姉妹。 173
ポリュグノトス (Polygnōtos) タソス島出身の画家。 284
ポリュゼロス (Polyzēlos) シュラクサイの僭主ヒエロンの兄弟。 273
ポリュデウケス (Polydeukēs) ゼウスとレダの子。双子の兄弟カストルと合わせてディオスクロイ (ゼウスの息子たち) と呼ばれる。 5, 14, 157, 196
ポリュネイケス (Polyneikēs) オイディプスとイオカステの子。兄弟エテオクレスとテバイの王位を争い、破れてアルゴスへ亡命。アルゴス王アドラストスの援助でテバイを攻め、エテオクレスと一騎討ちして雌雄を決しようとするが、相討ちでともに果てる。 130, 360
ポリュペモン (Polypēmon) プロコプタスの父とみなすか。ふつうはポリュペモン、プロコプタス、プロクルステス、ダマステスの4者すべて同一人物とされる。 424
ポルコス (Porkos) スパルタの海神。 7
ポルタオン (Porthāōn) カリュドンの王。メレアグロスの祖父。 341
ポロス (Poros) 考案、工夫を擬人化した神。アルクマンが万物の始源と想定するもの。 6, 20, 21
ポロス (Pholos) アルカディアのポロエに棲むケンタウロス。シレノスの子。 102

マ 行

マイア (Maia. またマイアス Maias) アトラスの娘。ゼウスとの間にヘルメスを儲けた。 219, 430
マグネシア (Magnēsia) ギリシア中北部の町イオルコス近郊の地。 216
マケロ (Makelō) ダモンの娘。デクシテアの姉妹。 315
マラトン (Marathōn) アテナイ北東のエウリポス海峡沿いの町。前490年、侵攻してきたペルシア軍とギリシア軍との間で一大決戦が行なわれた。 265
マルペッサ (Marpēssa) エウエノス河神の娘。イダスの妻。 432, 451, 454
マレア (Malea) ペロポンネソス半島の東南端の岬。 481
マンティネイア (Mantinea) アルカディア地方の町。 434
マンドロクレス (Mandroklēs) サモスの人。ダレイオス王の命を受けてヘレスポントス海峡に船橋を建造。 251, 252
ミノス (Mīnōs) クレタ島の伝説的王。ゼウスとエウロペの子。 316, 413, 417, 436
ミムネルモス (Mimnermos) エレゲイア詩人。イオニアのコロポンの人。前7世紀後半に活躍。 20, 141
ミュカレ (Mykalē) 小アジア南部、ミレトス近郊の山。 260
ミルティアデス (Miltiadēs) マラトンの戦いでアテナイ軍を指揮した司令官。 252
ミロン (Milōn) 格闘技 (レスリング) の選手。 267
ムーサ (Mūsa. 複数はムーサイ Mūsai)

ムーサイ　→ムーサ

メガクレス（Megaklēs）　人名。不詳。　248

メガラ（Megara）　アテナイ西方、サロニカ湾岸の町。　260, 281

メガリストス（Megaristos）　人名。不詳。ピュトナクスの父。　300

メガロストラタ（Megalostratā）　アルクマンが心を寄せた娘の名。　44, 45

メギスティアス（Megistiās）　ギリシア中西部アカルナニア出身の占い師。前480年の対ペルシア戦争に従軍し、テルモピュライで戦死した。　253, 266

メギステウス（Megisteus）　アナクレオンの少年愛の対象者。　296

メタポンティオン（Metapontion）　イタリア南部のギリシア人植民都市。　372, 381

メディア（Media）　ペルシアと同義。　182, 252-254, 256

メトゥリアス（Methūrias）　イストモス近辺の断涯。　297

メナンドロス（Menandros）　アイギナのパンクラティオン選手ピュテアスのトレーナー。　397

メネステウス（Menestheus）　トロイア戦争におけるアテナイ勢の将。　277

メネラオス（Menelāos）　アトレウスの息子。アガメムノンの兄弟。ヘレネの夫。スパルタ王。　405, 407

メムノン（Memnōn）　エティオピア王。トロイア援軍の一人。アイアスと闘って決着がつかず、のちアキレウスに討たれた。　47

メライナ（Melainē）　オピスの母。　293

メランプス（Melampūs）　アミュタオンとエイドメネの子。鳥獣の声を解し、卜占の術に長け、予言をよくし、医術、薬草の知識もあった。　132, 441

メレアグロス（Meleagros）　アイトリアのカリュドンの王オイネウスとアルタイアの子。カリュドンの猪狩りを催す。このとき生じた伯父たちとの諍いがもとで、母アルタイアに殺された。　86, 221, 342, 343, 349

メンフィス（Memphis）　エジプト低地の町。　469

モイラ（Moira）　元来は「割り当て」の意。擬人化されて運命の女神となった。　126, 157, 347, 366, 419

モイライ　→モイラ

ヤ 行

ヨーロッパ（Eurōpē）　ヘレスポントス海峡以西の地を指す。　282

ラ 行

ラエルテス（Lāertēs）　オデュッセウスの父。　405

ラオメドン（Lāomedōn）　トロイア王。プリアモスの父。　393

ラケダイモン（Lakedaimōn）　スパルタの異称。　158, 432

ラコニア（Lakōnia）　ペロポンネソス半島南西の地。スパルタがその主邑。　426

ラコン（Lakhōn）　ケオス島出身の競走選手。　352, 354

ラディネ（Rhadinē）　ペロポンネソス半島北西部のサモスの乙女。コリントスの独裁者の許婚。独裁者は彼女とその恋人レオンティコスを殺し、死体を送り返したが、のち後悔して二人を葬った。　143, 144

ラリッサ（Lārissa）　ギリシア中部テッサリア地方北東部の町。　124, 403

ランパス（Lampās）　女神ヘカテとともに松明を掲げるニンフ。　46

リパリオン (Lipariōn)　ケオス島出身の運動選手。　355
リパロス (Liparos)　ケオス出身の運動選手リパリオンの父。　356
リビュア (Libya)　アフリカ北岸一帯。　186
リュカイオス (Lykaios)　アルカディア地方の町。　280
リュカイトス (Lykaithos)　スパルタ王ヒッポコオンの息子らの従兄弟。　5
リュカス (Lykās)　猟師。　298
リュキア (Lykia)　小アジアの南西地方。　393, 464
リュケイオス (Lykeios)　アポロンの呼称の一つ。狼神の意。またリュキア生まれを意味する。　40
リュコルマス (Lykormās)　アイトリア地方の川。のちのエウエノス川。　412
リュサゴラ (Lysagorā)　ロドス島の精テルキネスの長ダモンの娘の一人か。　314, 315
リュタイオス (Lytaios)　ポセイドンのこと。リュタイオスとは「ゆるめる者」の意。テンペで岩石をゆるめたポセイドンを指す。　424
リュディア (Lȳdia)　小アジア西部の一地方。　10, 230, 326, 446, 469
リュンケウス (Lynkeus)　アイギュプトスの50人の息子の一人。ダナオスの娘ヒュペルメストラを娶り、アバスの父親となった。　378
リュンダコス (Rhyndakos)　プリュギアの川。　471
リンドス (Lindos)　ロドス島の町。　225, 289
ルソス (Lūsos)　アルカディア北部の川。　379
レア (Rheā)　ウラノス (天) とガイア (地) の娘。クロノスの妻。ゼウスの母。　290
レウキッポス (Leukippos)　ペリエレスとゴルゴポネの子。カストルの妻ヒラエイラ、ポリュデウケスの妻ポイベの父。　477
レウコテア (Leukothea)　「白い女神」の意。イノが海中に身を投じ、海の女神となったのちの名前。　25
レオテュキダス (Leōtykhidās)　スパルタ王 (前625－600年在位)。ヒッポクラティダスの父。　19
レオニダス (Leōnidās)　スパルタ王。テルモピュライの対ペルシア戦のときのギリシア軍指揮官。　206, 254, 265
レオプレペス (Leōprepēs)　シモニデスの父。　247, 253, 270, 271
レオン (Leōn)　ライオンの意。スパルタ王レオニダスの名とかけて言ったもの。　305
レカイオン (Lekhaion)　コリントス市の港町。　216
レギオン (Rhēgion)　イタリア半島最南端のギリシア植民都市。　200
レテ (Lēthē)　忘却の意。冥界の川の名。転じて冥界。　296
レト (Lētō)　アポロンとアルテミスの母。　40, 258, 292, 328, 346, 373, 379, 462
レムノス (Lēmnos)　エーゲ海北東部の島。　427
ロクシアス (Loxias)　アポロンにつける枕詞。またアポロンそのものも指す。　331, 393
ロクリス (Lokris)　ギリシア中部エウボイア島に東面する地方。ポキスを挟む東西の地域。　124, 266
ロドス (Rhodos)　エーゲ海南東部の島。　272, 275, 285, 289

典拠一覧

以下は本書に訳出した5人の詩人の詩句を引用している典拠を示したものである。数字は底本の収録番号に拠っている（補遺は「補」と略し、番号は立体で示した）。そのうち、S.El. はシモニデスのエレゲイア、S.Ep. はシモニデスのエピグラム、B. はバッキュリデス、B.Fr. はバッキュリデスの断片、B.Ep. はバッキュリデスのエピグラムの、それぞれの番号を指す。

アイスキネス Aischines　（弁論家、政治家。前397頃－322年頃）
　『クテシッポス弾劾』In Ctesiphon　S.Ep.*40*
アキレウス・タティオス Achilles Tatius　（天文学者。3世紀）
　『アラトス「天象譜」注解』Isagoge in Arati phaenomena　*29*
アテナイオス Athenaeus　（ソフィスト、随筆家。2－3世紀）
　『食卓の賢人たち』Deipnosophistae　*17, 19, 20, 39, 40, 42, 56, 59, 60, 82, 91, 92, 94, 95, 96, 100, 101, 109, 179(1)(2),* 補17 *(185),* 補19 *(181), 187, 188, 200, 221, 242, 250, 285, 286, 288, 315, 317, 514, 553, 555, 564, 583, 584, 585, 614, 631,* S.El.*4, 5, 6, 7,* S.Ep.*39,* B.Fr.*4, 17, 20B, 21, 30*
アポロニオス（ソフィストの）Apollonius Sophista　（文法家。1世紀）
　『ホメロス語句辞典』Lexicon Homericum　*89,* S.El.*12*
アポロニオス・デュスコロス Apollonius Dyscolus　（アレクサンドリアの文法家。2世紀）
　『構文法について』De syntaxi　*105, 168*
　『接続詞について』De coniunctionibus　*47*
　『代名詞について』De pronominibus　*36, 37, 38, 43, 45, 48, 88, 169*
　『副詞について』De adverbiis　*49, 104,* B.Fr.*39*
アリステイデス Aelius Aristides　（修辞家。2世紀）
　『弁論』Orationes　*30, 106, 107, 108, 274, 582,* S.El.*14,* S.Ep.*38*
アリストテレス Aristoteles　（哲学者。前384－322年）
　『動物誌』Historia animalium　*508*
　『弁論術』Rhetorica　*515, 572,* S.Ep.*41*
アリストパネス Aristophanes　（古喜劇詩人。前445頃－385年頃）　→〔古注〕
　『騎士』Equites　*512*
アンティゴノス（カリュストスの）Antigonus Carystius　（建築家、散文作家。前3世紀）
　『異象論』Mirabilia　*26*
エウスタティオス Eustathius　（テッサロニケの大司教、文献学者。12世紀）
　『ホメロス「イリアス」注解』Commentarii ad Homeri Iliadem　*84, 117, 228, 240, 250, 265*
　『ホメロス「オデュッセイア」注解』Commentarii ad Homeri Odysseam　*31, 54, 118, 266*
ガレノス Galenus　（医学者。2世紀）
　『ヒッポクラテス「流行病」第6巻注解』In Hippocratis librum Ⅵ epidemiarum commentarii　*312*

キュリロス（アレクサンドリアの）Cyrillus Alexandrinus （アレクサンドリアの総主教。？－444年）
 『辞典』Lexicon *142*
『ギリシア碑文集』（メガラ出土）Inscriptiones Graecae (Inscriptiones Megaridis et Boeotiae) S.Ep.*16*
『グディアヌム大辞典』Etymologicum Gudianum （1100年頃） *133, 328, 638*
クリュシッポス Chrysippus （ストア派哲学者。3世紀）
 『否定命題について』Περὶ ἀποφατικῶν *313*
クレメンス（アレクサンドリアの）Clemens Alexandrinus （神学者。150頃－215年頃）
 『訓導』Paedagogus B.Fr.*26, 56*
 『雑録』Stromata *579*, B.Fr.*5, 23, 25, 55*
コイロボスコス Choeroboscus （文法家。6または7世紀）
 『テオドシオス「文法範典」注解』Scholia in Theodosii canones *68, 110, 327, 636*
 『パイオニック律について』De paeone *173*
〔古注〕（古写本の欄外書き込み）
 ロドスのアポロニオス『アルゴ船物語』への古注 *243, 260, 299, 336, 337, 575*, B.Fr.*50, 51*
 アリストパネス『騎士』への古注 *512*
 アリストパネス『雲』への古注 *274, 507*
 アリストパネス『鳥』への古注 *262, 289b, 597*
 アリストパネス『平和』への古注 *210, 211, 212, 516*, S.El.*9*
 エウリピデス『オレステス』への古注 *223, 598*
 エウリピデス『メデイア』への古注 *545, 546*
 カリマコス「断片」への古注 *137*
 ソポクレス『アイアス』への古注 *551, 603*
 ソポクレス『コロノスのオイディプス』への古注 *90*
 テオクリトス『牧歌』への古注 *34*
 ピンダロス『イストミア祝勝歌』への古注 *125, 319*
 ピンダロス『オリュンピア祝勝歌』への古注 *79, 267, 340, 602*, S.Ep.*14*, B.*21*
 ピンダロス『ネメア祝勝歌』への古注 *321*
 ピンダロス『ピュティア祝勝歌』への古注 S.Ep.*34*
 プラトン『パルメニデス』への古注 *287*
 プルタルコス『いかに敵から利益を得るか』への古注 *538*
 ホメロス『イリアス』への古注 *28, 53, 63, 65, 77, 80, 123, 143, 235, 255, 330, 559, 599, 600, 601, 612*
 ホメロス『オデュッセイア』への古注 *81, 97, 124*
 ルキアノス『アナカルシス』への古注 *131*
〔作者不詳〕
 『アラトス「天象譜」追加注』Commentaria I in Arati Phaenomena *33*
シュメオン Symeon （文法家。12世紀前半）
 『シュメオン語源辞典』Etymologicum Symeonis *171*
シュリアノス Syrianus （アレクサンドリア出身の新プラトン派哲学者。プロクロスの師。5世紀前半）
 『ヘルモゲネスへの注解』In Hermogenem commentaria *14*, S.Ep.*28*
『真正語源辞典』Etymologicum Genuinum （9世紀以降） *112, 116, 140, 144, 170, 293, 316, 320, 329, 332, 338, 544, 618*, B.Fr.*29*

『スーダ辞典』Suda （10世紀末頃） *146*
ステパノス（ビュザンティオンの）Stephanus Byzantius （文法家。6 世紀）
『地名辞典』Ethnica *16, 149, 150, 151, 152, 153, 154, 155, 156, 157*
ストバイオス Stobaeus （文筆家。5 世紀）
『詞華集』Anthologium *244, 245, 521, 522, 523, 524, 525,* S.El.*8, 13,* B.Fr.*1, 2, 4, 11＋12, 13, 14, 24, 54, 57*
ストラボン Strabo （地理学者。前64/3－後23年頃）
『地誌』Geographia *55, 98, 126, 148, 184*(補7), *278,* S.Ep.*23*
セクストス・エンペイリコス Sextus Empiricus （医者、哲学者。2 世紀）
『学者たちへの論駁集』Adversus mathematicos *604*
ゼノビオス Zenobius （文法家、修辞家。2 世紀）
『俚諺集』Paroemiographus B.Fr.*6*
『大語源辞典』Etymologicum magnum （12世紀後半） *35, 130, 178, 586,* B.Fr.*35*
『大語源辞典（ソルボンヌ写本）』Codex Sorbonicus apud Etymologicum magnum *326*
ツェツェス Tzetzes （文法家。12世紀）
『キリアデス』Historiarum variarum Chiliades *274, 567*
ディオゲネス・ラエルティオス Diogenes Laertius （哲学史家。3 世紀？）
『ギリシア哲学者列伝』Vitae clarorum philosophorum *581,* S.Ep.*63*
ディオドロス（シケリアの）Diodorus Siculus （歴史家。前 1 世紀）
『歴史』Bibliotheca historica *531,* S.Ep.*17(b), 45*
ディオニュシオス（ハリカルナッソスの）Dionysius Halicarnassensis （修辞家、歴史家。前 1 世紀）
『文章読本』De compositione verborum *543,* B.Fr.*15*
テオドロス・メトキテス Theodorus Metochites （人文学者。1270－1332年）
『雑録』Miscellanea *605*
テオピロス Theophilus （護教家。2 世紀）
『アウトリュコスへの弁明』Ad Autolycum *526, 527*
テオン（スミュルナの）Theon Smyrnaeus （プラトン派哲学者、数学者。2 世紀前半）
『プラトンを読むための数学的事項に関する解説』*Τὰ κατὰ τὸ μαθηματικὸν χρήσιμα εἰς τὴν Πλάτωνος ἀνάγνωσιν* *314*
トゥキュディデス Thucydides （歴史家。前460頃－400年頃）
『歴史』Historiae S.Ep.*17(a), 26(a), 26(b)*
トリュポン Trypho （文法家。前 1 世紀）
『譬喩について』*Περὶ τρόπων* S.Ep.*44*
パウサニアス Pausanias （旅行家。2 世紀）
『ギリシア案内記』Graeciae descriptio S.Ep.*29, 48*
〔パピルス〕
（オクシュリンコス・パピルス）Oxyrhyncus Papyri *2(4), 3, 5, 10,* 補1, 補2, 補5 (b), 補8, 補9 (b), 補10, 補11, 補12, 補13, 補14, 補15, 補16, *193,* 補148, 補88, 補89, 補105, 補115＋116, 補118, *209, 217, 222, 233, 222(a)(付録),* 補151 *(282a),* 補166 *(282A),* 補176 *(282A),* 補221 *(282B),* 補222 *(282B),* 補223 (a), 補224, 補257 (a) *(282C), 298, 511, 541,* B.*14A, 14B, 26,* B.Fr.*1B, 4, 19, 20A, 20B, 20C, 20D, 20E, 66*
（その他パピルス） *1, 222(b),* B.*1－14, 15－20,* B.Fr.*60, 61, 64*
ハブロン Habron （文法家。1 世紀）
ホメロス『イリアス』への注 *214,* S.El.*3*

『パラティン詞華集』Anthologia Palatina （10世紀）　　S.El.*16, 17,* S.Ep.*7, 8, 9, 18, 19, 27, 32, 33(b), 35, 36, 37, 43, 46, 47, 49, 50, 51, 53, 54, 55, 59, 60, 61, 62, 64, 65, 66, 67, 68, 70, 71, 72, 73, 74, 76(a)(b), 77, 78, 79, 80, 81, 82, 83(a)(b), 84, 85, 86, 87,* B.Ep.*1, 2*
〔碑文・銘文〕　S.Ep.*20*
プラトン Plato　（哲学者。前427－347年）　→〔古注〕
　　『パイドロス』Phaedrus　　*192*
　　『プロタゴラス』Protagoras　　*542*
『プラヌデス詞華集』Anthologia Planudea　（14世紀）　　S.Ep.*2, 5, 25, 30, 31, 33(a), 42, 56, 57, 58*
プリスキアノス Priscianus　（文法家。5－6世紀）
　　『テレンティウスの韻律について』De metris Terenti　　*14, 533,* B.Fr.*33*
　　『文法学提要』Institutiones grammaticae　　*121, 306*
プルタルコス Plutarchus　（伝記作家、哲学者。46頃－120年頃）　→〔古注〕
　「対比列伝」Vitae parallelae
　　『アゲシラオス』Agesilaus　　*616*
　　『アラトス』Aratus　　*590*
　　『アリステイデス』Aristides　　S.Ep.*15*
　　『テセウス』Theseus　　*550*
　　『テミストクレス』Themistocles　　S.Ep.*24*
　　『ヌマ』Numa　　B.Fr.*4, 27*
　　『リュクルゴス』Lycurgus　　*41*
　　『リュクルゴスとヌマとの比較』Comparatio Lycurgi et Numae　　*339*
　「倫理論集（モラリア）」Moralia
　　『いかにして人は自分が徳において進歩したと感じるか』Quomodo quis suos in virtute sentiat profectus　　*593*
　　『神罰の遅れについて』De sera numinis vindicta　　*219*
　　『君主ならびに将軍の言葉』Regum et imperatorum apophthegmata　　*582*
　　『食卓歓談集』Quaestiones convivales　　*57, 310, 595,* B.Fr.*53a*
　　『追放について』De exilio　　*571*
　　『月面の顔について』De facie quae in orbe lunae apparet　　*271*
　　『デルポイのEについて』De E apud Delphos　　*232*
　　『似て非なる友について』De adulatore et amico　　*591, 592*
　　『ピュティアの神託について』De Pythiae oraculis　　*577*
　　『ヘロドトスの悪意について』De Herodoti malignitate　　S.El.*10, 11,* S.Ep.*10, 11, 12, 13, 19(a)*
　　『倫理的徳について』De virtute morali　　*517*
　　『老人によって政治は行なわれるべきか』An seni respublica gerenda sit　　*594,* S.El.*15*
　　『ローマ人の幸運について』De fortuna Romanorum　　*64*
(伝) プルタルコス
　　『アポロニオスへの慰めの手紙』Consolatio ad Apollonium　　*520*
プロクロス Proclus　（新プラトン派哲学者。410頃－485年）
　　『プラトン「パルメニデス」注解』In Platonis Parmenidem comentarii　　*287*
ヘシュキオス Hesychius　（文法家。5/6世紀）
　　『辞典』Lexicon　　*22, 127, 166, 167, 172, 177, 258, 335,* B.Fr.*34*

ヘパイスティオン Hephaestio （文法家。2世紀）
　『韻律要綱』Enchiridion de metris　　*15, 27, 46, 58, 174,* S.Ep.*1, 52,* B.Fr.*16*
　『詩について』De poemate　　B.Fr.*18, 19*
ヘロディアノス Herodianus （文法家、修辞家。2世紀）
　『ホメロス「イリアス」のアクセントについて』Περὶ Ἰλιακῆς προσῳδίας　　*255*
　『特殊措辞論』Περὶ μονήρους λέξεως　　*120, 283, 334, 587*
(伝) ヘロディアノス
　『文体について』Περὶ σχημάτων　　*303*
ヘロドトス Herodotus （歴史家。前484頃－430年以後）
　『歴史』Historiae　　S.Ep.*3, 4, 6, 22*
ポティオス Photius （コンスタンチノープル総主教、文献学者。9世紀）
　『辞書』Lexicon　　*32, 506, 508*
ポルクス Pollux （文法家。2世紀）
　『辞林』Onomasticon　　S.Ep.*69*
ポルピュリオス Porphyrius （文献学者。232/3－305年頃）
　『プトレマイオス「和声楽」注解』Commentarii in Ptolemaei Harmonica　　*311*
『未刊行ギリシア文献集』Anecdota Graeca Berolenensia; Anecdota Graeca Oxoniensia; Anecdota Graeca Parisinensia　　*73, 74, 83, 86, 102, 138, 259, 302, 333*
リュクルゴス Lycurgus （弁論家、政治家。前390頃－325/4年）
　『レオクラテスの告発弁論』Oratio in Leocratem　　S.Ep.*21*
ルキアノス Lucianus （作家、修辞家。120頃－180年頃）　→〔古注〕
　『肖像を守るために』Pro imagine　　*509*